5saide ryu no
outeidenka no
hanayome ni narimashita

五歳で、竜の王弟殿下の花嫁になりました 3

須王あや
illustration
AkiZero

TOブックス

ʒsaide ryu no
outeidenka no
hanayome ni narimashita

Contents

イラスト：AkiZero　デザイン：CoCo.Design　小菅ひとみ

フェリス
竜の加護を受ける国・ディアナの王弟殿下。竜王レーヴェの血を受け継ぎ、強大な魔力を持つ。レーヴェと顔が瓜二つ。レティシアと出会い、笑顔の絶えない毎日に満たされている。
レティシア
サリアの王女。前世は社畜OLで、推し活とあたたかい家庭を持つことに憧れを抱いていた。婚約したフェリスを今世の推しと決め、ほのぼのした幸せな日々を送っている。

isaide ryu no outeidenka no hanayome ni narimashita

Person introduction

レーヴェ

ディアナの創始の竜王陛下であり、守護神。フェリスとレティシアを優しく見守っている。フェリスの前に姿を現し、言葉を交わすこともできる。

マグダレーナ

ディアナの王太后であり、フェリスの義母。目の敵にするフェリスへの嫌がらせのつもりで五歳のレティシアと婚約させた。

レティシアとサイファ

「フェリス様、ありが………！　サイファ……気に、し……！」

レティシアがフェリス様のところで、幸せだなーていちご食べてるあいだに、サイファはごはんも食べられなくなってたのだ。

フェリス様が気にして下さらなかったら、サイファは、あのまま……。

「そんなに泣いたら、目が溶けちゃうよ、レティシア」

「とけ、ませ……、ありが……うぇ……うぇ……」

シュヴァリエに帰って来たのに、ここはもうフェリス様のおうちで安全なのに、しゃくりあげがとまらない。サイファはあんなに弱ってたし、叔母様はいつも以上に変で怖かった。

（お父様お母様が亡くなってからずっと変だけど、今日はまた違った意味で変だったような？）

何より、もうちょっと遅かったら、サイファが……。

「びっくりしたね、レティシア、ごめんね。サイファが元気になってから逢わせるべきだった」

「そんなこと、な……」

ちゃんと、残されたサイファが辛い思いしてたの、わかった方がよかった。レティシアがひとりで無理してたみたいに、レティシアに内緒で、サイファも無理してくれてたのだ。

「はい、レティシアの首飾り」

琥珀《こはく》の首飾りをフェリス様がレティシアの首にかけてくれる。

母様。母様。母様。お帰りなさい、母様。お帰りなさい！

「綺麗だね。レティシアの瞳と同じ色だ」

「う…、えっ……、かあさま……」

綺麗でしょう、レティシアの瞳と同じ色……。

母様と同じことを言うフェリス様。嬉しい。母様の大事な首飾り。

それこそ古いタイプのデザインだと思うの。琥珀は、紅玉石みたいに皆に奪い合われるような石でもないし、でもレティシアと母様にとっては大事なものなの。

「フェリス様、さらにお泣かせしてどうするのです。ハンナを呼びましょうか？」

「へ……い……き」

ふるふる、レティシアは首を振る。長い金髪がさらさら揺れる。

「レイ、レティシアが落ち着いてから、後日、暇な時に、目録を作るのを手伝ってもらってくれ」

「もくろく……？」

「サリアのレティシアの婚礼担当の者は、どうも失念や紛失が多いようだ。レティシアが母上から受け継いでいるはずの宝石類や、形見の品々の一式が、いっさいこちらに届いていない。誰か不埒者の担当者が、どこかに置き忘れているのだろう」

「ああ。それはぜひとも、鬼の問い合わせかけるべき案件ですよね」

「フェリス様、それ、は、忘れてるんじゃ……なく、て……わたしにはなにも…頂けなくて……」

我が家の恥を申し上げるのは、残念だけど……。

「私の妃の財産を、幼いからと不当に搾取しようなんて、この世にそんな愚か者がいたら、己の所業を、死ぬほど後悔させて差しあげるよ。……でも、きっと、忘れてらっしゃるんだよ。問い合わせてみようね？」

「……、……」

微笑んでらっしゃるけど、いつも優しいフェリス様がそこはかとなく怖い。き、気のせい……？

「フェリス様、牙が出てますよ。レティシア様に怯えられますよ。……ご安心ください、レティシア様、きっとお忘れですよね？　と問い合わせれば、向こう様が反省して返して下さると思うんです。……というか、その時点で戻した方が、向こう様の身の為だと思います」

そんなこと、あるのかな……。でも、さっきの叔母様も、嘘みたいに素直だったな……。いくつかでも、返って来ると嬉しいな、母様のもの。父様のものは前王としてのものも多いから、持ち出しが無理でも仕方ないとしても…。

「フェリス様。フェリス様。たくさんたくさんたくさんありがとうですが、何よりも、サイファを生かして下さってありがとうございます」

「……レティシア、そんなひどく他人行儀な御礼、寂しい」

「えええ？　ど、どんなのが嬉しいですか？」

また謎の拗ね方をしてるフェリス様……。

「嬉しい！　だけでいいんだよ。レティシアのものは僕のものなんだから、僕が取り戻して、当然」

「……？　フェリス様いい人なのに、そこはかとなく、悪そうに聞こえるのは何故でしょう……？」

「基本、レティシアにいい人に思われたいだけの、悪い人だからかも」

「悪い人は、婚約者の馬の心配までしてくれません……」

おでことおでこをあわせながら、泣き疲れたレティシアは、フェリスから少し魔力を分けてもらい、喜びの涙の中で、学んだ。大事な友達を、敵陣に置き去りにしちゃ、ダメだった。大反省。

（敵陣はあんまりだけど、味方とは言い難い……）。

フェリス様は、嘘をつかない。

（レティシアの愛馬をディアナへ）

初めて逢った日の、あの戯《たわむ》れのような言葉は、真実だったのだ。

レーヴェがこっそり、それはどうだろうな～？　嘘は言わないけど、大好きなレティシアに言ってないことはいろいろあるかもな～？　と苦笑しつつ、涙のとまらないサリアの王女、いやもう既に、ディアナの王子妃のレティシアの金髪を、おかえり、オレの愛しい娘、大変だったな、ずっと一人で、と優しい祝福を込めて撫でた。

「やたらとお茶に誘ってたけど、イザベラ王妃はお茶好きなの？」

「……えっと……」

膝に乗せてもらって、涙をキスで拭《ぬぐ》ってもらって、背中を撫でてもらっていたら、レティシアも少し落ち着いてきた。

「フェリス様御自身を見て、私を、お嫁にやったことを後悔してるのかも？」

「何故？　僕の貌《かお》が怖そうだから？　叔母様が後悔してても、僕、もうレティシア帰さないけど」

フェリス様って、もろもろ有能なのに、自己評価だけ振り切れて変なの……。

もうちょっと自惚れるべきじゃないかしら？

「いえ、フェリス様はとってもお美しいので……」

「ああ、レーヴェの貌が好きなタイプの人なのかな？」

違います、フェリス様。

竜王陛下を知らずに逢っても、フェリス様は充分、魅力的な方なんです……。

「サリアでは、そのう、フェリス様の噂はあんまりよくなかったので……実際のフェリス様が、こんなに素敵な方なら、叔母様の娘のアドリアナをやるべきだったと思ってらっしゃるのかも？」

「？　娘さんが何とか言ってたものね。人間って、そんな大胆に気が変わるものかい？　結婚て大事なのでは？　僕もサイファのようにレティシアを取り上げられたら飢え死ぬよ」

「ダメです、そんなの！　私にはわかりませんが……、イザベラ叔母様にしては、ひどくフェリス様に優しかったなと……」

二人で不思議がってみる。でも、レティシアには、サリアに居た頃も、イザベラ叔母様の考えは一度もわかったことがないので、想像の域を超えている。

「もしかしたら、後でいい方の噂を聞かれたのかもしれませんよ？　レーヴェ様の血を強く受けた方の伴侶となると、幸運を得るとか、長命を得るとか、国が富むとか……」

二人でわからないね、と悩んでいると、レイが考察してくれた。

「それこそ、まったくの迷信の域だよ」

「フェリス様といると幸運になるんですか？」

幸運を運ぶ青い鳥のフェリス様？　ちょっと可愛い。

「ないよ。そんなだったら、僕自身がもうちょっとましでなきゃ……人に幸運を運ぶ竜をきどるには残念過ぎるだろう……」

「残念じゃないです！　わたしはフェリス様と逢って幸せになったので、フェリス様は幸運を呼ぶ竜だと思います！」

フェリス様は、何処に御出ししても恥ずかしくない、私の最高の推し様ですとも！

「それはレティシア限定というか……、ああ、でも、そうか、伴侶を幸福にするというなら、レティシアが幸福なら、叶ってるのかな？　それなら、いいかな。僕はレティシアを幸せにしたいから」

「はい。フェリス様は幸運を運んで下さる竜だと思います」

あれ……？　だからイザベラ叔母様もフェリス様が惜しくなったの？　でも、叔母様に、おかしな欲で、フェリス様に近づいてほしくない……。フェリス様、王太后様の御相手だけでもじゅうぶん疲れてるのに……。

「いいえ、レティシア様、私の申し上げたのは、もう少し呪術的な竜王家の伝説の話と言うか……。まあ、あの、当家としては、フェリス様のおかげで充分繁栄してますし、御二人が幸せならそれでいいいんですけどね」

レイが、額と額を寄せ合っている私達を見て、苦笑いしていた。

うん。サリアからここには来れないし、ディアナの方が国としては格上だから、叔母様はフェリス様にきっと何もできないと思うけど、うちの実家の困った親族のせいで、フェリス様に迷惑かけたくない。

ううう。今夜から気合いれて、竜王陛下にお祓《はら》いのお祈りしよう……。

悪霊退散……！

レティシアにフェリス様はもったいないて言われたら、うん確かに、うちの推し様にはもっと妙齢の美姫を、とは思うんだけど、アドリアナとイザベラ叔母様はダメぜったい！　それじゃ、フェリス様が全然幸せになれないもん！　ミニ王太后様が増えるようなものって言うか……もっと性質悪いって言うか……。自分の親族にこんなことというのもなんだけど、決してお奨めできない……。

「サイファはレティシアには大きくない？」

レティシアは、イザベラ叔母様とアドリアナの心配をしていたが、フェリス様はその二人にはちっとも興味なさそうだった。おおいなる無関心というか、イザベラ叔母様と話してた時も、ご親族にご挨拶と口上を述べながら、薔薇祭のいちご飴屋さんと話してるより遠い印象だった……。

（いえ、うちの叔母君と違って、いちご飴屋さん、ご領地の方だし、小さな頃からフェリス様と親しいのかもだけど……）

「……サイファはとっても血統もいい優秀な子なのですが、難しい気性で、誰も乗せたがらなくて」

とはいえ、私も、叔母様の話より、サイファのことを尋ねられると、唇が綻んでしまう。

サイファのお話したいの。大好きなフェリス様のお話を誰かにしたいように、大好きなサイファのお話も誰かにしたいの。

「サリアのどんな騎士もサイファのお眼鏡に適わなくて困ってた折に、ちょうど、私が馬屋に遊びに寄って、サイファには、そんなちいさな子が珍しかったらしくて、私にはとても優しくて……」

「もともとレティシアの馬として選ばれてた訳ではないんだ……そうだよね、大きいものね」

フェリス様がくつろいだ様子で金髪を掻き上げてる。とっても綺麗。そうなの。私、フェリス様を見て、綺麗て思うみたいに、サイファを見て、綺麗て思うの。変かな？

「はい。レティシア様には懐いてるみたいだから、乗ってみますか？　て言われて、手伝ってもらって、乗せてもらったら、私達はとても、気があって……」

幸せだったなー。

レティシアには大きすぎない？　て心配する母様や父様に御願いして、許可を貰って、サイファはレティシアのものになったの。

私達は仲良しで、皆の心配をよそに、サイファは一度も私を怪我させたりしなかった。

サイファは誰の言う事も聞かなかっただけで、とても賢い子ですからね、レティシア様をとても大事にしてるのがわかりますよ、と調教師たちが言ってた。

従妹のアドリアナが、サイファを欲しがってたとは、夢にも知らなかった。何故かアドリアナはレティシアを嫌ってたから、レティシアと仲良しのサイファも好きじゃないのかと思ってた。

「サイファが、レティシアを選んだんだね。……レイよ、何を笑ってるんだ？」

「いえ。あの。どなた様かにそっくりだなあ、と。レティシア様は、気難しい孤高の生き物を懐かせる魔法をお持ちなのだなあ、と」

「……僕は馬か」

「フェリス様も、たくさんの御令嬢のお誘いを袖になさってたじゃないですか」

「……僕はサイファと違って選んでた訳ではなくて」

フェリス様が言葉に困っている。レティシアもちょっと興味深い、と思って、フェリス様を見上げてる。

「フェリス様は、たくさん求婚、断ってらしたのですか？　どんな姫君が御好みなのですか？」

そうね！　イザベラ叔母様も後から慌てるくらい、こんなに素敵なフェリス様だもの。私の推し様、たくさんお話あって当然！　サイファみたいに、いっぱいいやいや言ってたのかなー。

サイファが、どうしてレティシアを選んだのかはわからない。でも、レティシアを凄く愛してくれてることはわかった。サイファとは同じ言葉を持ってないけど、ちゃんとわかるの。

フェリス様はレティシアを選んだ訳じゃなくて、不可抗力だけど……。

「僕の為に、うちの義母上に喧嘩売ってくれるようなお姫様」

「………！　そ、そんなお馬鹿さんは、私くらいでは……」

国母に逆らうことは誰も許されない。国の母たる人だから。

「そう。だから、レイが笑うように、僕もサイファのように、レティシアを取り上げられたら、飢え死にするよ。だから、何処にもいかないで」

どっちもカッコいいけど、サイファとフェリス様は、全然、違うと思うの……。

でもきっと、レティシアが、イザベラ叔母様に逢って、凄く動揺してるから、フェリス様、甘やかして、あやしてくれてるのかなー？

やはりもうサリアには何処にもレティシアの帰れる場所はないのだと思うと同時に、一刻でも早くサイファを連れて、ディアナに帰りたいって思った。失くした故郷のかわりに、新しい家ができたようで嬉しい。

「おうちに……」

「うん……？」

「サイファを連れて、ディアナのおうちに帰りたい、て思ってました。このあいだまで、あそこが、サリアのあの宮殿が、私の家だったのに」

フェリス様が家庭的かって言うと、伝説とか王宮とか神話とかと相性はいいけど、隣に、家庭、て言葉を並べると、………？　て躊躇いそうな華麗な御姿なんだけど。

でも、フェリス様は、レティシアと一緒にごはんを食べようとしてくれる。

普通の人なら、恋に青春にいまが一番楽しいはずの十七歳なのに、こんなちびっこを押し付けられて、うんざりしててもおかしくないのに、レティシアのことを一番に考えてくれる。華麗な御姿に似合わず、フェリス様お人好しすぎて、放っておけない……。

新しい、大事な、レティシアのたったひとりの家族……。

「竜の国の娘は、何処にいても、竜の神の守護をうける。このさき、何処へ行こうとも、ここが還るところになる。……レティシアは、僕の妃、レーヴェの娘になるから、何処に居ようとも、ディアナが、レティシアの家になる」

耳元に響くフェリス様の声は、サリア神殿の神官様よりよほど呪力がありそうで……。

「だから、サリアには帰さない。もう、レティシアはうちの子だから」

「フェリス様………」

うちの子。フェリス様のおうちの子。その言葉が、父様と母様を失って、ずっと冷たかったちいさな身体を満たしていく。

「…もう帰るところはないので、レティシアは、フェリス様のおうちので、レーヴェ様の娘でいられるのはとっても嬉しいのですが……」

でも、何だか、いろいろ心配だな。最愛のサイファだけでなく、サリアにあるすべてのものが、いま、あまりいい配慮をされてないのではないかと……。仮初にも、もとサリアの王女としては、心にかかる……。きっと叔父様たちには、余計な心配だろうけれど……。

「もう少し、サリアにも魔導士や、治療士の数が増えるといいかもしれないね。ずいぶん数が少ないようだ。情報を共有するにしても、物を移動させるにしても、少し不便だ。サリアでは魔導士が少ないから、行くと、いい仕事につけるかも、とその界隈に話を広めておくかな……」

「サリアの払う報酬で、サリアに来てくれる有望な方はいるでしょうか……」

そもそもサリアの、もともとの通貨の価値が低くて……。

「魔導士なんて変わり者だらけだから、金銭だけで動く訳ではないからね。サリアにしかない植物や、生き物や、風習に興味を惹かれる者もいると思うよ。それに、ああいう魔術と縁のない御国柄だと、ディアナではたいして褒めてもらえない魔術師でも、サリアではとても大事にされてやり甲斐感じるんじゃないかな？　悪いのが行って威張っちゃったら困るけど、よいものが行ったらいい結果になると思う」

げ、現実的な話だ……。

サリアは魔法で国が乱れることを怖れて、魔法を皆が学ぶことを制限してきたけれど、そのせいで魔法の盛んな国よりは、少し進化が遅れてしまった。

父様や母様や、多くのサリアの国民の命を奪った感染症に対しても、高度な魔導士や治療士の層が厚ければ、もっと強固に防御できたのでは？　とレティシアも悔しい。

「あまり僕が余計な干渉してはいけないだろうけれど、僕の妃の国では、魔導士の数がずいぶん少ないようだ、と、何処かで話すくらいなら罪ではないだろう？」

「ディアナで仕事に悩んでいる、良質な魔導士や治療士のお耳に届くといいですね」

レイが穏やかに相槌《あいづち》をうつ。

「そう。ディアナはいい処《ところ》だけど、人が多すぎて、息苦しい思いをしている者もいるからね」

レティシアが言うのもなんだけど、うちの旦那様、ホントに十七歳なのかしら……？　でも、嬉しいな。フェリス様が、レティシアの生まれた国、サリアのことも、気にかけてくれて……。

「お仕事と言えば……、フェリス様、レティシアもお仕事がしたいです」

「……レティシアが？」

レティシアがフェリスの貌を見上げて尋ねると、フェリスは　ん？　と小首を傾げてる。

「まだちょっと早すぎない？」

「そうですよ。レティシア様。当家が、幼年者に過度な労働を強いている疑いをかけられます。シュヴァリエは、そのあたり、うるさいんですよ」

「フェリス様は五歳から、シュヴァリエの当主として働いてたのに？」

んんん？　とレティシアは首を四十五度傾ける。首が痛くなるよ、とフェリスが、レティシアの金髪に手を添えている。

「僕は自主的なワーカーホリックだから例外かな？」

「私も自主的です。だって、今日、イザベラ叔母様に差し上げた紅玉の首飾り、とても高価そうでした。お仕事して、フェリス様に首飾りの御代をお返ししたいです」

「……大きくなって、いろんなお仕事できるように、いまは勉強に時間を割いたほうがよくない？どうしてもなら、僕の部屋で、書類の整理とか、御茶の御相手とかして欲しい」

「……それはなんだか、私とフェリス様の癒着ぽくないですか？」

そんな孫のお手伝いのような仕事で、あの首飾りの対価を払えるだろうか……。

「癒着ではないよ。レティシアがお手伝いしてくれたら、きっと僕の仕事が捗ると思うよ。それにね、あの紅玉の首飾りに関しては、ちょっと、いわくつきの問題児だから、そんなに気にする必要ないよ」

「いわくつき？」

「……呪われないといいですよね、イザベラ王妃」

「あの紅玉の首飾りの所有者に、何件か不幸な事件が続いてね、呪いでもかかってないか、て怖がられて僕のところに廻《まわ》って来たんだけど、……とくに何も呪術もかかってないし、悪いものが憑《つ》いてもいないんだよね……。我が家では何も悪さしてないし、どちらかというと、僕はあれを持ってるときにレティシアと出会ってるから、僕には幸運を運んでくれたほうだし……故に、イザベラ叔母様に差し上げても大丈夫だろう、と御贈りしたんだけど……」

フェリス様、そんな祓い屋さんのようなことまで……。

多機能だからって、何でも頼まれ過ぎなのでは……。

「でも、当家は、当世最高峰の魔導士のフェリス様もいらっしゃいますし、何と言っても、ディアナで一、二を争って竜王陛下に守護されてる宮だと思いますから、……悪戯好きの紅玉も怖がって悪い事しなかっただけでは？　と私などは思いますけどねぇ。まあ、大丈夫ですよ、サリア王妃様が、心の清い方であれば心配ございません。何故か不幸にあわれた方々は、ディアナ宮廷でも指折りの悪名高い方々でしたから。因果応報と申しますか」

「心の清い……イザベラ叔母様……？」

それは、レティシア的には、首が傾きまくってしまいそうだ。

うーん。うーん。うーん……。

叔母様はちょっと天使のようではないの……。なんか壊れちゃったの、王妃様になってから。

「……呪いの首飾りなのですか？」

でも、心は清くないイザベラ叔母様だけど、母様の首飾りと取り換えた紅玉の首飾りの呪いで怪死とかはいやだ……。優しい母様が、悲しみそう……。

「いや、僕以外も、魔法省で鑑定したけど、本当に呪いなどはかかってない。ただ、周囲の気配には染まりやすい宝石かもしれない。大丈夫だよ。もしレティシアが心配なら、悪いことしないように、月の綺麗な夜にでも、あの子に言い聞かせておくから」

国を超えて、困った宝石に言い聞かせる気のフェリス様……、可愛いのか妖しいのか、確かにまあサリアの人の感覚的には、変人と言われそうだ。

「そのような、少々、問題児の首飾りですので、そんなにレティシア様が、働いてまで返済など気負われる必要はございません。……それに、レティシア様は当家の奥方になられる御方。フェリス様御所有の品は、レティシア様の財産でもございますので、どうか、お気になさいますな。……いまからお仕事されるより、たくさん学問なさって、優れた差配を身に着けて下さいませ」

「レティシア」

「はい？」

うちのうるさ型のレイは、普段こんなこと言わないから、これはレティシアをとても気に入って、将来を期待してるからだよ、とフェリス様が耳元に囁いてくれた。耳にかかるフェリス様の吐息と、フェリス様とレイの優しさと、ぜんぶがくすぐったかった。

「サイファ」

お夕食前に、サイファのところに行ってきてもいいよ、と許可頂いたので、レティシアは一人、サイファの厩舎《きゅうしゃ》にトコトコと遊びに来た。嬉しい。サイファと二人っきりで話したいことといっぱいあったのだ。

「新しいおうち、気に入りそう？　だいじょうぶ？」

「……………」

こちらに慣れないサイファだし、大丈夫かな？　と思ってたけど、気難しいサイファにしては、新しいおうち、わりとご機嫌そう。

「久々にブラッシングしちゃう？」

ブラシも借りて来た！　サイファは大きいから、ディアナに居た頃から、レティシアはサイファの全身梳けるわけじゃないんだけど、ブラシがけは愛馬との基本の会話！　と教えてもらってるので。

「………………」

ブラシ無理しなくていいよー、レティシアー、と言いたげにサイファが笑っている。

「サイファ、フェリス様見た？」

「………」

見た、と言いたげなサイファはちょっと不遜な感じだ。

「サイファみたいに、すっごく綺麗な人でしょ？」

「……」

ええー、とナルシストの白馬は不満げだ。

「フェリス様ね、初めて逢った時にね、レティシアは僕に属する人になるから、必ず僕が守るから、て言ってくれたの。……それを聞いたときにね、サイファがここにいればいいのに、て思ってた。思ってたより、レティシアの婚約者さん、いい人そうじゃない？　てサイファに話したいって。フェリス様にその話をしたの」

サイファの白く長い尻尾がパタパタ揺れる。

「そのときに、フェリス様、レティシアのサイファもディアナに呼ぼう、て言ってくれたけど、私は婚礼の出発前に、叔母様にあんなに泣いて頼んでも許してもらえなかったから、無理だって思って、期待してなかった」

無理だから、ダメだから、と却下されることに、だんだん慣れてしまって。いろんなことを、何も、期待できなくなってしまってた。レティシアが言っても、どんなに頑張っても、どうせ無理だからって。でも、諦めてる場合じゃなかった。友達の命が、かかってたのに。

「私が諦めてしまってたのに、フェリス様、サイファを諦めないでいてくれたの。おかげで、私はサイファに逢えたの」

「…………」

ヒヒーン、と、サイファは嘶《いなな》いて、レティシアの涙を舐める。

「ありがとー！　だけど、私、べちゃべちゃ、サイファ……」

「…………」

「くすぐったいって……ダメだよ、サイファ、ほら。いつか、フェリス様とレイに、私とサイファの二人でこの御恩返そうね！　私、よわよわになってて、何も頑張れなくなってたけど、……何度ダメって言われても、もう、二度と大事な事は諦めたりしないからね！　サイファに誓って、約束するね！」

フェリス様が諦めないでいてくれたから、サイファが生きて、レティシアと暮らせる。

レティシアがいろんなことを諦めることは、それだけ、レティシアに関わるものが、本来受けられる筈の周囲からの配慮を受けられない。

もっと強く、賢くならないと、レティシアの愛するものを守ってあげられない。

「…………」

サイファはペロっとレティシアにはまだ大きい琥珀の首飾りを舐め、レティシアの髪から不機嫌そうにフェリスの匂いを嗅ぎ、フェリスの立派な愛馬シルクの方を見て、ヒヒーン！　と尊大そうに嘶いた。

たいへん我儘なサイファではあるが、義理堅い性格なので、レティシアの心の中の一番の座をフェリスに脅かされて不本意ながらも、フェリスから受けた借りは、地味に返していく方針である。

「フェリスよ、恋敵を召喚するとは、なかなか大人だな」

「誰が恋敵ですか」

「レティシアとはサイファの方が親しいのではないか？」

んん？　と執務机に座りながら、レーヴェは楽しそうだ。

「それは否定しませんが……。いいんです。もともと、僕の恋敵は千年以上生きてる竜だったり、主の姫を失うと飢え死にしかける白馬だったり、我儘な人類以外ばかりです」

「オレはフェリスの恋敵なんて卑俗なものではないぞ。レティシアはオレの娘だからな。政略結婚の旦那のフェリスごとき、オレの相手ではないわ」

「何故、そこで無駄に威張ってるんです……そもそも僕達の結婚があるから、レーヴェはレティシアの父になれるのでしょうに……」

隙あらば、意味不明な言い分で威張らないで欲しい、と、フェリスは読んでた書類をレーヴェに軽くぶつける。

「……サリア人の出生率と死亡率、及び治療環境について？」

頭に降って来た書類の内容を、レーヴェは読む。

「レティシアがサリアの寿命は、ディアナより短い、と言っていたのが気にかかっていて。……治療士や魔導士が少ないことや、栄養状態の問題なのかな、と調べてるんですが……レティシアの御両親も流行り病で亡くなっていらっしゃいますし……」

「……ディアナの麗しの王弟殿下よ。愛しいレティシアの国だからって、他国の内政に干渉はいかんぞ？　おまえもよそからやられると、イラッとして、神殿とか壊すだろ？」

「御意。決して、内政干渉の意図はありませんが、市井の治療環境等が向上するといいかなと」

「イザベラ王妃はフェリスに興味津々で、また逢いたがってたな？」

「……母を亡くした幼い姫から、母の形見を盗むような外道な方に気に入られましても……。早々に、レティシアから奪ったものを、レティシアにすべて返して頂きたいです。……うちの義母上は僕には苛烈な方ですが、まさか、僕から母のものをとりあげたりはなさいませんでした。世の中には、嫌な意味であらたに驚かされる方がいるものだと、心の底から、軽蔑しております」

「フェリスのところは、フェリスがちびの頃はまだステファン生きてたからな、あてにならんステファンとは言え。マグダレーナも若くて自制がもう少し効いてたし。……レティシアは両親いっきに失くしてるし、レティシアを幼い女王にしたかった者もいるみたいだから、だいぶレティシアは、あの叔母さん夫婦にガツンとやられたんだろうなあ」

「レティシアが、そのとき、サリアの女王になってたら、ここにはいないのですね。……不思議な気がします」

　レティシアがサリアの女王になってたら、サリアの為にはそのほうがよかったのでは？　と現サリア王妃の叔母君をフェリスの眼で見た限りでは思うが、そしたらあの子はここにいないのかと思うと、春の盛りと咲き匂う薔薇の花がすべて散ってしまったような、空虚な感覚に襲われる。

「だが、運命は、サリアの姫を、ここに連れて来た。そして、フェリスはレティシアに逢ってしまった。あの娘は竜の国の妃になり、このオレの娘になる。フェリスもオレもディアナの大地も、もうレティシアをたいそう気に入ってしまった。……愉快なイザベラ王妃が何を焦ろうと、それはもう書き換えられないさ」

「……いちいち、オレの娘を強調しすぎです。何度も言いますけど、おじいさま、僕のレティシアで、レーヴェのレティシアじゃありませんから」

「我が子孫よ、そんなに偉大なじいちゃんを無下にするもんじゃないぞ。レーヴェはレティシアを気に入ったとなると、レティシアの安全度、人界以外でも、ずいぶん、あがるぞ」

「それはそうですが……、ああ、レーヴェ、サリアは、どうして魔法の習得を望まなかったんでしょう？　そういう国もあるのは理解してるのですが、ずっと鎖国するならともかく、外国との関係上、どうしても不利になる気がしますが……」

「レティシアを見ててもわかると思うが、サリアの古い民は、魔力はむしろ高かったんだよ。サリアの過去の為政者が、何を封じる為に魔法を使う事に制限をかけたのか、オレにもわからんが……、もう少し、時代にあった暮らしをした方がいい気はするな」

どうか私より先に死なないで、と、十二歳も年上のフェリスに無茶なお願いをする、愛しい姫の為に、レティシアの生まれた国のことも、余計な干渉にならぬ範囲で、そっと気にかけていきたい。


「そう言えば、世の中にはお妃教育というものがあるらしいけど、私、そんなの全然してないけど、大丈夫かしら、サイファ？」

ブラッシングしながら尋ねるレティシアに、そもそも対象年齢以下じゃない？　とサイファは呑気なものだ。誰の婚約者になろうとも、誰の妃になろうとも、サイファのレティシアなことは間違いない。このブラッシングタイムのレティシアはぜんぶ、サイファのものだ。

「お妃教育って何するのかしら？　各王家に伝わる秘伝でも習うのかしら？　ディアナ王家の秘伝、お勉強するなら、楽しそうだけど……。それとも、三歩下がって、夫の影を踏まず？　なかんじ？　昔々の日本じゃないから違う？」

日本の話をレティシアは時々する。それはレティシアとサイファの秘密なのだそうだ。

日本が何処にあるかサイファは知らないが、二人の秘密なので、レティシアの日本の話も好きだ。

「サイファは自分が綺麗な馬だって知ってるけど、フェリス様って変なのよ。あんなに綺麗で賢いのに、自分は怖い貌だから好かれない、とか言ってるの。うちの美人の推し様、控えめすぎなの、ちょっとだけ、自己認識の改革が必要よねー」

自己認識、とは何であろう、と思いながら、レティシアがくれた葉っぱを、はむはむと幸福に食《は》んでいる。やはりレティシアの手から食べる食事はひときわ美味しい。本当にレティシア出立後の食事はまずかった。

サイファの知らぬことだが、やっと実家からの援軍が来て、レティシアもちょっとはしゃいでいた。フェリスの宮の皆が優しくしてくれて、レティシアはみんなのことが大好きなのだけれど、知らない人だらけなことは確かなのだ。

「美味しーい？　サイファ、ちゃんとご飯食べなきゃダメだよ。ごはんサボるなんて、フェリス様みたいだよ」

「ヒヒーン？」

そやつと結婚する為に来たのだから当然なのだが、レティシアの話は『フェリス』だらけだ。

サイファは少し不満である。

いまだかつて、両親と女官以外の人間の名が、可愛いレティシアの唇から、こんなに連呼されたことはない。出逢ったばかりの癖に、うちの可愛い、人見知りなレティシアから、こんなに名前を呼ばれるとは、なんてあなどれない男なんだ、ディアナ王弟……けしからん……。とはいえ、『フェリス様』はサイファとレティシアの恩人でもあるので、無下には出来ぬ。浮世は難しい。

「レティシア、サイファ、ここで大丈夫そう？」

噂をすれば、で、フェリスが厩舎に姿を現した。

「フェリス様。私、お食事に遅刻してます？」

ブラシを片手に、レティシアが少し慌てている。

「ううん？　僕が勝手に様子見に来ただけだよ」

「ホントですか？　久しぶりにサイファに触れて嬉しくて、時間忘れちゃってたかも……」

レティシアの言葉に、サイファの耳はぴくぴくと自慢げに動く。

「美しい仔だね」

サイファを褒めるディアナの王弟殿下は、それこそまことに美しい。

綺麗な男であり、優れた人間であり、そして、人間以上の何か、だ。

レティシアは無邪気にフェリスに懐いているけれど、大地も植物も獣も、人間以外の大概のものなら、言われなくても、それがわかる。これは自分より高位の何か、だ。

「サイファがまだここに馴染まないようなら、レティシアの部屋で寝てもいいよ？」

「……！　そんなに甘えたじゃないもんねー、サイファ？」

「ひ……ん」

さすがに、人間の家の中では過ごしにくかろう、とサイファも思う。

レティシアに甘いにも程があるのでは、この王子……、レティシアの部屋が傷むぞ。

「また明日来るね、サイファ？　気分が悪かったら呼んでね？　すぐ飛んでくるからね」

「サイファ。僕を呼んでくれたら、本当にすぐに来るよ。我慢しないでいいからね」

ふぅ、とサイファは溜息をついた。

サイファの恋敵は、謎めいた美しい王子だが、悔しいが、レティシアとレティシアの愛するものを、この上もなく、大切にしてくれていることは間違いない。

王太后宮の憂鬱

「マグダレーナ様。悪しき噂を流したリリア僧どもは捕縛されたとのこと。まことにおめでたいことです」

「そうじゃな」

マグダレーナはめでたくもない顔で応じた。マグダレーナは、竜王剣の噂を流したのは、てっきり、フェリスを推したいディアナ国内の貴族の仕業だと考えていたのだ。

だから、激昂のままに、フェリスに謹慎を言い渡した。

リリア僧などまったくの想定外だ。

何故ガレリアの田舎僧が、ディアナの玉座にとやかく言いたがるのか、意味が分からぬ。

大人しくガレリアにひっこんでいろとしか思えない。

ガレリア自体は小さな国という訳ではないが、マグダレーナにとって、ディアナ以外の国や、レーヴェ以外の神様など、興味もない。

フェリス自身が竜王剣の噂に関与していると思っていたと言うよりは、『マリウス陛下の玉座に瑕疵《かし》有り』と噂を立てられたときに、フェリスの身を自由にしておきたくなかったのだ。

(母上、フェリスは私を裏切ったりしません。私を裏切るとしたら、弟でない人間です)

我が子マリウスは弟贔屓の過ぎる愚か者だが、それでもマリウスの言う事もあながち嘘でもない。

(私の陛下へのまことが疑われたりせぬよう、よりいっそうこの身を慎んで参りたいと思います)

竜王陛下の姿を受け継いだフェリスは、竜王陛下に似てさほど現世の地位に欲がない。

だがそれはフェリス本人の話で、周囲が必ずしもそう思う訳ではない。

マグダレーナが奨めた弱小国サリアの姫である五歳のレティシアとの結婚も、ディアナ国内でフエリスと婚姻を結びたがる貴族達への強い牽制だ。

「フェリスはどうしているのじゃ」

「王弟殿下は、リリア僧たちの捕縛に貢献されたようですが、本日も、王宮の閣議には戻られる様子はございません。ご領地シュヴァリエにて、レティシア姫と和やかに薔薇祭を散策中とのことです」

「シュヴァリエの民は、ちいさな嫁にがっかりして、呆れておらんのか」

「……こう申し上げては何ですが、シュヴァリエの民は、フェリス様が絶対です。フェリス様がレティシア姫を愛すなら領民も姫を愛し、フェリス様がレティシア姫を嫌うなら嫌うかと……、現状、フェリス様はレティシア姫を実の妹姫もかくやとばかりに大切にされてらっしゃる様子ですので、領民も王弟殿下の意向に習うかと」

「ふん！　なんでもフェリスの言う通りか」

「シュヴァリエはフェリス王弟殿下領となって以後、この十二年間、ディアナでもっとも成長著しい地域ですから、自慢の領主を得て豊かになったシュヴァリエの民にしてみると、フェリス様の言う事が絶対でも不思議ないかと……」

「…………」

そこまでステファンは予期していたろうか？

いいや我が死せる夫ながら、ステファンがそこまでの慧眼とも到底思えぬ。

ステファンにしてみれば、母イリスの死に嘆き悲しむフェリスに、傷心の静養地がわりに、薔薇がとても美しいと謳われたシュヴァリエを与えたのだろう。

若すぎる母の死に、壊れた人形のように凍りついていた五歳のフェリスが、無聊を慰める為に、シュヴァリエの不正を細かく糺《ただ》し、薔薇や領地内の技術を使った新しい商品を開発し、ディアナ国外に貿易相手を大きく拡大し、シュヴァリエをさらに繁栄させるところまで想像していた訳ではあるまい。

いまやシュヴァリエのみで、そのへんの中小国ではとても敵わぬ豊かさを誇っている。

（ハンナがレティシアに、たとえディアナから独立してでも、フェリス様とレティシア様をシュヴァリエの民はお守り致します、と告げたのは、冗談にならない話なのである）

一か月続くシュヴァリエの薔薇祭は、のどかに豊穣を祝うとともに、盛んな商談の季節でもあり、マグダレーナの顔をたてて、シュヴァリエに幼い婚約者を連れて引き籠っていようとも、フェリスはじゅうぶん忙しい。

「つくづく、癇に障る男よ……。竜王剣を陛下が抜けぬなどと、神をも畏れぬ噂を創作したのは、ガレリアの人間のみなのか？　竜王陛下の竜王剣について、リリア僧に教えた者は誰なのか？　ディアナの裏切り者は本当におらぬのか？」

不安がマグダレーナの胸を焦がす。マリウスの玉座を脅かそうとする者を、探し出して、この手で八つ裂きにしなければ気が済まない。

誰にも任せておけない。誰も頼りになどならぬ。

いまも昔も、マリウスの額に輝く王冠を守れるものは、この母マグダレーナのみだ。

「お、王太后様、落ち着かれて下さいませ。ま、まだお身体が本調子ではありませぬ。リリア僧たちは極刑になりますでしょうし、ディアナに裏切り者がいても、じき、それも捕まりましょう」

「……なにも、安心、できぬ……！　誰ぞ、腕のよい魔導士を、我が許へ連れて参れ……！」

「か、畏まりました……！」

王太后の侍女は蒼ざめて平伏した。マグダレーナ王太后はとても心が乱れている。

先日、フェリス殿下とレティシア姫がご挨拶で来られて以来、さらに御機嫌は悪化した。

といって、フェリス殿下は、相変わらず、王太后に逆らった訳でもなく、陛下と義母への変わらぬ恭順を述べて帰って行ったのだか……。

それこそ花ならば、まだ春の夢を見ている蕾。

これから咲き匂う予感に満ちた可愛らしいレティシア姫とフェリス殿下の兄妹のような仲睦まじい御様子が、どうにもマグダレーナ王太后の癇に障ったとしか思えない。

王太后宮の侍女たちは、いったいこのマグダレーナの御機嫌と御加減の悪さをどうしたものかと、暗澹《あんたん》たる思いである……。


「レティシア、サイファと何話してたの？」

レティシアの手を繋いで歩きながら、フェリスが尋ねる。

「え？　フェリス様のお話を……」

フェリス様かっこいいでしょ、と話してたのだが、それを御本人に言うのは、いかがなものかと。

「僕の？　僕はサイファに気に入ってもらえるかな？」

「はい。サイファ、フェリス様のこと、気に入ってると思います」

「ホントに？」

「ホントに。気に入らない人の時は、もっとサイファ、態度悪いので……。馬鹿にして、そっぽ向いちゃうんです」

「それは大変だ」

笑うフェリスを見ると、ああ、おうちのフェリス様だ、と何だかレティシアは安心する。お外にいるときのフェリス様と、おうちにいるときのフェリス様は、違う。

おうちのフェリス様は、優しくて、のんびりしてて、笑い上戸で、可愛い。お外のフェリス様は、ちゃんとしてて、隙がないかんじかな……。

「レティシア、サイファが来て嬉しい？」

「はい！」

ちからいっぱい返事した！

「レティシアは誓います！　この御恩を、いつかきっとお返しします！」

「ううん？　それはレティシアの幸せそうな顔で、充分……レティシア、ほかに、サリアから呼び寄せたい者は？　お気に入りの侍女とか？」

「い、いえ……サイファがいてくれたら充分……きゃ、きゃあ、フェリス様」

ひょいとフェリスに抱き上げられて、レティシアは驚く。

「ホントに？」

「フェリス様、降ろしてくださ……」

な、なんで？　なんで、抱きあげられたの？

「疲れたでしょ？　お出かけもしたし、転移もしたし」

「いいえ。私は全然……お出かけも、凄く楽しかったです」

「いちご摘み？」

「はい！　薔薇祭も」

これからは、サイファとも一緒に行けるんだな、て嬉しさがじわじわ湧いてくる。

「薔薇祭は暫くやってるから、また行こうね。みんなレティシアと逢えたら、喜ぶよ」

「……私で、大丈夫でしょうか？」

抱き上げられたまま、レティシアは尋ねる。

「僕はレティシアがいい。レティシアでなきゃダメだよ」

反則だ。そんな言葉。レティシアに大甘なフェリス様。

フェリス様の意見とシュヴァリエの領民さんの意見がぜんぶ同じかどうかはわからないけど。

「……わたし、フェリス様の妃として、恥ずかしくないように、いっぱい、いっぱい、シュヴァリエのこと、勉強します……」

「レティシア、どうして泣くの？」

「フェリス様が……」

レティシアがいいって。

こんなちびっこでいいわけないのに。

それでも、そう言ってくれた。

この優しい人を、幸せにする妃になりたい……。

御祝いは豪華に

「陛下。ガレリアのリリア神殿倒壊へのお見舞い、如何いたしますか？」

「そりゃあ贈るだろう。馬鹿だなあ、ヴォイド。眠れるフェリスに、わざわざ喧嘩売るなんて、命知らずな奴だなあ、て失笑しつつも、見舞いも送らなかったらうちがヒトデナシになる。もっともディアアナと揉めるんなら、うちはディアアナにつくがな」

森の王国セイシェルの国王リヒトは、二十五歳と若い。

昨年、父の死とともに、国王を継いだ。

「やはりディアアナのお怒りとお考えですか？　ディアアナ側は否定してるようですが」

リヒトの側近、シャルが王に問う。

「ちょうどディアアナでやらかしたガレリアの僧たちが捕まった夜なんだろう？　あんな不自然な雷、

天災だと思うのは、人が好過ぎる。間抜けなガレリアの魔導師たちとて、幾ら何でも天に結界くらい張ってるだろう」

「左様ですねぇ。一部とはいえ、王都の神殿が破壊されてますから、外聞の悪さこの上もないというか……。ディアナの王弟殿下というのは、やはり、別格の魔力なのですか？　陛下は、ディアナに暫く御遊学されて、フェリス殿下とともに魔法の講義を受けたりなさったんですよね」

「別格も別格。あれは人の魔法の域じゃない。普通は腕を上げに魔法を学びに行くんだが、フェリス、途中でどうもこれはまずい、と気が付いて、出来ない振りに切り替えてたからな。……怒らせなければ、ごく穏やかな男だし、あいつは兄者のマリウス贔屓だから、黒子に徹してるしな」

「何やらマリウス陛下に悪しき噂も流布したとのこと……。我が国でもリリア僧への警戒度をさらにあげておりますが」

「面倒そうなら、全リリア僧を国外退去にして、我が国から放り出してやれ。いちいち善良か悪質か調べるより楽だ。ディアナでやってた話を聞けば、僧にみたてたガレリアの兵と言っても、過言ではあるまい。……ヴォイドは随分おかしなことを考えるな？　マリウスをディアナ王にしとくほうが、何かと怖くないと思うがな。あれは平和な男だし。余ならフェリスとは喧嘩したくない。ディアナ正規軍の数の多さ以前の問題だ」

「ガレリアが、ディアナ転覆を、本当に画策してらしたとしたら、なかなかに勇者すぎますよね……あんな古くて強固な国……」

「ディアナは隙のない国だし、何よりディアナを傷つけて、ディアナに甘いレーヴェ神に呪われるのが、魔法と親しい国の人間ならば怖い。竜は蛇のように、受けた恩も仇も忘れぬ生き物だ。ヴォイドは、わりとそのへんに無頓着なんだろうな。でないと怖ろしくて、できない」

「……ガレリアだけにお見舞いを贈って、仲を誤解されるのも嫌ですから、ディアナに……そうですね、フェリス殿下の結婚祝いを、さらに盛大に贈っておきますか？」

「うんざりするほど豪奢にして贈ってやれ。どうやらフェリスは、サリアのちいさな姫を、いたく可愛がってるらしいから、何処もきっと派手に祝い出すぞ。フェリスが望んでない結婚なら、騒ぐのもなんだしと控えめに祝ってたからな」

リヒト自身が若いので、あの怖い程、無表情な美貌の少年だったフェリスが、小国から来た幼い花嫁を大事にしてると聞くと、愉快過ぎて、いますぐにでも覗きに行きたい。

あの、自分を口説こうとする相手の全てを虫けらのように見ていたフェリスがなあ。

（当然、美貌だったので、男からも女からもよく口説かれていた。フェリス自身は黙殺していたが）

人間は、意外性でできているもだなあ、と、他人事なので大変面白がっている。

だが、リリア僧の暗躍など、とくに意外でもなければ、面白くも何ともないので、とっととセイシェル国内からもついでに一掃したい。


「サイファは大事な友達なのですが、フェリス様は、どうしてサイファのこと気にかけて下さったのですか？」

「僕に、サイファの話をしたときのレティシアの表情がね」

レティシアを軽々と抱いて、フェリスは夕闇の降りて来た芝生の上を歩く。

「私の……？」

「父様と母様と、サイファと、ニホンの話。その三つが一番、レティシア、切なそうな表情をしてた」

「……」

母様と父様とサイファは今生の話。日本の話で切ない顔してるなんて、自分では知らなかった。ただ愛おしく懐かしい、とだけ思ってた。この世界とは違う故郷の思い出を、誰とも共有できないのが、ほんの少しだけ寂しいけれど……と。

「僕の姫君は、まだ僕に心を許してはくれないから。きっと心に望みがあっても、僕に言えない」

「……？　そんなことないです！　許してます許してます、全力で信頼してます、フェリスさま」

本当だもん！　フェリス様のこと一番信じてるよ！　だって、他に信頼できる人なんて、いないし……。

「本当？　でも僕は髪飾りひとつ、レティシアからねだられたこともないんだよ」

「髪飾り？　ですか？」

婚約者に髪飾りをねだるのが、もしや、ディアナの女性の信頼の証とか？　ちょっとリタとかに聞いておくべき？　宝石箱に髪飾りはいっぱいあるけど、それが風習なら、全力でフェリス様にねだりたい。

毎日、庭の薔薇でいいので、フェリス様の手で摘んで、私の髪に飾って下さい、とねだるよ……（ローコスト）。

「レティシアは僕を我儘にしたい、て言ってくれたけど」

うん。だって、フェリス様、人生遠慮しすぎでは、と思ったので。そのときのことを思い出したのか、フェリス様が微笑っている
「僕はレティシアに甘えられたい」

我儘なフェリス様と甘え上手なレティシア？　なかなかにどちらも難易度高いような……。

「でも、私、毎日、フェリス様に甘えてると……」

「本当？　いつ？」

「だって、美味しい御菓子食べるとフェリス様にも食べさせたいて思うし、フェリス様出かけてらっしゃると、フェリス様早く帰って来ないかなって思うし、すぐフェリス様の部屋にごはんちゃんと食べろーって夜襲かけたくなるし……そういうのは、甘えてる、て言いませんか？」

フェリス様のせいで、孤高の王女が台無しだもん。フェリス様がいないと寂しいなって。そんなだいぶ甘えた娘になってしまった。

「……レティシアの甘えてるって……。ダメだ、可愛すぎて……」

フェリス様は、凄く優しい貌で微笑ってる
「大好きだよ、レティシア」

レティシアのおでこにフェリスのキスが降りてきた。

「……私の方が、大好きです！」

なんだかわからないけど、レティシアが甘えてくれない、て拗ねてたフェリス様の御機嫌なおった？　かも？　それにしても髪飾りについては、リタやレイに調査を要する。


「レティシア様、お帰りなさいませ」

「ただいま、ハンナ」

「レティシア、疲れてるだろうから、部屋に軽食を運ばせて、このまま寝てもいいよ？」

「ダメです。昨日も、夕食時に出かけちゃったから、きっとフェリス様に御馳走食べさせたかった御邸の方々しょんぼりしてるはず。今日はおうちでうんと豪華なディナーを食べましょう！」

豪華なディナーて言っても、レティシアが作るわけじゃないけど（それはべつにいまの五歳のレティシアじゃなくて、たとえ二十七歳の雪がここにいても、フェリス様が食べ慣れてるような御馳走作れる気はまったくしないが……）

「……はい。僕の奥方の仰せの通りに」

なんだか、フェリス様のツボに入ったのか、フェリス様嬉しそう。

フェリス様のツボって謎なの！　謎なところで、よく喜んで下さる（いい人……）。

「まあ、レティシア様は、立派な小さな奥様ですね」

「立派な奥様は、抱っこされて馬屋から戻って来ないと思うの……フェリス様、降ろして下さい」

「レティシア、腕にちょうどいい重さだったのに……」

とっても残念そうに、フェリス様が部屋の前でおろしてくれた。

サイファよりフェリス様のほうが我儘なのでは……。

「では、食事に迎えに来るよ。着替えておいで」

「はい」

指にキスしてもらって、フェリス様と暫しお別れ。

……人を抱き上げて運ばないで欲しい、て思ってたのに、フェリス様が離れてくと、寂しい。

(こういうのを甘えたって……言うのでは?)

「お出かけ、お疲れになりましたでしょう、レティシア様?」

「あ、ううん。楽しかったから、少しも……」

ハンナに明るく話しかけられて、つい去っていくフェリス様の背中を見てたけど、振り返る。

背中も綺麗なんだよ、フェリス様。隙がないって言うかね、凛としたかんじ！　さすが我が推し！

「シュヴァリエの者たちは、レティシア様にお逢いできて、喜んでおりますよ」

「そうかな。そうだといいな」

鏡の前の椅子に座らせてもらいながら、戸惑いがちに返事をする。

鏡の中のレティシアは可愛らしい女の子だけど、やっぱり、ちっちゃい！

どうやったって、ちっちゃいのだ！

さっきまで、フェリス様と二人だったから、このレティシアがあのフェリス様の奥方には見えないよねって。譲っても、可愛い妹……てかんじ。

「そりゃあもちろんですよ。みんなレティシア様に逢いたがってますもの。私など、レティシア様の身の回りのお世話を任されて、鼻高々です」

「シュヴァリエの自慢のフェリス様の奥さん、こんなに、ちっちゃくてがっかりしないかな」

「……レティシア様」

ちょっと気にしているレティシアに気づいて、ハンナは鏡の中で、ブラシ片手ににこっと微笑む。

「幼い王女様がいらっしゃることはお聞きしてました。フェリス様から、レティシア姫は、きっととても心細い思いで来るだろうから、皆くれぐれも優しくしてあげてくれ、て言われてました」

「フェリス様から……？」

逢う前から、そんなことまで、心にかけて下さってたんだ、フェリス様……。

「それに、本日レティシア様にお逢いした者たちは、これまでの十二年間で見たこともないような、フェリス様のお優しい御様子を拝見できて、心から喜んでいたと思いますよ。ハンナは嘘でなく保証できます。私はお仕えしてて、こんなによく笑ってるフェリス様を初めて拝見してます」

「そ、そう？　フェリス様、笑い上戸だから……」

「フェリス様は決して笑い上戸でないと……。それはレティシア様限定では？」

笑い上戸じゃないんだ、フェリス様！　とレティシアは驚く。

「レティシア様はフェリス様を幸せになさってますから、どうぞ御年のことなどお気になさらず、自信を持って、どーんと構えて下さい」

「どーん?」

可愛くて、思わず繰り返してしまった。

「あ、いえ、どーんは変かもしれませんが……あの……本当に、レティシア様がいらして、楽しそうですよ、フェリス様」

「だったら嬉しい! ありがとう、ハンナ!」

「え。あの。レティシア様、もったいないことです……!」

思わず、感極まって、ぎゅむー! とハンナに抱き着いてしまった。

幸せだったらいいなあ、フェリス様も。レティシア、フェリス様のおかげで、いま、とっても幸せだから……。

「マグダレーナ様があまり親切でない御心で、レティシア様をフェリス様に薦められたと私共も噂で伺っておりますが」

「うん」

レティシア自身も、話を聞いていて、レティシアはまるでフェリス様を縛る鎖のようだと思った。

「フェリス様は、幼くして御両親を亡くされたレティシア様の事を考えて、……私共にも、もし姫にとって王宮が窮屈なようなら、レティシア姫をこちらで育てるかもしれないから、とお話されてました」

「フェリス様が……?」

フェリス様はどうしてそんなにレティシアに優しくして下さるんだろう？　十七歳にして、子育ての環境心配しちゃう、フェリスパパ……。レティシア、フェリス様の子供でもないのに……。

「フェリス様って過保護だよね……」

誰にでも過保護なのか、お嫁さんだからレティシアにはとくべつ過保護なのか、わからないけど。

リリア僧のところに潜入捜査に行った時も、そんなに危なくなさそうだったのに、気が淀んでいて、僕のレティシアが穢れる、てレティシアはすぐおうちに返品されちゃったんだよ（いまだにちょっと不満ー。でも我儘いって連れてってもらっただけなので文句言わないー）

「元来、お優しい方なのですよ。お顔立ちが整いすぎて、冷たい方だと誤解されがちですが」

「うん！　私もそう思う！」

きゃー、推しトーク満喫！　ハンナさん、好き！　フェリス様がもっと優しいとこを世間にも伝えたいの。どう考えても、キャラ的に氷の王子ではないと思うの。

「僕は王宮で義母上のささいな言葉に心が塞いでも、シュヴァリエに馬を走らせて、朝から晩まで薔薇畑で一日の大半を過ごす民たちを見ていると、自分の悩みがいつも小さいと思える。我が地の民たちのために、王宮や他国との交渉で、誰よりも有利な条件を勝ち取りたいと思うし、気紛れな天候から、皆が丹精込めている畑を守りたいと思う。僕の下手な言葉などより、シュヴァリエの美しい風景は、ちいさな姫の心も身体も強くするはず、と。……昔、皆が、少年の僕に力をくれたように、幼いレティシア姫にも、シュヴァリエの力を分けてやってくれると嬉しい、と」

「………」

レティシアからの熱い抱擁が落ち着いたのち、鏡の前でレティシアの金髪を梳いてくれながら、ハンナが話す言葉に、だんだん、レティシアの白い頬がぱーっと紅く染まっていった。

レティシアは、フェリス様のこと、どんな人だろう、とか、怖いなー、とか、ここに来る前、そんな風にしか思ってなかったのに。フェリス様は、遠くから一人で来るちいさな婚約者殿を、どうやったら元気にできるだろう？　て考えてくれてたんだ。

「僕はおもしろい男でもないし、怖い貌だし、レティシア姫は僕を怖がるかも知れないしね……と心配しておいででした」

「……私、生まれてから、こんなに綺麗な人を見たのは初めて！　と思いました！　フェリス様、聡明なのに、御自分への評価だけ、ちょっと変じゃないですか？」

「ですよね」

ハンナも笑ってる。

「僕がちいさな女の子に人気をとれると思えない、と案じてらっしゃいましたが……」

「さっきも、街で、フェリス様のお嫁さん希望の子だらけだったのに。女の子も男の子も」

可愛かったなー、ちびちゃんたち。

「そうなんですよね。フェリス様、お暇な時は、当地の子供達に魔法や文字も教えて下さるので、シュヴァリエの大人達のみならず子供達にも人気なのですが……あんなふうに仰るなんて、よほどフェリス様、王宮でひどいめにあってるのでは？　もう王都になど行かせたくない、と私共もいつも憤慨してます」

それは……そんなこと困ります！　ちゃんとうちのフェリス様を王宮に帰して下さい！　と、リタやサキから反論があるかも知れない……。

「フェリス様が領民さんととっても仲良しで、お祭り歩いてても、私も嬉しくなりました」

意外だった！

変な話、フェリス様、王族なんだし、もっとだいぶ距離感のある領主様かと思ってたら、うっかりシュヴァリエの街の若者なみの距離なし感だった！

「こちらはみな田舎者なので、フェリス様がお優しいことに甘えていて、王都の方のように礼儀がなっていないかもしれないのですが……。どうぞここにいるときは、レティシア様も、王宮の窮屈なお作法は忘れて、のんびりお過ごしくださいね」

「はい」

何より、サイファも連れてきてもらったばかりで、ディアナ王宮の厩舎はサイファにも肩がこったかもしれないので、ちょっと長閑なこちらの厩舎でよかったな〜と鏡の中のレティシアは、ハンナの優しい声と手と、推しのフェリス様ベタ褒めトークに、大ご機嫌の笑顔だった。

ディアナの守護神の怒りを鎮めたい

「ええい、あの落雷は、誰の仕業かわからんのか、この無能魔導士め！　それでよくガレリアの守護の筆頭魔導士など名乗れるな！」

「申し訳ありません、猊下《げいか》……」

リリアの大司教カルロは苛立ちとともに魔導士を責めた。

「神殿の神聖魔導士にもわからんのか、カルロ？」

「は。陛下。申し訳ありませぬ……」

ガレリア王ヴォイドも、玉座から問うた。

「レーヴェ神の怒りだと、ガレリアの民は怯えている。……神の怒りなぞということが本当にあるのか？」

ガレリアの王ヴォイドはうろん気に尋ねる。

目の前のリリアの大司教を見ていても、神がかりの有難さのかけらも感じない。

言っては何だが、俗世の垢に塗れて見える。

これはリリア神が遠き天におわす我が国だからで、ディアナにいけば、レーヴェ神が地にあって、竜の気配にでも満ちているのか？

「レーヴェ神は、穏やかに眠る竜の神ですが、ときおりディアナを守るために、目覚める記述が歴史書に見受けられます」

王から尋ねられ、筆頭魔導士サウルは応える。

だが、五十五歳のサウルとて、他国の神の御業など探知できた覚えはない。

魔法省は、リリア神殿の指図によるリリア僧の行き過ぎた動向に、異論を唱え続けている。

ガレリアの魔法省は鉄壁でも何でもない。ディアナと一戦構えて、ディアナの魔法省とやりあって勝てるなどと、サウルも魔法省の人間も自惚れてはいない。向こうの層の方が厚い。

神殿の長であるカルロの自信が何処から来ているのか知らないが、噂のレーヴェ神のディアナへの加護のようなリリア神の神殿への加護も感じない。

「そなたは民の言うように、落雷はレーヴェ神の怒りだと申すのか？」

「い、いいえ、そのような、畏れ多い……。ただ、我らの張り巡らせた結界を、超えられる魔導士など、フローレンス大陸にも幾人もおりませぬ。集団で行ったとすれば形跡が残る筈ですが、それもありませぬ」

天を掻き分けた侵入の形跡が掴めない。

「ディアナでの、リリア僧の捕縛にはディアナ王弟が絡んでいるのであろう？　落雷にも、あれが絡んでいるのでは？」

「フェリス王弟殿下は、幼い頃、非常に強い魔力をお持ちでしたが、十五歳を境に強い魔力は失われた、と言うことになっておりますが……あまりこの話は信じられておりませぬ。魔法で生計を立てるような御方ではないので、あえて魔力を内外に示す必要もないでしょうから」

「フェリスが己の魔力を隠しているとしたら、何の為だ？」

「……ディアナでは、魔力の強い者は、レーヴェ神の加護が強いことになりますから、王位を巡る争いを避けられたのでは？　とも言われておりますが……推察の域は出ません。そしてフェリス王弟殿下にしろ、配下の魔導士の術にしろ、我らはその痕跡を掴めておりません」

「ええい、この役立たずめ！　さがるがいい！」

サウルはカルロの罵りに首肯して、ヴォイド王の御前を退いた。

ディアナ側の仕業だ、フェリス王弟の仕業だ、の返事を、王と大司教に待たれていることはわかるが、ガレリア魔法省としては、何の証拠もないことは言えない。

何でもかんでも、根拠なく邪神レーヴェの仕業にしている、迷信深いカルロ大司教などに叱られるのも腹立たしかった。

そもそも今度の不祥事も、王がカルロ大司教を増長させたからでは、いらぬ遺恨を持たれたのでは？　とさえ思う。

「神殿の破損は、カルロ、そなたの座所のみなのか？」

「はい。陛下。御心配をおかけしまして……」

心配している訳ではない。局地的に狙ったのなら、随分的確だと、感心している。精度がいい。

「民も不安がるし、他国への威信にかけても、神殿の再建を何よりも急がせよ」

「畏まりました」

何事かあると、魔法で繋がれた伝令により、一瞬にして、世界各地に知れ渡るというのも困ったものだ。

ガレリア王都リリア神殿に落雷、と、ディアナで大量のリリア僧逮捕の報告が、一夜にして、フローレンス大陸を駆け巡り、すわ、ディアナのレーヴェ神の怒りか？　とガレリアが笑いものになっている。

ディアナからは「リリア僧による拉致未遂に大いなる遺憾の意、度重なる恣意的な不祥事への抗議、リリア僧の行動制限」が示されている。

「陛下、愛するガレリアの民たちがレーヴェの怒りを畏れて、レーヴェ神殿に参っています。口惜しゅうございます」

しおらし気にカルロ大司教が訴える。

「……余にそれをどうしろと？　そもそもそんなことは、そなたの徳のなさのせいではないか？」

ガレリアにも、派手なものではないが、レーヴェ神殿もある。

落雷に怯えたガレリアの民たちが、レーヴェ神に怒りを収めてくれ、私達は何もしてない、と苺だの野菜だの魚だのを供えることまで規制できまい。

それで気がすむなら、レーヴェ神殿への参拝くらいさせておけ、としか思えない。

「レーヴェ神殿に参ったからとガレリアの民を傷つけでもしたら、そなたは即解任とする。神殿への落雷で解任されてないだけでも、感謝せよ」

「陛下、お待ちを……！」

うっとおしげにそう言ってから、こやつを解任して、落雷の責を負わせるのも悪くないかもしれん、とヴォイド王は思った。

リリア神も天の落雷から大司教を助けてくれない程度には、カルロは私腹を肥やしているので。

情報は、魔力の網を通して、一夜にして、フローレンス大陸を駆け巡る。

正確であるか、歪曲されてるか、曲解されているか、はともかくとして。


「フェリス様。レティシア様を薔薇祭にお連れしてようございましたね。レティシア様が可愛らしいので、シュヴァリエの人々に大人気でしたね」

「そうだね。ディアナに来るなり、レティシアには苦労ばかりかけてるから、ここで少しでもレティシアにくつろいでもらえるといいな……」

フェリスとレティシアが楽しげだったのがよくなかったのか、義母上がわざわざ御茶会を開いてレティシアを招いて、フェリスよ、側妃を選んではどうだだの言い出したのが謎過ぎた……。

フェリスの性格的に、そんなことを受けいれないことは、義母上はわかっていると思うのだが、あれはただレティシアの反応を見たかったのか、意地悪したかっただけなのか……。

可愛らしいレティシアが、義母上に負けない、へこたれない姫でよかった……。

結婚前から、側妃だ、謹慎だ、とろくな話題がなくて、大人の姫にすら愛想をつかされそうな状況なのだが、ちいさなレティシアは元気にフェリスの宮をくまのぬいぐるみを抱えてパタパタと歩き回り、フェリスの食事の心配ばかりしている。

「レイ、さっき僕と二人でいたときも、レティシアがレイにとても感謝してたよ。サイファのことを調べて、危険を知らせて下さって嬉しいって。いつか、この御恩は返すので！　て……」

「レティシア様が愛馬をとり戻せて本当に嬉しそうで、私も嬉しゅうございます。恩などと、滅相もございません。それにつけても、サリアの情報の混乱具合には、この温厚な私もいささか苛立ちました」

「うちのレイは、いつ温厚だったんだ……？」

フェリスは素朴な疑問を口にする。うちの随身は有能だとは思うが、果たして温厚な部類なんだろうか？

「私は常に、春の日差しのように、温厚でございますとも。……フェリス様との婚姻が結ばれる前に、レティシア様をサリアの女王にと推そうとする派閥があって、それが為にレティシア様はひどく迫害されたようですが、それ故に返信が遅いのか、それともただ単にもとから怠慢なのか、非常に疑問に思いました」

「サリア王妃も奇妙な方だったしね……。きっと亡くなった先代のサリア王と王妃がよい方で、レティシアはあんな風に優しい子に育ったんだろうね」

「我が母サキが、フェリス様のお嫁様ですから、どんな姫君がいらしても何より大切にする心づもりでしたが、想像以上に、可愛らしくてお優しい御気性のレティシア様がいらっしゃって、毎日が楽しくて仕方ないと申しておりました。今頃、王宮で寂しがっているでしょう」

「そうだね。やはり、サキも連れて来てやるべきだったかな……」

あれこれとレティシアを迎える支度をしていた頃、きっと可愛い花嫁様がいらっしゃいますよ、フェリス様、と乳母のサキは予言したのだが、レティシアに逢う前のフェリスは未来を思い描けなかった。

こんな小さな嵐のような可愛い人がやって来るとは思ってなかったので。

「いえいえ、こちらの女官方とレティシア様が馴染むことも重要、と母も言っておりましたので……あれでもフェリス殿下の乳母ですから、母が来ると皆が母に決定権を譲ってしまいますからね……。フェリス様、レティシア様がお時間あるようでしたら寄って頂けたら嬉しい、という行事のリストを、私、先程、山のように渡されたのですが……」

「うーん。でも、ちゃんと僕の妃として、公式行事に参加となると、レティシアも今日ほどのんびりできないだろうからね……公式には、もう少し落ち着いてからにしようかと……いまのうちはレティシアに遊びながら、シュヴァリエの薔薇祭はこんな雰囲気だよ、て覚えてもらって……」

「左様でございますね。ちゃんと皆も、正式には無理でも、御予定次第で、お忍びでのお立ち寄り熱烈お待ちしております、と書き添えてあります」

「いくつかは正式に出てもいいんだけど、うちもうちもとなるだろうしね……」

可愛いレティシアを正式にお披露目してもあげたいが、王宮では義母上の脅威もあるし、いまは少しのんびりさせてあげたいかな、と。シュヴァリエの皆も、何と言ってもレティシアはまだ幼いので、フェリスの回答にも納得する筈だ。不安はもちろん、レティシア本人にも、領地の皆にもあるだろうけど、自然にできる範囲でやっていく。

レティシアに無理や背伸びをさせるつもりはない。フェリスが、五歳でシュヴァリエの領主になったときは、もう少し意地になってたけど、いまは、シュヴァリエの人々とフェリスのあいだに信頼関係があるので、レティシアの成長を急がせなくていい。

「レティシア様には、フェリス様のみならず、まわりの者を優しくさせる力がおありです。私のように、主に温厚さを疑われる随身でも、そっと陰ながらお守りしたくなります」

「そうだね。レティシアは自分では何も望まないで、人の心配ばかりしてるから、こちらが、あれもこれもと、してあげたくなるよね……」

我ながら、たとえ年齢差がなくても、随分ひどい嫁入り先だと思うのだが、レティシアは、毎日フェリスといられて、凄く幸せだと言ってくれる。サリアでレティシアがどんなひどいめにあってたのか本当に心配になる、レティシアの為に、あのサリア王妃も少し調べておくべきだろうな。

愛馬もお気に入りの女官も、みんな一緒に連れて来られて当然のもので、ディアナの感覚で言うならば、こんな幼い姫をたった一人で輿入れさせるサリアという国がどうかしてるのに、フェリスやレイのおかげで、サイファと一緒にいられる、と感激して、御恩返しに燃えてる、うちのちいさなお姫様……。

「レティシア様は、リリアの神殿が壊れたら、民が悲しむと、心を痛めておいでてしたね」

「……反省している。あの地下に、随分な数の者達が幽閉されていたので、少々、頭に血が上った」

「とはいえ、『レーヴェ様の神雷』のおかげで、リリア僧に潜入されたディアナに付け入る隙あり、とは他国の方も思わないでしょうから、私は『ディアナへの狼藉へのレーヴェ様のお怒り』は当然だと思っております。我が主に類が及ばなければ、他国の神殿の改装にも何の興味もございません。

が、……それでも、あのように、見知らぬ神殿のことを心配をする優しい姫がフェリス様といて下さるのは、フェリス様の為に、いいことだと思っております」

「……僕もそう思う」

フェリスは、普通の人が持っていないような魔力を持っていて、自分だけの判断だと、ときには、その魔力の使い道に迷うので。優しいレティシアが傍らにいて、フェリスが思いつかぬようなことを言ってくれるのは、フェリスもいいことだと思う……。

王太子は薔薇の姫を恋う

フェリス叔父上は婚約者を伴って、婚礼準備に入られるとのことで、領地シュヴァリエにお帰りになられた。

婚礼準備と言ってるけど、おばあ様がまたやんちゃして、叔父上ともめたので（もめたというか単に叔父上が一方的に被害被ったというか）、暫く自粛して出仕は控える、ということらしいけど。

おばあ様は叔父上の慈愛と献身に甘え過ぎだと思う……。

それにしても、あのふたり、本当に結婚するんだ…。

そりゃそうだよな、ちびは叔父上との婚姻の為にディアナに来たんだもんな…。

でも…なんだ…その…少し早すぎないか、結婚？

あいつ、あんな、ちびなんだから、もう少し先でもいいんじゃないのか？

いや、フェリス叔父上が急いでる訳じゃなくて、……あのふたりの結婚は、おばあ様が決めたんだっけ？　叔父上がちっとも結婚にご興味なかったからか？　だからってなんであんな……。

「……つまらないな」

「ほお。私の講義はそんなにつまらないですか、王太子殿下」

マーロウ師が白い髭を弄っている。

「い、いや、先生、そんなことはない。い、いまのは違う」

「……何を悩んでおいでじゃ？」

「な、なんでもないのです」

白髪白髭のマーロウ師は、魔法省の重鎮であり、父マリウスや叔父フェリスの魔法の師でもあり、いまは王太子ルーファスの師でもある。

「そうは見えませんがの」

「……先生は」

「ふむ？」

「いつ頃、結婚なさったのですか？」

「……？　それは随分昔の話の話ですな。どうされました、ルーファス殿下。フェリス殿下の結婚が羨ましくなられましたか？　レティシア姫、とても可愛い方ですものな」

「いえ、そんな！　先生もレティシア姫にお会いになったのですか？」

「私は王弟妃殿下の魔法学の講師の名誉を頂きました。すなわち、ルーファス様もレティシア様も私の可愛い生徒ですので、御二人とも我が門下となられますな」

「そ、そうなのですか。それは光栄です」

何故か赤くなってしまった。本当に、あのちびの話になると、僕は変だ。

そう言えば、そうだ。おばあさまの御茶会のときにフェリス叔父上も仰ってた。

レティシアも、マーロウ先生に魔法を教わってるんだよ、て。

「まだ一度お会いしただけですが、レティシア姫はディアナにいらしたばかりで何もかも珍しくて仕方ないらしくて、私の話を貪るように聞いて下さいましたよ。とくに、御夫君になられるフェリス様の話を熱心に聞いておいででした」

「それは、そうですよね……」

ちびは叔父上と逢ったばかりで、叔父上のことを何も知らないからな。そりゃあ聞きたくて当然だ。叔父上のこと、何も知らない癖に、何故あんなに叔父上の為に一生懸命なのだろう？

「ルーファス様は、レティシア姫が気がかりで？　フェリス様と御一緒にシュヴァリエに行かれたのですよね。シュヴァリエは今頃、薔薇祭で美しい盛りだ」

「いいな。僕も行きたいな」

薔薇の咲き乱れる美しいシュヴァリエの道を、フェリス叔父上とレティシア姫が歩いてる。薔薇を一輪摘んで、フェリス叔父上がレティシア姫の金髪に飾る。

そんな絵が浮かぶと、なんだか、ルーファスは不機嫌な顔になった。婚約者なんだから、薔薇くらい摘んであげて当然だ、と思うが、楽しくない。

「許可が下りるようなら、殿下もお行きなされ。シュヴァリエはいまが一年で一番いい時分です」

マーロウ師の優しい声を聴いていると、勝手につまらない妄想をして不機嫌になっている自分が恥ずかしかった。

レティシア、サイファのお引越しを、竜王陛下にご報告する

「竜王陛下。フェリス様が、サイファを探してくれました。フェリス様のおかげで、サイファをディアナに連れて帰ってこれました。今日からサイファも、竜王陛下のおうちの子になりました。どうかよろしくお願いします」

レティシアは自室で一人、レーヴェの肖像画に報告していた。お部屋で竜王陛下にお祈りできるの、やっぱり、いいー！　本邸の素敵なタペストリーの竜王陛下も大好きだけど。

（よかったな。レティシア、本当は、ずっと逢いたかったんだよな、その子に。我慢してたんだな）

「我慢、ではなくて……自信がなかったので、私よりも、誰か幸福な人の傍でサイファに幸せになって貰おうと思って……いえ、やっぱりやせ我慢ですね……」

なでなでしてくれる気配に、レティシアは金髪頭を傾ける。フェリス様と似た、柔らかい、金色の気配。この国に来てから、ずっと、この優しい金色の気配に守られている。

サイファを連れて行きたい、て言った時、いくら冷や飯ぐらいの王弟殿下とはいえ、ディアナでも王弟妃殿下の馬くらい用意してくれるわよ、て叔母様に鼻で笑われた。そういうことではない、レティシアは立派な馬が欲しいのではなくて、サイファと一緒に行きたいのだ、と言ったけれど。

(サイファのような我儘な馬を連れて行って、ディアナで何かあったらどうするの？　可愛いレティシア姫の我儘だと、ディアナの王弟殿下が許してくれるとでも？)

そう言われたら、どうしようもなかった。

ディアナの王弟殿下は、レティシアのような子供が嫌いかもしれない。

そもそもあまりフェリス王弟殿下が、女性どころか人間を好きだという噂が聞こえて来ない……。レティシアと同じように、ディアナの意向に添ってレティシアとの婚姻を承諾したのだろうし、そんな方に我儘を言えるはずもない……。

レティシアはフェリス王弟殿下に好かれていないから、自分の身もどうなるかわからない。

ディアナでサイファを守れる力もない……。

(フェリスが悪評を放置しすぎたせいで、ここに来る前、物凄ーくレティシア怖かったんだな。可哀想に……あの馬鹿、もう少し、己の評判をあげないと、要らぬ心配を……)

「いいえ！」

ぷん！　とレティシアは金髪を振り上げた。

お、元気だな、ちびちゃん、とレーヴェはびっくりして、ちょっと上方にさがる。

「それは、少しも、フェリス様のせいではありません、竜王陛下！　悪評を撒く心無い者達と、私の心が弱かったせいです！　心が弱っていると、悪い事ばかり、考えてしまうのです……いいふうには、何も、なにひとつとして、考えられないのです……」

父様と母様においていかれたばかりの、つらい気持ちを思い出す。

毎日、砂を食べるように、パンを食べていた。

生きなければならない。

死んではいけない、生きて幸せになって欲しい、と、父母が言ったから。

両親の為に、生きのびねばならない、と。

このパンだとて、大切に作られたのだ。手に入らず、ひもじい思いをしている人もいるのだ。食べ物は、大事に食べなくては。でも、何の味もしない……。

（そりゃあそうだよ、ちびちゃん。両親亡くして泣いてる五歳の子供が、いきなり嫁に行け、て言われたんだよ。どう考えても、そうそう前向きには考えられないだろうよ。ちびちゃんは、滅茶苦茶、頑張ったぞ。もう、うちに来たんだから、うちの子として、うちで大事にするからな）

「いまなら、叔母様にも叔父様にも言えます。うちの優しいフェリス様は、何故、馬を連れて来てはいけないの？　レティシアの馬なのに？　て不思議がるって。もしや僕が嫌われ者だから貧乏で馬一頭も養えないとでも思われているのかい？　てお笑いになるって……」

（そこは心配するな。フェリスは意外にも商売上手で、やたらに蓄財してるから。シュヴァリエはフェリスの自由になるから、気軽に思いついたことをやってたら、やたら儲かっちゃったんだよな。レティシアとサイファぐらい養うのに苦労しないから。……レティシア、よく似合ってるぞ、母上

の首飾り）

「偶然にもお逢いしたので、叔母様がフェリス様がよい方だって、サリアにも広めて下さるといいですけど……うう。でも叔母様がフェリス様に悪い事しないか不安です……」

レティシアも手紙を書こう。

フェリス様はとてもいい方で、サリアに聞こえていたディアナの、王弟殿下の悪評はみんな嘘だって。見たこともないほど、美しくて優しい方だって。

大切な母様の首飾りとサイファを、レティシアに取り戻して下さったって……。

フェリス様が優しい方だから、レティシアは幸せだって手紙を書いたら、ウォルフのじぃがどんなに安心して、喜ぶことだろう……。

（大丈夫だよ、レティシア。フェリスはレティシアに優しいだけで、とっても怖いから）

後半はレティシアには聞かせずに、竜王陛下は、新規の可愛いちいさな信者の髪を、よしよしと安心させるように撫でていた。

そりゃあな、こんな優しい性質の子に、本性ばれて怖がられたくないわな、オレのお姫様と違ってレティシアは戦姫じゃないからな、と苦笑しつつ。


フェリス様はどんなことをしてもらうと嬉しいのかな？

感謝の気持ちが溢れそうなレティシアは、フェリス様も喜ばせたい。

フェリス様の喜ぶことを探すために、フェリス様を今まで以上に注意深く観察しなければならない！　毎日フェリス様を見つめて楽しく観察（？）、推し活（？）してはいるのだが。

「レティシア、夕食に行こうか」

「……はい」

フェリス様が迎えに来てくれて、二人で手を繋いで夜の晩餐へ。

「どうしたの？」

「フェリス様、なんだかきらきらが増してます」

「……？　レティシア姫が綺麗にしてきてくれるんですから、少しは綺麗にしましょうて毛繕いされたせいかな？」

「毛繕い」

思わず笑ってしまう。

フェリス様て美形だけど、本当にほったらかしだものね。ほったらかしでも寝起きから輝いてるけど。

「サイファもレティシアに綺麗にしてもらってたじゃない？」

「フェリス様の髪も梳きましょうか？　今度？」

楽しそう！　フェリス様の毛繕い！　あれ、でも、私が楽しいんじゃなくて、フェリス様が楽しいことを探さなきゃ！

「それは……、ありがたいけど、僕が梳いてあげたいな、レティシアの綺麗な髪を」

「じゃあ、今度、二人で！」

「うん。僕は怒られないかな、女官たちに。職域侵犯で」

楽しそう！　女子会みたいで（だいぶ間違い）。着せ替えもしたーい！

「サキは、フェリス様にもっと自分にかまって欲しいって言ってましたよ」

「それはよく言われる。何故だろう？　世の男性はもっと自分に熱心なんだろうか？」

「うーん。どうでしょう？」レティシアは男兄弟もいないので、ちょっとわからない。

サリアのお父様は国王だったから、身繕いはそれぞれの担当の人がいた。

あ、前世なら、髪型命の後輩男子とかいたな。髪型が決まってないと朝からテンションがお通夜で大変だった。あのお茶目な後輩君二十二歳だったから十七歳のフェリス様より五歳上なんだけど、フェリス様は職業柄（？）落ち着いてるから、だいぶ年齢感がバグるよね……。

「フェリス様の騎士仲間の方とかは？」

うん。フェリス様のお友達にも探せばいそう。あんな感じの子も。

「そう言えばいるね。剣の稽古してても、剣より身なりに重きをおいてる者も……人間はいろいろいて、おもしろい」

「フェリス様。人類を遠巻きに見ちゃダメです」

フェリス様がこの外見でそれを言うと、本当に……。

「ダメ？」

「ダメ」

何だか幸せそうに微笑ってるフェリス様を見上げてたら、レティシアも思わず微笑ってしまった。繋いでる手がくすぐったい。

「そうか。僕もこれからは身繕いに気をつけて、レティシアが恥ずかしくない夫にならないとね」

「それは……」

わりと何もしなくてもいつも完璧です、と思ったけど、ここでフェリス様のやる気を折ってはけないのかな？　とお返事に困ってた。


「そら豆と春野菜のミモザサラダでございます」

「可愛い！」

じゃがいも、にんじん、たまねぎ、魚、と何層か野菜が重ねられ、ケーキ状に丸く仕上げられたサラダを、茹でた黄色い卵の実がミモザの花のように彩っている。

それをフェリスの分とレティシアの分、給仕が目の前で切り分けてくれる。

長い冬の終わりに、春の訪れを祝う正式なミモザサラダ。

日本のお料理のイメージでいうと、ちらし寿司みたいな……。

「昔、サリアで、ミモザサラダなのに、どうしてミモザないの？　て私が言ったら、本物のミモザも添えて出してくれました」

まだ父様も母様もお元気で、レティシアが、何にでも、これはどうして？　どうしてなの？と日々興味津々に何でも尋ねて暮らしてた子供時代の話。

「では当家でもレティシア様の為に、次からは本物のミモザの花を添えしましょう」

にこっと給仕の男性が微笑んだ。

「そうだね。レティシアが故郷を偲《しの》べるように、生花のミモザも添えるといいね」

フェリス様が優雅に頷いている。

いけない。フェリス様もおうちの人も本気だ。

そもそもフェリス宮は、食にたいして興味のない浮世離れした御主人フェリス様の気をひこうと、美しいお料理がメインである。当主が食べ盛りの騎士とは思えぬような上品な食卓である。

それはこちらのシュヴァリエでも変わらぬようだ。

「あ、いえ。もう大人なので、本物のミモザはなくても大丈夫なのですが……ありがとう」

給仕の方の御心使いに、御礼を言う。

「レティシア、大人なの？」

フェリスが微笑ってレティシアを見ている。

「大人です。レティシアはフェリス様の妃ですから。ちゃんと大人の貴婦人として扱って下さいね、フェリス様」

「……でも、レティシア、いちご水はノンアルコールがいいよね？」

「そもそも、アルコールを混ぜるのが不純です。いちごは、純粋にいちごとして頂くべきです」

「……そっか。じゃ、僕も純粋ないちごを頂こう。……僕と僕の可愛いらしい妃に、純粋ないちごの飲み物を」

「はい。フェリス様。朝摘みのいちごでお作りしたものを御持ちいたします」

レティシアの返事に、フェリスが笑い出す。いつになく、食卓で楽しそうに笑うフェリスに、シュヴァリエの邸の給仕達は密かに驚いている。

どう譲っても大人の年齢ではないが、レティシアは婚約者の館で暮らしていて、もうすぐこの美しい人と結婚する。人生は不思議だ。

「レティシア様は、生のお魚はいかがですか？　サリアでは、あまり生の魚は食さないと伺いましたので、もしお嫌でしたら、火の通ったものを……」

「お刺身ー!!　食べるー!!」

は。いけない。給仕が、こちら如何でしょう？　と見せてくれた次の皿が、カルパッチョというより、どうにも日本のお刺身を思い出させて、うっかり叫びかけてしまった。

「……ん？　オ、サシミ？」

音を聞き取って、綺麗な御貌で不思議がってるフェリス様が可愛い。いつもながらに、我が婚約者殿は耳が聡くていらっしゃる。他の方なら、聞きなれない音の、異界の単語は拾えないのに。

「あ、いえ。何でもありません。……生のお魚、頂きます。サリアでは食べる風習はありませんが、食べてみたかったのです」

にこっと微笑って誤魔化す。

嬉しいー！　お刺身好きなのー！

でも、サリアは、海がないせいか、生魚を食べてなかったの！

さすがディアナ！

王都に海があるだけはある！　なんていいとこなの！

これからずっと、お刺身食べられるなんて、ディアナにお嫁に来てよかった！

「レティシア、口にあわなかったら、無理しなくていいからね」

「はい！　無理してないです！　わくわくしてます！」

「わく、わく……？　うん、レティシアが嫌でないなら、いいんだけど」

お刺身はいいけど、推しとかわくわくとか、フェリス様のなかで、私の変な語彙ばかり増えそうで心配。でも、久しぶりのお刺身、嬉しい！　どんな魚だろう！

「フェリス様、ディアナの方はお魚好きなのですか？」

「そうだね。海の国でもあるし、川の魚もよく使うし、水神のレーヴェを祀ってるからかな？　僕はおいといて、ディアナっ子は基本よく食べよく飲む人々だから、魚や食材の保存の方法とかも、他国に比べて異様に発達してるんだよね。好きな事にはやたら賢くなる土地柄というか……」

「保存がいろいろできると、海のないところへもお魚運べそうでいいですよね！　そういうことをサリアの人達も学べるといいな」

「そうだね。うちの義母上の意向が何処にあるにせよ、僕達の婚姻によって、これまでよりディアナとサリアは交流を持つ機会が増えるだろうから。外交担当にいい人がいてくれるといいんだけど」

やっかい払いでディアナに嫁に出された姫とはいえ、サリアのことは気になる。叔父様叔母様に嫌がられないように、うまく交流を持てるといいんだけどな。

ううう。レティシアはサリアの王冠奪還を企ててる！　とか疑われないように、ディアナでは普通のことかもしれない新しい技術などをサリアにうまく流せたらな……。

「レティシア？　僕のお姫様？」

「はい？」

「いちご水が来たよ。……僕と食事しながら、何か、ほかのことを考えてる？」

「いえ。フェリス様とサリアが仲良くできたら、サリアに新しいことが入りそうでいいな……て思ったんですけど、でも私が叔母様や叔父様に嫌われてるからな、と」

和やかな春の晩餐には、ふさわしくない話題になってしまう。

もうお嫁に行った子だから、王位狙ってるとか疑われない？　大丈夫？　どうなんだろう？

（そもそも、サリアで疑われてたときから、レティシアは五歳で王位狙うほど、天才じゃなかったのに……中身が日本の現代人とはいえ、王国経営できるほどの才媛ではないから……。でも自分で采配できるかって言うとそこまでの自信はなかったけど、浮かれすぎる叔父様の様子見てると、いろいろと不安になって対抗勢力をたてたい者達の気持ちもわからないではなかった）

「レティシアが嫌な思いをしない程度につきあいたい。レティシアが辛い思いするなら交流もしたくない」

「……だ、大丈夫ですっ。フェリス様、ごはん！　ごはん、食べましょう！」

私が嫌な思いすることを想像したのか、フェリス様が碧い瞳をとても哀しそうに曇らせていた。

ダメダメ。フェリス様のレティシア過保護モードが発動したら、きっとそんな話なくなっちゃう。

心配しすぎないで、何事もできる範囲で、ちょっとずつ、ね……。

「いつか美味しいお魚とか、シュヴァリエの薔薇の製品とかがサリアにも並んだら嬉しいです」

「うん。薔薇の製品は、レティシアの成長と共に、薔薇の姫のレティシアの采配にしていくから」

え。そうなの？

じゃ、レティシア、石鹸や化粧水のことも勉強するべきでは？

「薔薇の姫はシュヴァリエの奥方の意味なんですか？」

きょう、やたら、そう呼ばれた！

薔薇の姫ー可愛いーー！　て、子供達にまで（君たちのが可愛いよ！　と思ってたけど）。

「そう。薔薇祭のコンテストで、毎年一般から今年の薔薇の姫も選ばれるけど、正式にはシュヴァリエの奥方がシュヴァリエの薔薇の姫。だから僕の妃となるレティシアが、僕達の薔薇の姫」

「そ、そんな責任重大そうな……」

街を埋め尽くしていた薔薇の花々、この地を支える、きっと何処までも続く薔薇の畑。

レティシア、突然よそから来たのに、その大事な薔薇の姫なんて、……。

「薔薇の花はね、可愛くて強いから、レティシアとそっくりだよ」

褒めてますか？　可愛いより強いの方に重きがおかれてませんか？

どちらかと言うと、レティシア、薔薇より、たんぽぽやミモザだと思うんだけど……（雑草系です!!）

「わたしには過ぎたお役目のような……」

レティシアも何かお仕事したいんだけど、もうちょっと地味めのでいい気が……。

（サリア王もサリア王妃も若くして死んでしまった。一人だけ生き残った小さなレティシア姫は呪われている。あんな不運な王女に近寄られたくない）

そんなことない、て知ってても、投げつけられた不吉な言葉は、どうして、いつまでも亡霊のように耳の底に残るのだろう。いまこんなに楽しく夕食を囲んでいるのに。

「薔薇の姫は、シュヴァリエの幸福を象徴する姫。レティシアは僕に幸福を運んできてくれたお姫様だから、シュヴァリエにも幸福をもたらすよ」

「……フェ、フェリス様」

フェリス様は曇りない碧い瞳でそう言って下さって……フェリス様の性格的にお世辞ではないと思うんだけど……。

「わ、わたしで楽しくなってくれる方は、この世でフェリス様ぐらいというか……」

フェリス様はおもしろくもない私の話を聞いて大笑いするの。笑いのツボが変な人なの。でも笑いころげるフェリス様見てると、なんだか安心する……。

私の言葉は、不吉でも、奇妙でも、ないのだと思えて……。

「そんなことないよ。レティシアの信奉者はたくさんいるよ。僕は心が狭いから、全員は教えられないけどね。こんなにちっちゃいのにモテモテだから、先が思いやられるよね、レイ」

「さようでございますね、フェリス様。日々、鍛錬を積まれませんと。……レティシア様、薔薇の姫は、シュヴァリエの象徴にして守り神ですから。レティシア様はこの幼さで、マグダレーナ王太后様から、シュヴァリエの当主フェリス様を庇われた勇敢な姫君。……これ以上、シュヴァリエの守護の姫にふさわしい方がございましょうか？」

レイが保証してくれた。

「あれは……もっと上手にお守りせねば、です。それこそ薔薇の姫ならば」

二度の人生でただ一度、レティシアが王太后の理不尽な発言に言い返した。

あれはシュヴァリエの当主も何も、ただただ壊れていきそうなフェリス様の心が心配だったからで、普段ならあんなことしないんだけど……。

「まだちっちゃいから、いますぐレティシアを領主の妃として酷使しようなんて思ってないから安心して？」

「ちっちゃくはないです！」

「ちっちゃくないの？」

「もうおっきいです！」

「ちっちゃくて可愛いのに……」

ちっちゃい扱いに、律儀に毎回、ぷんぷん、とレティシアは言い返す。

ちっちゃいんだけど。

おっきくはないんだけど。

なんとなく、フェリス様と同じがいいなあって。

全然、同じじゃないんだけど、ちっちゃい子扱いは不満なの……。

「フェリス様、レティシア様、サーモン、ローストビーフ、生ハム、クリームチーズで象《かたど》りましたこちらの薔薇はいかがでしょう？」

「可愛いー!!」

食欲をそそるような色とりどりの食材で象られた薔薇がたくさん皿の上に咲いている。サーモンやローストビーフが赤い薔薇、クリームチーズが白い薔薇だ。

「レティシアのせいか、随分と食卓が可愛い。シェフの気合を感じる」

「それはやはり喜んでくれる方にお出ししたいんですよ、料理人も人ですから。……御二人の御祝いでもございますしね」

フェリス様とレイが囁きあっている。このへん主従というか悪友というか兄弟っぽい。

「炭酸水もお持ちしましたので、ストロベリーソーダもいかかでしょうか？」

「あ、じゃあ、ストロベリーソーダにしてみたいです」

シャンパンの代わりに、ストロベリーソーダで乾杯したいのだ！

「フェリス様」

「うん。じゃ、僕にもそれを。……シュヴァリエが可愛らしい薔薇の姫をえたことと、サイファがうちに来てくれたことに」

「……フェリス様と、歓迎して下さったシュヴァリエの皆様に、感謝を込めて」

レティシアのキラキラ輝く瞳に誘われた様に、フェリスがフルートグラスを掲げてくれた。

フェリス様の綺麗な指が持つと、お子様用の甘いストロベリーソーダなのに、由緒あるお酒に見える不思議さなの。

ほんの少しだけ炭酸水をたしてもらって、甘すぎずつよすぎないソーダにしてもらって、前菜のお魚や、薔薇のサーモンをつついた。どれも美味しいー！

フェリス様もちゃんと優雅に薔薇のかたちのサーモンを食べていた。フェリス様、凄く綺麗に食べる方なので、薄い唇に運ばれる象られた薔薇さえも、まるでフェリス様に食べられるのが嬉しいみたいに見えた。


「レーヴェ。もう少ししたら、レティシアが来ますから、姿を消してくださいね」

「ずっと一緒だったのに、湯浴みの後まで部屋に呼んだのか？　おまえ、レティシアは小さいんだから、早く休ませてやれよ」

「はい。僕も、今日は疲れたと思うので、早く休んでもらおうと思ったのですが、夕食後、部屋に送ったとき、少し寂しそうに見えたので……。眠る前に一緒に本を読む？　と誘ってしまいました」

「夜に部屋に誘って、一緒にすることが、読書なのか！」

「そうですね。チェスかカードのほうが喜ばれるでしょうか？」

大真面目に尋ね返すフェリスに、同じ貌の竜の神は笑いを堪えるのに苦労している。

「可愛いなあ、フェリス。レティシアとちょうどいいというか……。おまえにはずっとそのままでいて欲しい」

「……？　なんですか、レーヴェ、暑苦しいですよ」

よしよしと、レーヴェはフェリスを抱き締めて、頭を撫でる。

「レーヴェ。馬鹿にしてるでしょう？」

「してない。愛でてる。うちのフェリス可愛い」

「ぜんぜん愛でられてる気がしません。……僕とて、僕の不器用は百も承知ですが……」

「うん？」

「不安そうな瞳をした子供を一人で寝かしたらいけないんだ、それは許されないことだ、と昔レーヴェが……」

「言ったか、オレ？」

「所詮、僕の人生の師匠はこんな人……こんな神様……」

「なんでレティシア、不安なんだ？　サイファも来て御機嫌なんじゃないのか？」

「サリアの王妃に逢ったので……嫌な事を思い出したのかも知れません。レティシアは何も言わないのですが、もし悪い夢など見るようなら僕が祓ってあげたいなと……」

「ふむ。フェリスの過保護も役に立つこともあるかな」

「過保護ではありません。ごく普通だと思います」

「それはなオレたち的には普通の感覚なんだけど、たいがいは過保護過ぎるって言われるから、おまえもこれからたぶん言われる」

「そうなんですか？　でも確かにレーヴェて変わってるからいまだに伝説なんですよね？」

「……オレは過保護伝説だけでなく、数々の功績もあるからそこを省略するな」

「僕は気の利かない男なのですが、レティシアの言えないことには気が付いてあげたいなと……」

「何と。人は愛で成長するんだなあ。氷と謳われたフェリスがなあ。言えないことに気づいてあげたいとは」

よしよし！　とレーヴェはフェリスの髪を掻き混ぜる。やめてください、と子孫に嫌がられる。

「氷の渾名を頂いたのは、若年層に不埒な悪戯したがるふしだらな男女からでした。あれにはいまだに異論があります。僕にも選ぶ権利があります。確かに、人より心は動きにくいですが」

「んなもん、モテない奴に好きに言わしときゃいい。オレなんか邪神だぞ。邪神」

「僕は氷の王子で、邪神の使いです」

「まあまあひどいな。でも大事な子に好かれてたらいいんだよ」

「そうなのですが、大事なレティシアの為に、これからは、名も惜しもうと思っています。僕があまりおかしな渾名《あだな》をつけられてるとレティシアが可哀想なので」

「ほんと、愛って偉大だな」

「レティシア様の御髪は本当にお美しいですねぇ……」

優しい手つきでレティシアの金髪を洗ってくれたハンナがうっとりしている。

「ハンナ、フェリス様はどんな御本がお好きなのかしら？」

ほかほか。


浴室で入浴を手伝ってもらいながら、レティシアはハンナに尋ねてみる。

レティシアが足を浸した浴槽には薔薇の花びらが散らされている。

それにしても、王宮でも思ってたのだけれど、浴室が、やたら広いの！

入浴用のワンピースタイプの入浴着も可愛い。

ディアナの人、お風呂大好きなのかしら？（気が合う）水の神レーヴェ様に愛されてる国だから、ゆたかな水に恵まれていて、入浴事情がいいのかしら？

国によっては、一日一回お風呂に入らない国もあると、本で読んだ。お風呂大好き日本人娘でもあるレティシアとしては、お嫁入り先のディアナが水の豊かな国で心底ほっとしていた。

「フェリス様は読書家でいらっしゃいますから、子供の頃からあらゆる御本を読んでいらっしゃいますが……どうなさいました？　レティシア様」

「うん。湯浴みの後ね、一緒に本を読むお約束だから」

「まあ仲のおよろしいこと」

にこにこ。ハンナは心から嬉しそうだ。

「私にあわせて簡単な本を読ませるのは申し訳ないから、フェリス様の好きな本を読みたいな、と思って」

きっとフェリス様、私にあわせる気なのよ。

そうはいかないわ。フェリス様の好きな本を読みたいのだ！

「レティシア様。それはとても健気な御心ですが、フェリス様もレティシア様のお好きな本を読みたいのではと……」

「私がいま読もうと思ってるのは、お義母上様のお気持ちがわかるようになりたいと選んだ嫁姑物語よ。それをフェリス様につきあわせるのはあんまりだわ」

「レティシア様、お小さいのに、そんな御本を……！　王太后様のせいで……！」

「お義母上様のフェリス様苛めは困るけど、本は本だからおもしろいんだけどね」

作者が軽妙に書いてくれてるディアナ嫁姑抱腹絶倒エッセイなので、そこまで陰惨ではなく笑える仕立てだ。

しかし、いかにも、麗しの婚約者殿と夜に読み合わせるにはあんまりな内容だ。

「御二人で恋愛ものを読むには少しはようございますしねぇ」

「恋愛もの……をフェリス様に音読してもらったら、お芝居みたいで楽しそうだけど……」

フェリス様は声もいいので、それはとっても素敵だけど、およそフェリス様が恋愛もの読みそうな人ではない。

「やはりフェリス様に選んで頂くか、御二人でお選びになるのがよいのでは？　それもまた楽しゅうございます」

「そうね」

ちなみに、レティシアの知らぬことであるが、フェリスが最近夜に私室で読んでいたものは、レティシアが以前話していたことを気にかけて調べているサリアにおける寿命の報告書である。婚約者のサリアの姫への愛はあるが、恋愛ものとは程遠い。

「シュヴァリエの民は、以前はそれほど、読書好きではなかったのですが、フェリス様が、誰でも使ってよい図書の館を建てて下さって、子供も大人もそこを気に入ってしまって、ここ十年で、領民の識字率が飛躍的に向上致しました」

「図書の館！　行ってみたいわ」

何という魅惑的な響き!!

「はい。ぜひレティシア様も御視察に。建物も美しいんです。有名な建築家の方が設計していて」

なんだか、王都を離れて、のどかな田舎に？　と思ってたけど、今日、お祭りのときに見たシュヴァリエの街、サリア王都よりよっぽど栄えてるし、人も多くてにぎやかで、ちっとも都落ち感がないわ……。

何ならこちらのほうが快適なくらいでは……。

「竜王陛下の御本、フェリス様に読んでもらおうかなー？」

お隣のフェリス様のお部屋にお出かけ、とレティシアは荷造りしている。

王宮と違って本当にお隣なので、一人で行けるから、と女官にも下がってもらった。

御顔そっくりなフェリス様に読んでもらったら、竜王陛下が話してるみたいに聞こえるかも？

でも竜王陛下の御言葉集をぱらぱらめくってたら、竜王陛下のほうがやんちゃな話し方なので、やんちゃなフェリス様になるかな？　ちょっと楽しいかも？

「髪、変じゃないかなー」

変ではない。綺麗に洗ってもらって、綺麗に梳いてもらった。

髪が綺麗だとハンナが褒めてくれたけれど、ディアナに来てから、なんだかサリアにいたときより、レティシアの髪は輝いている（フェリス様の御力？）。

ディアナの気候のせいなのか、シュヴァリエ製の髪のお手入れ製品のおかげなのか……。

「あ！　もしかして、フェリス様に髪乾かしてもらえばよかったのかな？　……いやダメ、そんなの。やっぱりダメ」

二人で髪のお手入れをしあうお約束をしたから！　と想ったんだけど、やっぱりちゃんとしてからフェリス様にはお逢いしたい。

濡れたままの、ぐしゃぐしゃの髪で、お逢いするのは、いや。

フェリス様はレティシアなら何でも可愛いって言ってくれそうだけど、そんなのダメなの。ちいさいなりに、乙女心なの。

推し様の前に立つときは、見苦しくてはいけない!!

「くまちゃん、やっぱり、一緒にフェリス様のとこいこー」

今日は読書会で、くまちゃんは御用事ないけど、やっぱり夜這いのお供と言えばくまちゃんだよね。ぎゅーっとくまちゃんを抱き締める。

「くまちゃん、シュヴァリエの人たち、いい人たちだった」

「………」

くまのぬいぐるみは、レティシアの腕の中で、レティシアの言葉を聞いている。

「シュヴァリエの領民さん、あんなにフェリス様大好きなんだから、自慢のフェリス様のお嫁さんが、こんなちびっこな私じゃ、ホントは嫌だろうに、優しくしてくれた」

「………」

「……だから、私が薔薇の姫って何ごと？　わたし、だいぶ無理すぎじゃない？　と思ってるけど、立派な薔薇の姫になれるよう、薔薇のお勉強する……!!」

フェリス様は、そりゃ、薔薇の騎士だと思うのよ……？

というか、薔薇のほうが、恐れ入りそうな美男子よ。

まごうことなき美男子なんだけど、なんかいろいろズレてて可愛いけど、フェリス様。

「あ、フェリス様、待ってるかも。もう、いこ、くまちゃん」

「……」

レティシアはくまのぬいぐるみと、セレクトした本を抱えて立ち上がった。

「竜王陛下、フェリス様と読書会に行ってきますね‼」

（楽しんでおいで〜。フェリス、レティシアの心配してたから、悩みがあったら、ちゃんと言うんだよ〜）

パタパタと、本とくまのぬいぐるみを抱えて隣室に移動するレティシアを、可愛すぎるよ、うちの娘、とレーヴェは見下ろしていた。


「フェリスさまー」

「レティシア？」

ドアを開けると、くまのぬいぐるみと本を抱えた婚約者殿が立っていた。

「くまちゃんも来たの？」

王宮ではフェリスとレティシアの部屋が遠いから、夜一人で歩くのが心もとなくて、レティシアはこのぬいぐるみを連れてるのかな？　と思ってたけど、隣でも移動には必要なようだ。

「はい！　夜這いには、やっぱり、くまちゃんと一緒にいかないと！　と思って」

元気にお返事されてしまった……。

「レティシア、夜這いではなくて、読書……」

レティシア的には、夜這いは「夜、フェリス様の部屋で二人で御茶会すること」ぐらいなのだと思うが、その言葉はよそでは使わぬように気をつけてあげないと……。

そもそも夜這いであれば、訪ねていくのは、フェリスのほうのはずだが……。

「はい！　持ってきました、御本！　きゃー！　可愛い……」

ようこそ、と導き入れられて、くまのぬいぐるみと共に入室したレティシアは、フルーツや御菓子の配置されたテーブルに気づいて、琥珀の瞳を瞠《みは》った。

「ああ。夕飯食べてるから、とは思ったけど、何か摘まめるものもと用意してもらった。……我が家に姫を迎えたことへの、厨房の者の浮かれ具合がよくでてるよね」

フェリスも婚約内定時点よりは、レティシア本人と気があって喜んでるのだが、フェリスのもとで働いてくれている者たちにとっても、フェリスの結婚というのは大きなイベントなのだなとしみじみ折に触れて実感している。

「フェリス様、御菓子の家です!!」

砂糖菓子で、シュヴァリエの薔薇畑や、到着したばかりのレティシアの馬サイファや、フェリスの邸、ちいさなレティシアとフェリス、歓迎するシュヴァリエの人々、などを模して作ってくれたのだが、レティシアの琥珀の瞳は釘付けだ。

とっても可愛い（菓子の家でなく婚約者殿が）。

凄く嬉しそうなので、このレティシアを、菓子を作った料理人でもないフェリスが独り占めしているのが申し訳ないほどだ。

「と、とっても可愛いですが、こんなには食べられないかもです……」

「うん。祝いの菓子というのは、下賜《かし》されると、福が分け与えられるそうだから、レティシア様に少しでも喜んで頂ければ、と言ってたよ」

とはいえ、フェリスもあまりの料理人の気合に、王宮でいやになるほど豪華な結婚式を挙げるからと、シュヴァリエでも省略せず、結婚後の宴もちゃんとしてあげないとな……と思ったので、厨房の熱い気持ちは伝わった。

自分の婚礼などとなると、自分には熱意の薄いフェリスはつい何でも省略しそうになるが、それではよくない、レティシアにも家の者にも申し訳ない、と婚約期間を過ごしつつ、学んでいる。

盛大に祝うことで、いかにフェリスがレティシアを大切にしているかを内外に知らしめないと。

「夜遅くに摘まむのは、いちごの方が、体には優しそうだよ」

「いちご!!」

いちごももちろん、皿にもグラスにも山と盛られている。

レティシアがいちご大好きなので、この春は人生で一番いちごを食べているかもしれない。

可愛らしい婚約者殿に誘われて、いちご摘みまでしてしまった。

レティシアといると、フェリスの初めてする経験、がたくさん増えていく。

それが少しも嫌ではない。フェリスも楽しい。

「はい。御菓子の家は壊すのがもったいなくて、ずっと眺めてしまいます」

食べてしまってもなくならない、安心して帰れる家を、これからふたりで作っていかないと……。

「サイファもフェリス様も、可愛くて食べられない」

「必要なら何日か持つように魔法をかけようか？　でも今夜食べてしまっても、レティシアの為に喜んで何度でも作ってくれると思うよ？」

やはりこう、主人が食にあまり興味なくて、料理人には寂しい思いをさせていたのだろうと、流石にフェリスは反省気味である（反省したからと言って、食欲が増す訳でもないのだが）。

誰だって、精魂込めた仕事には正当な評価を得たい。

望めるものなら、自分の仕事で喜ぶ誰かの顔が見たい。

フェリスの眼から見ると、サイファやシルクはともかく、砂糖菓子のフェリスとレティシアはあんまり似てないと思うが、レティシアは嬉しそうだ。

女の子というものは、こういうものが嬉しいものなのであろう。

「シュヴァリエの人は本当にフェリス様が好きで……フェリス様の結婚をお祝いしてるんだなあって今日、街を歩いていて、思いました。私、サリアでも王太后様のところでも、あんまり祝われた覚えがなかったから」

「サリアでも、レティシアの為に祝ってる人がたくさんいたはず……いや待て。こんな年上の男に嫁がされて可哀想だと嘆いてる人がたくさんいるかもしれない」

結婚を祝われていなかった、とレティシアが寂しそうだったので、そんなはずはない、と慰めようとしたが、そもそも自分との結婚とはそんなに祝われるようなことなのか？

顔は人より神に似てて、中身もやんわり化け物だけど、と疑問に思ってしまった。いかん。

つい後ろ向きになってしまう。

レティシアの為にも、前向きに生きなくては。

「そ、そんなことないです！　ディアナの王弟殿下に嫁ぐなんて、凄い事だって」

「変人だけどね」

「変人じゃないです！　フェリス様は凄く優しい方です！　そこのところが、サリアは田舎だから伝わってなかっただけで……」

「うん。ごめん。僕が悪評多くて、レティシアに怖い思いさせて」

「そんな……こと。私だって悪評では負けないです！」

「負けないの？」

「負けません！　きっと私の勝ちです！」

「こんな可愛い優しい姫に悪評を立てるなんて、サリアの宮廷はどうかしてるね？」

こんなちっちゃいのに、うちのお姫様は悪評自慢で、僕を庇おうとしてくれるんだよ。

「……人の心はそんなに強くないので。大きな波のようなものには逆らえません」

「レティシア」

跪いて、レティシアの瞳を覗き込む。

「……サリアに連れて行ってしまって、何か悲しい事思い出させた？」

「いいえ。連れて行ってもらえて嬉しかったです」

「でも、レティシア、何か変だよ」

「変じゃないです。いつも通りです」

「……ちょっと違うと思う。うまく言えないけど」

そもそもそんな繊細なことがうまく表現できる男ではない（そんなことができる者なら、氷の王弟殿下などと呼ばれてないはず）。

「……違いません、フェリス様、お貌、ちかいです」

「……何が違うのかなと思って」

「きゃ……」

額と額を触れ合わせてみる。

だからといってフェリスにレティシアの感情が読み取れる訳ではないのだけれど。

何か悪い波動があれば、フェリスが引きとってあげたくて。


「フェリス様、くすぐったいですー!!」

近い！

近すぎる！

いくらレティシアがフェリス様の御顔が大好きと言っても、多少の距離は欲しい!!

「だって、レティシアが変な顔を……」

「レティシアはもともと変な顔なのです。フェリス様のような美人さんではないので」

ぷいとレティシアは顔をそむける。とにかく少し視線をフェリス様から逃したい。

「……？　僕のレティシアはとても美人さんだよ？」

「それを私の国の言葉では、贔屓目と言います」

サリアでなくて、日本でだけどね！

「ひいきめ？　いや、公正な判断だと思う。レティシアはとても美しいよ。今日、僕以外のみなもそう言ってたろう？」

「それは……」

それはシュヴァリエの人は、フェリス様大好きすぎて、フェリス様のお嫁さんなら、可愛く見えて仕方ないんだと思う。

「サリアで僕の可愛い花嫁を美しくないと言った者でもいたの？　だったら僕は、その者の口を耳まで引き裂きたい」

「ふ、フェリス様……」

そんな恐ろしい事、フェリス様に似合わない。

醜いと言われた訳ではないけど、何だか、不気味な姫と、不吉な姫、の言葉が強すぎて、それ以前には言ってもらってた「可愛い姫」の感触を久しく忘れてた。

ディアナに来てから、やたら可愛いと言われて、お世辞でもちょっと嬉しい。

フェリス様のところに来てから、毎日、とても幸せ。

幸せ過ぎて怖いくらい……。

「僕の可愛いレティシアの瞳を悩ませるものは何?」

「……叔母様が」

「うん」

「フェリス様を見ていたときの御顔が怖くて。……叔母様があんな御顔をされたときは、いつも目覚めると、いままで私によくしてくれた身近な者達が、私の傍からいなくなってしまって……」

優しかった乳母も、女官も、じぃも、騎士も、みんないなくなった。

それは悲しかったけど、レティシアから離されただけで、その者達が何処かで幸せに生きてるならいい、レティシアの為に大切な者達の生命が脅かされてはいけない、と諦めてきた。

あんまり多くのことを諦めすぎて、何か望むことを、段々忘れてしまった。

「傍仕えの者を奪ったように、サリアの王妃がレティシアから僕を奪うと?」

フェリス様が碧い碧い瞳で、不思議そうにレティシアを見つめる。

「ここはディアナで、フェリス様は強くて、そんなことあるはずがないのに……」

「そうだね。僕がサリア王妃に攫われて失踪でもしたら、さすがのうちの義母上も、サリアに瞬時に報復するんじゃないかな。我が一族は勝手だから」

「ほら、フェリス様、お笑いになる。だから、言いたくないって言ったのに……自分でも、ばかみたいってわかってるんですけど……」

怖い。

いま幸せだから、怖い。

また何もかも奪われてしまうのが怖い。

「きゃ、フェリス様……」

ふわっとフェリス様に抱き上げられる。

うう。高い。

高いけど、フェリス様の視点の高さ、ちょっといいなあ、
このくらいの高さから、世界を見てたら、いまよりは怖くないだろうか？

「僕の姫が不安なら、僕達の結婚式にもサリアの王族は御遠慮頂こうか？　もともと魔法で移動することにあちらは気乗りしないって話だったから、迎えを出さねばいいだけの話だ。姪の結婚式にも来たくないとは変わっているなとは思っていたけれど、むしろレティシアの邪魔なら要らぬ」

「い、いえ、フェリス様、そんな……それでは、ディアナとサリアが仲が悪いみたいで嫌です……仲良くなって欲しいなって思って嫁いできたんです」

「レティシアは、ディアナからサリアへの恩恵の為に、僕の生贄に？」

「ち、違いますし、フェリス様からの恩恵なら、サリアより、もう私のほうが貰ってます」

「僕の恩恵？」

そんなものある？　と言いたげに、フェリス様が首を傾げている。

シュヴァリエの街にもあちこちにいらした竜王陛下と同じお貌で。

「フェリス様は、私を奇妙がらず、常におもしろがってくださいます。私はここにいると、生きていてもいいのだ、私がここにいても誰かの邪魔ではないのだ、と、安心して呼吸ができます……きゃっ、かみなり……！」

不意に、雷鳴が暗い空を割る。

レティシアはフェリスの腕の中で怯える。

「今夜、雨が降ったら、お祭の屋台やお花が……」

「大丈夫。この時期のシュヴァリエに雨など僕が降らせないから」

フェリス様が保証してくれた。よかった。

雷は怖いけど、フェリス様がそういうなら、きっと安心……。

ん……？

私ったら、馬鹿ね。

まるで天気までフェリス様が司ってるみたいに。

推しをあてにしすぎ？

でもフェリス様がそう言うと本当っぽくて……。

「僕の大切なお姫様。未来永劫、サリアから僕とレティシアに干渉なぞさせないから安心して。何も怖がらないで。もう誰にもレティシアを傷つけさせたりしないから」

「はい。フェリス様。ちょっとだけいやなことを思い出しただけなのです。大丈夫です。フェリス様といたら怖くないです。心配かけてごめんなさい。いっしょに、御本、早く読みましょう?」

ただ、幸せ過ぎて、怖いだけなのだ。

大丈夫。

フェリス様は他の人とは何もかも違う。とても強い。

何処にもいなくなったりしない……。

「レティシア、何が読みたいの?」

「竜王陛下の……」

「……」

レティシアがそう言った途端に、フェリスが微妙な顔をしたので、レティシアは声を立てて楽しそうに笑い、フェリスを安心させた。


「ティナ様の髪は本当にお美しいわ」

「まあ、ありがとうございます、アドリアナ様。髪の傷みに悩んでいた私の為に、家の者が取り寄せてくれたディアナの薔薇のオイルがよかったのだと……」

「ディアナ」

アドリアナは繰り返した。それは従妹のレティシアの嫁ぐ国だ。

「フェリス殿下のご領地の薔薇の製品でしょう？　なかなか手に入らないのに羨ましいわ」

友人の姫たちが当然のように頷いている。

「アドリアナ様は、従妹のレティシア様がフェリス殿下のもとへ嫁すのですから、きっと特別に優遇して頂けるのではありませんの？　羨ましいですわ」

「あの……それは、有名なんですの？」

年上の姫たちのうっとりした溜息に、アドリアナは居心地の悪い思いをする。いつもそうだ。サリアは歴史だけはあれど、それほど豊かな国でもないし、流行の話や品の情報にも疎い。他国の姫たちとの茶会は常に憂鬱だ。

「あら、御存じありませんの？　薔薇の騎士様のご領地の大変高価なお品。私達、アドリアナ様の従妹姫をとても羨んでおりますのよ」

「ああ、どんな魔法を使ったら、ディアナのフェリス殿下の花嫁になどなれるのか！」

「フローレンス大陸で一番美しい王弟殿下の花嫁に！　きっと幼いレティシア姫はよほど前世で功徳でも積まれたのですわ」

「あの……フェリス殿下は、とても……とても変わった御方とお伺いしてますが」

愛妾の生んだ第二王子。変人で、ディアナの王太后に疎まれていて、引き籠りのような暮らしをしていると聞かされた。薔薇なぞ作っているとは聞いてない。

「そうね。とても変わっているわね。フェリス殿下は夢のようにお美しい御方だけど、女にも男にもまったく興味のない冷たい御方」

「十五歳までにあらゆる学位をおおさめになったという天才少年ですもの。俗な者とはお話があわないのよ」

「でもあんなにお美しかったら、何も話して下さらなくても、そこにいらして下さるだけでいいわ。ずっと飾っておきたいわ」

「……フェリス殿下は、そんなに、美しい方なんですの？」

「この世に現れたレーヴェ神の現身、と謳われる御方よ。……ラフィーノの描いた肖像画に天井知らずの値がついていているわ」

「……どうしてそんな方が、うちのレティシアと……あの……」

聞いてない。

サリアから離れてまで、どうしていつもあの娘にばかり、そんな幸運が訪れるの。

もともと苦手だった。

ちいさな賢い美しいレティシア。

アドリアナにはちっともわからない本を抱えて、ちっともわからない話をしてた、おかしな娘。

「さあ？　フェリス殿下があまりにも縁談に興味がないので、義母上のマグダレーナ王太后様が強くお奨めになったのではありませんでした？　羨ましいお話ですわ」

「フェリス殿下の治めるシュヴァリエに我らの国ではとても叶いませんもの。アドリアナ様の従妹の姫レティシア姫は、幼くして、永遠の美と富を約束されたようなもの」

「ディアナ王家の御方は一途で、配偶者を本当に大切になさいますものねぇ」

「私たちには、夢のまた夢の物語よ。アドリアナ様、ぜひぜひ従妹のレティシア姫によろしくお伝えくださいませね。我が地にも、ぜひフェリス殿下とともに遊びにいらして頂きたいですわ」

どういうことなの。

伯父様が病で亡くなって、父様が王になり、アドリアナはサリアの王女になったというのに、何故、いまもあの従妹の小さなレティシアの風下に置かれるの。

サリアの小さな酒場にて

「そりゃあもうオレは驚いたねぇ。オレあ、生まれてこの方、あんないい男、見たことないよ。この世の者じゃないみたいな美形とはあーいうのを言うんだね。やっぱりディアナの王弟殿下ともなると、違うねぇ」

サリア王宮の厩番トールは、いま、サリアの酒場で、人生最高潮の注目を集めていた。

「トール！　もっと聞かせておくれよ！　そんでその男前のディアナの王子様は、うちのレティシア姫をなんと？」

「それがさあ、聞いておくれよ、サイファていう姫様にしか懐かないとんでも我儘な馬がいてさあ……いや、いい奴なんだよ、いい馬なんだけど、とにかく人の云う事は聞かない馬でさあ」

「馬の話はいいよ、トール。姫さんと王子の話を聞かせてくれよ」

「馬っ鹿だな、おまえ。馬が大事なんだよ、この話は！」

「なんでだよ、馬なんてどーでもいーじゃねぇかよ」

「は！　そこが、おまえとは違うんだよ、王子様は。なんと姫様の為に、わざわざサリアまで、愛馬のサイファを迎えに来たんだからな。優しい御人なんだろうな。小さい姫さんが一人で来たのが可哀想だって。うちのイザベラ王妃様に、レティシア姫様の母様の首飾りを返してやってくれ、て頼んでさあ、どえれー立派な紅玉石の首飾りと取替てた」

「うちのイザベラ王妃様、レティシア姫様の母様の首飾りまでとりあげてたのか……根性悪いなあ」

「なんであんなに意地悪するんだろうなあ？　いまの王様も王妃様も、前の王様と王妃様に苛められてた訳でもないのに……可哀想になあ、ちいさい姫さん」

しょんぼり。

酒場に集った男たちは沈んだ。

王家で何があろうと、口出しできるはずはないのだが、それにしたって五歳の姫が嫁入りってどうなってんだ？　ディアナの財宝めあてなのか？

うちの国はそんなに金に困ってたのか？　と皆、口にはしないけれど、ずっとすっきりしない気持ちでいたのだ。

そこに、ディアナの王弟殿下がレティシア姫を連れて、姫の愛馬を迎えに来た！　という話は、レティシアをディアナに生贄にでも差し出した気分でいた彼らを楽しい気持ちにさせてくれた。

ではレティシア姫は、ディアナの王弟殿下に大事にされているのだ。

小さな身で、異国で一人、辛い思いをしている訳ではないのだ。

「レティシア姫さんがさー最後に挨拶したじゃん」

「うん」

「オレ、あれ、忘れられないんだー」

「オレも」

婚礼に備えて、白いドレスを着ていたのに、まるで喪服のように見えた。

蒼ざめた白い顔で、小さなレティシア姫が言ったのだ。

『ディアナは豊かな国です。私の婚姻をもってサリアとディアナの縁が深まり、きっと先の伝染病のような災いが防げますように』

その小さな姫が、伝染病に両親を奪われたように、彼らもまたその伝染病に親や子供や友達を奪われた。

それは人生を変える災いであり、それを期に、医療を志す者、魔法を志す者、愛しい者を失った悲しみからいまだ立ち直れぬ者がいた。

「あんな小さな姫さんがさあ……」

鍛冶屋の男は泣き出した。彼の幼馴染みもあの流行り病で死んだ。友はうんと若かった。パンを焼く職人になりたいと言っていたのだ。

「姫さん、この婚姻でサリアに幸福をよびたい、て言ってた。でも、オレは、そんなのいいから、ただもう姫さんにも幸せになってもらいたいよ。親を亡くしたあんな小さな娘を追い出すように嫁にやっちゃってさあ……どうかしてるよ、うちの王様」

「心配すんな！　姫さん幸せそうだったから！　いい男と美少女の二人連れで輝いてた！　後光がさしてた！　ここにいたときより、ずっと姫さん可愛くなってたぞ！」

「本当か！　頼むぞフェリス殿下！　あてにしてるぞ！　うちのちいさい姫さん大事にしてくれるなら、ムカつくけど、すげぇ男前でも許すぞ！」

「ディアナだから、レーヴェ様だろ？　オレ、レーヴェ神殿に酒でも供えとこうかな？」

サリアにも、ちゃんと小さなレーヴェ神殿がある。

「それこそ、あそこの神さん、むっちゃ男前だよな」

「ああー!!　それだー!!」

トールが、隣にいた男が酒を吹かんばかりに、大声を上げる。

「なんだよ、トール、びっくりするだろ！」

「それだよ、それ。誰かに似てるなと思ってたら、あの王弟殿下、レーヴェ神殿の神様に似てた！」

「神様ておまえ……」

「ああでも、ディアナ王家は、レーヴェ神様の血筋てんでずっと強いんだな、確か」

「へー！　じゃ御先祖に似てるなら本当に遠いとはいえ血継いでるのか？」

「遠いなんてもんじゃなかったような……？　うりふたつってくらい似てたような……？」

「またまたあ。おまえ、ちょっとレティシア姫さんに逢えたからって逆上《のぼ》せすぎだよ、トール、いくらフェリス殿下が男前でも、神殿の神様にそっくりな訳ないだろ」

「ん……そうだよな」

仲間に笑われて、トールは照れ笑いした。

「まあ何でもいいさ。レティシア姫の婚約者様は優しい男前で、姫様は大事にされてそうだった！　サイファまで嫁に行ったし、今夜はフェリス殿下の驕りで、うまい酒が飲めるー！」

「え？　これレティシア姫の婚約者の驕りなの？」

「うん。後からディアナの使者が、我が主人がご迷惑を、ていろいろ礼の品を持ってきてくれたんだ。オレ、何にもしてないのに、サイファのおかげでなんか儲かっちゃった」

「おまえー、役得過ぎ!!」

ぎゃあぎゃあ騒ぎながら、それでもみな、蒼白だったあの可哀想な小さな姫君が、大国ディアナの婚約者に大事にされて幸せなのだと聞かされて、その夜はうまい酒を飲み明かした。


世の中は納得のいかないことだらけで、思い通りになんかならない。

「アレクの従妹姫は、フェリス殿下と婚約したんだろう？　男でも羨ましいなあ」

「引き籠りの変人との婚約が？」

サリアの王太子になったのだから、将来の為に周辺国の貴公子たちと親しめ、と父に言われて狩りや、茶話会に参加しているが、こんな気どった貴公子たちとの交流に何の意味があるのだろう。

つまらない。

「引き籠り……って確かにお誘いしても断られてばかりだと皆嘆いてはいるが、あんな優美な方に引き籠られてしまっては、フローレンスの社交界の損失というものだなあ」

「……？　派手な人なのか」

「知らぬのかい？　大陸でもっとも美しい王弟殿下と謳われる、美貌の貴公子だが」

「美貌の……？」

そんな話は聞いてない。

引き籠りの嫌われ者の、不細工な暗い男のはずでは……（誰もそこまでは言ってない）。

「ディアナの王立魔法学院でご一緒した我が兄などは、フェリス殿下の踏んだ土も拝まんばかりの崇拝ぶりだ。僕ももっと早く生まれてディアナに遊学してご一緒したかったなあ」

「……魔法」

魔法使いなぞ、みな、あやしい者だ。いや、あやしいからレティシアには似合いなのか。

「そう。ディアナの神、レーヴェ神にそっくりのフェリス殿下は魔法の才にたけていて、いつも赤点スレスレの我が兄とは大違いで……」

「……人嫌いの変人との噂は」

「社交家ではないという話だよ。人見知りのフェリス殿下の友情は黄金より得難いと我が兄が笑っていた。崇拝者はたくさんいても、友人はそんなに欲しがらない方とか……」

「……そんなに素晴らしい方なら、田舎者の我が従妹は肩身の狭い思いを……」

「案じることはないよ、アレク。ディアナ王宮の僕の友人いわく、フェリス殿下はことのほかレティシア姫をお気に召されたらしいよ。誰も愛さない氷の殿下が！　といまその話題で持ちきりだよ。フェリス殿下は美しい貴婦人には飽いておいでだろうから、レティシア姫の無邪気さが御心を射たのかな」

「……‼」

レティシアは可愛げのない従妹の姫だ。

いつも、小さい癖に、アレクにわからないような重そうな本を抱えていた。

まだレティシアの両親が生きていた頃に、こんな本などつまらない、と一度レティシアの本を雨の庭に投げ捨てたら、それ以来アレクは毛虫のように嫌われた。

機嫌をとろうと、可愛い菓子やリボンを贈っても、少しも興味を示さなかった。

父王や母妃が亡くなってからも、爺やばあやとばかり話をしていて、あんな者たちはレティシアに何か悪い事を吹き込むのではないか、とアレクが父や母に言ったら、その者達はレティシアから遠ざけられた。

周囲に誰もいなくなって、困り果てていても、一度もアレクに頼ろうとしなかった。

本当に可愛くない。

でも、顔は物凄く可愛い。

泣いていても、あんなに可愛い娘を、アレクは他に見たことがない。

「レティシア姫もとても可愛いそうだから、これから御二人でディアナの華となるだろうね」

「レティシアは、そんな立派なフェリス殿下と話があわないと思います。おかしな娘ですから」

「こらこら、アレク。年下の従妹姫と言っても、もうそんなことを言ってはいけないよ。ディアナの王弟妃殿下となるのだからね。もはや僕達には手の届かない高貴な貴婦人だよ」

悔しい。

どのみち、サリアにいても、レティシアはアレクを嫌っていたけれど。

従妹の姫が、そんな男のものになるのが悔しい。

氷の王弟殿下とやらが、レティシアに興味を示さなければよかったのに。

貴族であれば、夫婦になっても、他人のような夫婦などいくらでもいるのに。

レティシアが誰からも愛されなければいいのに。

「竜の血を引くディアナ王族は、この者と定めた伴侶を、何よりも大切にする。何と言っても、千年も前に亡くなった愛妃の為に、守護神レーヴェはディアナを守っているのだから。アレク、たとえ親族といえど、不敬があってはいけないよ」

一度もレティシアの話してることの意味がわかったこともなければ、レティシアと話があったこともないけれど、たとえ嫁にいったとしても、レティシアが他の男のものになるのが嫌だ。

眠る姫君と王弟殿下と竜王陛下と

「レティシア寝たのか？」

「はい。……レーヴェ、ふだん、レティシアに何を言ってるんです？　何か教育に悪いことを……」

本を抱えて、レティシアはフェリスの腕の中で眠っている。

眠るレティシアは幸せそうで満足げだ。

フェリスにねだって、竜王陛下の本を読んでもらい、竜王陛下の声真似をしてもらって喜んでいたのだ。

聞き役レティシアは我儘で、フェリス様ちょっと優しすぎるような……竜王陛下ならもう少し強く言いそうです、などと物言いをつけていた。

レティシアはレーヴェを知らぬはずだが、まるでよくレーヴェのことを知っているようだった。

「えー？　何も教育に悪いようなことは言ってないぞ。フェリスの話とかしてるかな？　なんかたいした話してない。ちっちゃい癖に、フェリス様は可愛い、とか言ってるレティシアめっちゃ可愛いぞ」

「レティシアには、レーヴェだって言ってないんですよね？」

「言ってない。オレはフェリス家の愛らしい精霊として頑張っている」

「何処も愛らしくないですよ」

「え？　大丈夫。氷の王子な子孫に迫害されてても、オレ、常に愛らしいから。なんかさ、おまえがレティシアの為にサイファ迎えに行ったのが好評らしくて、サリアのオレの神殿にお供えが増えてるぞ」

レーヴェはこれでも神様なので、あらゆるところに、さりげなくいるらしい。

「何故、僕がサイファを迎えに行くと、レーヴェの神殿にお供えが？」

フェリスも不思議がっている。

「フェリス、オレの末裔だから、フェリス殿下、レティシア姫、大事にしてくれてるのかー、ありがとうー、ディアナの神様、レティシア姫のこと、どうぞよろしく頼みますーって。サリアの王族は可愛くないいんだが、サリアの民はわりと可愛い」

「よくわからないですけど、レティシアが大事にされてて、サリアの民が喜んでるなら何よりですが。レティシア、結婚祝われてなかったって落ち込んでましたし……」

「うーん。それはさー、フェリスが悪魔みたいな男だったらどうしよう、あんな小さい姫を生贄みたいに差し出しちゃった……てサリアの民はへこんでたんだよ。民は疫病で疲弊してたとこに、幼すぎるレティシアの結婚話に戸惑ってたし」

「それについては反省してます。レティシアがどんなにか怖かったかと思うと。これからはもっといい評判が立つように努めます」

レーヴェの写し身なんて言われていては、義母上が発狂する、と思って、氷の王弟殿下だの、人嫌いだのは、そのままにしてたのだが……。

「フェリス、レティシアのために更生するの巻だな。……よかったな。サイファ奪還でおまえの株、いま、サリアであがりまくってるぞ。フェリス殿下はレティシア姫の母の形見も取り返した！　て」

「………？　何故でしょう？　レティシアの婚約者である僕の評価があがることで、サリアの民が安心できるならいいのですが」

フェリスにしてみると、レティシアの愛馬も、レティシアの母妃の首飾りも、レティシアのところにあって当然のものだ。

フェリスが褒められるような話ではないが、サリアの民がレティシアの安全を感じられたならよかった。

「サリアの民もレティシアの不遇を感じてたんじゃないか？　フェリス殿下がんばってくれーてオレの神殿に祈りに来てたぞ。フェリスの頑張りを、オレに頼まれてもな、だけど。民の期待を、おまえに伝言しとくよ」

「肝に銘じます」

すやすや眠るレティシアの金髪を撫でながら、フェリスは返事をする。

自分のこともままならないので、とても誰かの人生を引き受けられるような自信がなかったのだけれど。

（私は、病めるときも、健やかなるときも、フェリス様と一緒にいるためにここに来ました）

こんな小さなレティシアから、誰からも貰ったことのない言葉をいただいてしまったので。

フェリスはレティシアの人生を引き受ける。

彼女の背後にいる人々の思いごと。婚姻とはそういうものなのであろう。

「サリアのことを、レティシアはレーヴェに何か言ってましたか？」

だったらちょっと悔しいな、僕には話してくれてないから、と思いつつ、フェリスはレーヴェに尋ねてみる。

とはいえ、レーヴェとフェリスでは、同じ貌をしてはいても、人間の相談相手になってきた経験値が天と地よりも違いすぎる。

「いや？　サリアのことなんて言ってないな。レティシアはおまえの話ばかりしてるぞ？　おまえ、飯くらい、しっかり自分で食えよ。そもそも、おまえがレティシアの食事を心配するほうだろう」

「……返す言葉もありません」

フェリスは赤面する。

それはそうだ。レティシアが好き嫌いしないように気を付けてあげるべき立場だ。

しかし、レティシアはわりといつも嬉しそうに食べている。

レティシアが楽しそうなので、フェリスも最近、食卓に向かうのが楽しい。

あの笑顔を思うと、食事が一日にもっと何度もあっていい、とフェリスにしたら大変に画期的なことを思っている。

「僕がもっとレティシアの信頼を得て、辛い事を話してもらえるようになれるといいのですが……」

「レティシアはフェリスを信頼してると思うぞ？　凄く」

気楽にレーヴェは言って、空中で逆さまになって遊んでいる。

「レーヴェ。人が真面目な話をしてるのに、僕の貌で変な恰好しないで下さい！」

「身体と思考の柔らかさは大事だぞ？　サリアのこと話さないのは信頼してないからじゃなくて、思い出したくないとか、実家の親戚の話をフェリスにしてもと思ってるだけじゃないか？　レティシア、ディアナで生きていこう！　て前向きだからな」

「前向きなレティシアはとても愛しいですが、情報の共有は大切です。あのおかしな王妃が、ちいさな娘から、母の形見までとりあげてるなどと、とても許せることでは……」

そんなことは、およそ普通の人間なら、予想しないではないか。

いったい、サリアの遺産相続の法はどうなっているんだ。

義母上がフェリスを嫌うといっても、フェリスから母上の形見なぞとりあげなかった。

そんなことされてたら、十二年前の時点で、とても義母上の命を保証できない。

いまも昔もフェリスはそんなに人間が出来てない。

現状の義母上の嫌がらせは、あくまで、レーヴェに似てて妙な風に目立つから、義母上の大事な兄上のお邪魔になるからだろう、と受け流してるのだ。

「おまえ、穏やかにやれよ。何事も穏やかにな。レティシアは、ディアナとサリアに仲良くして欲しいって言ってただろう」

「御意。レティシアを悲しませないように努めます。母上の形見の品の完全なリストが欲しいので、レティシアの乳母か傍仕えの者を探しだして、穏やかに、穏やかに全て取り戻します」

自分に念を押すように、フェリスは繰り返した。

婚儀にサリアの親族を招くのをやめようか？　と尋ねたときの、レティシアの困惑した顔を思い出して。

「……ん……、フェリスさま、にんじんお嫌いですか？　とっても栄養があるんですよ」

「ちびちゃーん……」

やけにはっきりしたレティシアの寝言に、レーヴェが大笑いしだす。

「……好き嫌いしないで、にんじんも食べてね、殿下？」

「うるさいですよ、大おじいさま！」

おもしろがるレーヴェを、空中の羽虫のごとく、フェリスは振り払う。

「フェリスさま……？」

「うん。レティシアが食べさせてくれたら食べるよ、人参も」

「はい……。野菜も、たくさん、たべてください、ね……」

「レティシアの仰せのままに」

婚約者の白い額に安心させるようにキスをして、フェリスはレティシアを寝台に寝かすことにした。

夜着に着替えても外しがたかったのか、母君の琥珀の首飾りがレティシアを飾っている。

眠るレティシアの膝から滑り落ちた竜王陛下の本を、若い新婚の夫妻にオレの本が読まれてる、とレーヴェが拾った。ぱらぱらと頁をめくって、適当なこと書いてやがるな～と、ディアナの守護神はウケていた。

この世の理に添わぬものについて

「陛下申し訳ありませんが、そのお話はお断りさせて頂きたく……」

漆黒のマントを身に纏った男は、ガレリア王の前で頭を下げた。

「シリウス、謝礼に糸目はつけんぞ?」

ガレリア王ヴォイドは予想外の拒絶に、不機嫌そうに眉を寄せる。

「私には荷が重うございます」

「そなたはフローレンス一の魔導士ではないのか?」

「それは些か買い被りすぎでございますね。我ながら、腕は悪くないと思いますが」

本当の姿かどうかはともかく、若く美しい男に見える銀髪の魔導士は微笑んだ。

「ディアナと聞くと、誰もかれもが嫌がりおる」

ヴォイドは溜息をついた。

先日の落雷がディアナの仕業かどうか証立てよと命じても、自国の魔法省ではいっこうに埒があかないので、外部の腕の立つ者を雇おうと考えたのだ。

ガレリアは魔法の強い国という訳ではないから、魔法の王国として名高いディアナより魔法省が弱いのは致し方ないのかもしれないが。

「ディアナはレーヴェ様に守られている国ですから」

「レーヴェ神はいまもディアナにいるのか？」

「さあ？　如何でしょう？　御本尊が地上におわすかどうかは存じませんが、当代には現身のようなフェリス様もおいでですし……」

「やはり、あれは、フェリス王弟の仕業か？」

「ガレリア神殿への落雷ですか？　存じません。私はガレリア側の調査に関わっておりませんし、関わるつもりもありません。フェリス殿下とは事を構えたくありません」

「あの男はそんなに怖ろしいのか？」

「性質は穏やかな方とお聞きしてますが、ディアナにはディアナ魔法省の張ってる通常結界のほかに、神代からのレーヴェ様の護りがあり、さらに当代はフェリス様の結界が張られております。とても付け入る隙がありませんし、そんなものに触って、竜の逆鱗《げきりん》に触れるのは嫌ですねぇ」

「それは魔導士ギルドの共通見解なのか？」

「いえ、これは私の意見ですが、似た見解の者も多くいるとは思います。陛下は王の眼で世界を御覧になり、我々は魔導士の眼でこの世界を見る」

「魔導士の眼には、あのお綺麗な王弟殿下がどう見えるんだ？」

苛々とヴォイドは尋ねる。

先にディアナにちょっかいを出したのはこちらとは言え、王都のど真ん中で恥をかかされて、忌々しい。

そして、あの腰抜けのリリアの大司教はうるさいばかりで何の役にもたたぬではないか。

「私共、魔導士は生涯を魔法に捧げてはいますが、あくまで人の子でございます。炎を操り、水を操り、風を読んだとて……。やはり、生まれついての根源が、この世界の理とは少し違う階層にある御方とは違います」

「……………？　それではまるであの若造が、神か何かに聞こえるが？」

人を食ったようなシリウスの微笑がうっとおしい。

これだから魔導士など好かん。訳のわからぬことばかり言って、肝心な時に役に立たん。

竜の神の血を引いていようが、神殿の神に顔が似てようが、それが何だと言うのだ？

所詮はただの十七歳の少年ではないか？

何をそんなに畏れることがある？

「レーヴェ神の血はいまもディアナの血のなかに潜み、ときに大変に不思議な御方を生みます。それはディアナには吉祥ですが、我々が敵とするには、些か畏れ多い。陛下、ディアナ以外の案件でしたら、いつでもお声がけくださいませ。何処からでも飛んで参り、陛下のお役に立ちましょう」

「……はっ。よくも心にもないことを！　誰かおらぬのか、余の為に、あのお綺麗な顔をした男の膝を折ってみせる魔導士は!?」

ヴォイドの声が玉座に空しく響く。

心当たりを紹介する気はないのか、銀髪の魔導士シリウスはただ静かに首を垂れていた。

御言葉ですが、そんなに買い被って頂くほどの化け物ではありません、ただの少し魔法の使える平和な薔薇園の領主です、とフェリスが聞いていたら、苦笑いしそうな会話ではある。

レティシアの守護者

「おそろしい病が王と王妃の命を奪い、レティシア姫だけが生き残った」

「春乃さんち、ご両親亡くなって、雪ちゃんだけが生き残ったんですって可哀想にねぇ」

「不吉な王女だ。一人でおかしなことばかり言っている。隔離とはなんだ。病人に触れたら手を洗えと？　まるで病人を穢れた者のように」

「レティシア姫は呪われた王女だ。死の神があの姫だけを残していった」

知ってるわ、そんなこと。

誰が責めなくても、レティシアがいちばん思ってる。

どうして、レティシアの家族ばかり若くして死んでしまうの？

雪（レティシア）が呪われてるからなの？

「呪われたレティシア！　おまえが薔薇の姫などとふさわしくないわ！」

イザベラ叔母様が燃えるような瞳でレティシアを睨んでいる。

「不気味なレティシアが薔薇の姫なんて変よ！　サリア王家のものよ、琥珀の首飾りをかえしなさい！　フェリス殿下が優しいからって調子に乗らないで！」

「レティシアはおかしな娘！　ディアナ王弟がレティシアなどを気に入るはずがない！」

従兄弟のアドリアナとアレクが決めつけている。

怖い。いや。来ないで。盗らないで。

他のはみんなあげるから、母様の琥珀だけレティシアにおいていって。

「僕のレティシアをいじめるな!!」

ぎゅっとレティシアは金髪の男の子に抱きしめられる。

あ、あれ？

フェリス様？

フェリス様、ちっちゃい？　レティシアと同じくらい？

「僕の妃をいじめるものはみな燃やす」

ちっちゃいフェリス様がそう言うと、炎がイザベラ叔母様とアレクとアドリアナを取り巻いた。

「いやだ！」

「な、何これ……！」

「熱い……！」

「……!?　フェリス様燃やしちゃだめです！」

ゆ、夢？　夢だから燃えても大丈夫？

でも、ダメ。

なんか小さいフェリス様の教育に悪いから。

「では土砂で埋める」

「う、埋めるのもダメです」

「何故？　レティシアを泣かすものを懲らしめたい」

不満げにレティシアを見つめる小さいフェリス様。

か、可愛い！

「わ、私、もう大丈夫です。フェリス様がいらしたので」

「僕の気がすまぬ」

ちいさいフェリス様、頑固。

「何なのその子は！」

「レティシア、この炎は……！」

「み、みずを……ぐ、ぐえ！」

炎を消すように、水が落ちてきた。

叩きつけるような、土砂降りで。

「い、いたい」

「いや、痛い！　もう雨いらない！」

「ドレスが……髪が……！」

「水神の娘を呪うなら、水には気をつけるといい」

ちいさなフェリスが冷たい声で告げた。

「水神の娘？」

「僕の妃は水神の娘。うちのこなんだから、レーヴェの娘だ」

うちのこ。フェリス様のおうちのこ。レーヴェ様のおうちのこ。

サリアの呪われた王女ではなく、レーヴェ様のおうちの花嫁。

「騒がしいし、醜い！　目障りだ！　消えよ！」

フェリス様が手を振ると叔母様たちが消えた。

「フェリス様」

ちっちゃいせいか、夢なせいか、フェリス様が怖い。

フェリス様はいつもお優しいのに。

フェリスがいつもお優しいのはレティシア限定だけどな、とレーヴェが聞いたら笑いそうだ。

「フェリス様大好きです」

「僕もだよ。僕の姫君」

優しい綺麗なフェリス様。

でも大好き過ぎて少し怖い。

あんまりレティシアが好きになりすぎたら、フェリス様も消えてなくなったりしないかな。

そんなことはない。

フェリス様には竜王陛下の加護がある。

大丈夫。

雪の呪いにも、レティシアの呪いにも、フェリス様は脅かされたりしない……。

「僕は化け物だから、レティシアは、僕の花嫁になるのは、怖い？」

「⁉　フェリス様は化け物じゃないです！　そんなことを言う人はレティシアが成敗します！」

誰！

こんなちいさい子にそんなこと言う不届き者は！

そんな奴は蹴っ飛ばしてやるわ！

自分のことは、二度も続くと確かに何かに呪われてるのでは、と、誰に責められなくても、自分でへこんでるけど、フェリス様はいっぺんの曇りもなくいい人よ！　いい子よ！

「レティシアは」

フェリス様が微笑んだ。

あ、微笑み方が大きいフェリス様と似てる。

「自分の為には怒らないけど、僕のためには怒る」

「そ、そんな……ことは……」

ある？　かも？

なんかこう、不吉な姫！　と言われても（言われ慣れたせいもあり）そうかも？　と思うけど、大事な推しのフェリス様を貶されるのは、腹が立つの。

へ、変かな……変かも？

「優しいレティシアは美しいけど、自分の為にも怒るべきだ。理不尽に慣れてはいけない」

ちいさなフェリス様は、ちいさくても揺るぎない。

（僕が小さいか大きいかは問題ではない。おかしなことはおかしい。悪いことは悪い。この帳簿の不明確な点を説明できる者、あるいは責任を取るべき者を、僕の前に！）

小さなフェリス様は、私達にシュヴァリエを、私達の誇りを返して下さいました。

「……でも、フェリス様も……」

「うん？」

「私や、他の誰かが理不尽に扱われたら怒るのに、御自分の為には怒ってない気も……」

私のように叔父様たちに抵抗する術がなかったというよりは、もしかしてフェリス様は、義母上様に甘いのかな？

「…………!!」

あれ……？

フェリス様の髪がのびていく。

レティシアのよく知ってる、背の高い、いつもの大人のフェリス様に戻っていく。

「僕のレティシアはいろいろ鈍いのに、どうして、ときどき鋭いんだろう……？」

「鈍くないです。……鋭くもないんですけど」

ああ。

やんちゃな子供のフェリス様とってても可愛いけど、やっぱりいつもの優しいフェリス様落ち着く。

いろんなことができるのに、肝心の自分のことは雑に扱ってしまう、私の嘘吐きで優しい王子様。

「フェリス様も」

「うん？」

「理不尽な扱いに慣れてはいけないと思います。自分の為にも怒らないと」

「そうか。……そうだね。レティシアは不思議だよね」

「どうして？」

「僕にそんなことを言うのは、レティシアだけだから」

膝の上に抱き上げられて、凄く愛し気に髪を撫でられたので、レティシアはこの人にこの言葉を言うために、この世界に生まれて来たような気がした。

不穏な王妃と、紅玉石の首飾り

「母上、今日、レティシアが来たというのは……」

アレクの母、イザベラ王妃は、もとは前王の婚約者候補の一人だったのだという。

父王がレティシアを嫌うのは、レティシア贔屓の家臣達を怖れてのことだが、母がレティシアを嫌うのは、父とはまた違った理由がある気がする。

（聞いた？）

（聞いたわ）

（私なんて見たわよ！　レティシア様の婚約者の王子様！）

（夢みたいに美しくて優しいんですって！　レティシア姫をそれはもう大事そうに抱きしめてたんですって！）

（レティシア姫の愛馬の不調を気遣って、御自らサリアにいらしたと！　あのディアナの王子様が！　レティシア姫が寂しいからと！）

ハチの巣をつついたようなサリア王宮の女官たちの声。

レイが聞いていたら「いいですか、フェリス様？　地味、というのはこういうことではありません。ですが、今回は、レティシア姫のディアナでの安寧をお伝えする為に、フェリス様が衆目をお集めになることも役立つかもしれません」と苦笑するだろう。

「何ですの、アレク、先触れもよこさずに」

母妃は文句を言いつつ、アレクを迎えた。

「母上が、レティシアと婚約者にお逢いになったというのは本当ですか？」

「あら、どうしてそれをアレクが知ってるの？」

満更でもなさそうな母の首には、驚くほど大きな紅玉石の首飾りが飾られている。

では、これが……。

（フェリス殿下は、イザベラ王妃に紅玉石の首飾りを贈られて、レティシア姫の母上の首飾りをレティシア姫にとり戻されたんですって！）

紅玉石は見たことないほど見事だが、交換の経緯が女官達の噂通りなら、あまり自慢げに誇れるものでもないような……。

「何処もかしこもその話で持ちきりです。レティシアが婚約者と一時戻ったと。レティシアの婚約者の様子が……僕達が聞いていたのと全然違うと」

「そうね。フェリス殿下とレティシアの婚約は間違いだったわ」

「間違い……？」

「フェリス殿下は、輝くような御方よ。いろいろ後から伺ったら、ディアナ王族の配偶者にはとても恩恵があるのですって。なのに、私はどうしてレティシアを選んでしまったのか。……あんな素晴らしい方は、私たちのアドリアナの夫になって頂くべきよ」

「……母上、何を、馬鹿なこと」

馬鹿馬鹿しい。もうレティシアはディアナにいる。いまさらアドリアナが替われるものではない。

そう思いながらも、アレクの心が疼く。

「馬鹿なことではないわ。先方様だとて、レティシアのような呪われた娘より、曇りないアドリアナのほうがいいはずよ。私、お伺いしてみようと思うの」

「王妃様、名案ですわ」

「きっとディアナ側も賛成されますわ」

母上の女官もどうかと思う。一人くらいちゃんと止めたらどうだ。しらじらしい。

無理が過ぎるだろうと。

しかしそんなことをしたら、王妃付き女官の地位を失うかもしれない。

母は王妃になってひどく我儘になった。理由はわからない。

それまでの不満がいっきに噴出したのか、予想外の地位に浮かれているのか。

「……フェリス殿下というのは、そんなに魅力的な方なのですか？」

『レティシア姫の運命を変える、美しい婚約者様』に、まるで、サリア王宮が熱に浮かされているようだ。

「まあ、アレク。あなたもお逢いすればわかるわ。この世にほかにあんな御方はいらっしゃらないわ。……あれは、レティシアにはとても過ぎた御方よ。似合わないわ」

うっとりと紅玉石の首飾りを触る母妃は、まるで、自分がフェリス王弟に恋焦がれてでもいるようだ。

アレクは内心、そんなことできるわけないだろう、ディアナ王宮に納品予定の宝石を間違えましたでもあるまいし、と馬鹿にしきっていた。

だが母のおかしな望みが叶えば、ちいさなレティシアはサリアに帰って来るのか？　と胸の何処かが騒ぐのも事実だった。

あなたを守れる人になりたい

なんだか怖い夢を見てた……。
でも途中からフェリス様が出てきて、可愛かった。
フェリス様、小さくてもフェリス様（なんというか由緒正しい王子様なの）。
あの大真面目なのに天然なとこもフェリス様……。
フェリス様がいらっしゃると怖くない。叔母様も叔父様もアレクもアドリアナも。
フェリス様は、私を気持ち悪いとか、不吉って言わないから……。
私が何か、おかしなこと言っても、嫌わないでいてくれるの。
人間て不思議だよね。
ずーっと不吉だとか不気味だとか言われてると、そんな気になってくるの。
ぐすん。フェリス様、大好き。
いっぱい優しくしてくれる御恩に報いられるスーパーレティシアになりたい。
レティシアも強くなって、フェリス様をお守りしたいの。
「……ん、ん……」
レティシアが瞼を開けると、物凄く整った貌が目の前にあった。

レティシアの小さな身体を抱き締めて、フェリスが眠っている。

「おっきいフェリス様……」

レティシアはそっと手を伸ばしてフェリスの白い頬に触れてみる。

眠るフェリスはまるで名工が刻んだ神殿の彫像のようだ。

「とてもチョコレートを夕食にしようとする人には見えません、フェリス様」

レティシアの美しい婚約者。自慢の推し。

「にんじんが苦手な人にも」

「……レティシアが食べさせてくれたら食べるよ、人参も」

「きゃ……！」

白い瞼が動き、晴れた空の色の瞳がレティシアを見つめる。

「フェリス様、おはよう、ございます……？」

「おはよう。レティシア、魘《うな》されていたけど、いやな夢を？」

「怖い夢を見ましたが、ちいさなフェリス様が守ってくださいました」

レティシアは正直に応える。

「ちいさな僕が？」

「はい！　私と同い年くらいのフェリス様でとっても可愛かったです！」

「レティシアと同い年くらいの僕がいい？」

「……？　ちいさいフェリス様可愛かったけど、いつものフェリス様のほうが好きです」

大人のフェリス様のほうが優しいかんじかも？

「ほんと？　レティシアが、ちいさい僕のほうが好きなら、ずっと小さく化けておくよ？」

「楽しそうですが、みんなが困りそう……」

何処かの名探偵みたいに、ちいさなフェリス様があれこれ皆を差配してたら可愛いすぎるけど。

「王宮だと流石にちょっとだけど、ここなら問題ないよ。僕自体は、レティシアの歳から、ずっと似たような暮らししてるから、小さな僕が采配《さいはい》してもシュヴァリエの者は不思議がらないよ」

「めっ。ちっちゃなときから働きすぎです」

レティシアがくまのぬいぐるみと共に不満を述べる。

ちなみにレティシアはくまのぬいぐるみを抱いて寝ていて、そのレティシアをフェリスが抱いて寝ていたので、二人の間にはくまのぬいぐるみがある。

「……フェリス様？」

あ、またフェリス様がフリーズした。

いまの何がツボだったの？　フェリス様のスイッチ、相変わらず、謎……。

「フェリス様、何がツボだったのかわからないけど、笑っていいですよ」

綺麗な背中が震えてるんだもん。

「ほんと？　何だかね、さっきのレティシア、可愛すぎて……」

「可愛すぎて大笑いってどーなんでしょう……？　まあでもフェリス様くらいです。私でそんなに楽しくなる人は」

「僕のレティシアはいつも可愛くて楽しい」

「超個人的なツボですね、きっと……」

「レティシアがね、悪夢を見たら祓ってあげたいな、と思って、僕、昨夜、一緒に寝てたんだけど」

「そうなのですか？　寝ているときまで、お手数を……」

やはり、ただの笑い上戸の美人さんではなかった……。

「でも、いままで誰かの夢に干渉したことなんてなかったから、……なんで僕ちっちゃくなってたんだろう？　レティシアのなかの僕のイメージなのかな？」

フェリス様も万能ではないらしく不思議がっている。

「あんなにちっちゃなイメージではないですが、私のフェリス様は」

私の推しは、いまのこのままのフェリス様だなー。

推し活も長くなってくると、あの頃の推しが一番なの！　とか複雑な心理があるらしいんだけど。

いま目の前にいて、四面楚歌だった私を助けてくれた、このフェリス様が、私の推し!!

「私のフェリス様てどんな人？」

「あ……！　御本人に、すみませ、」

「いや、ただ聞きたくて、レティシアのフェリス様ってどんな人なんだろう？　と」

「優しくて、美しくて、賢くて、……でもなんか損しそうなタイプの方です。器用そうなのに不器用というか」

「後半のがあたってるな。確かに僕は不器用だ。何事もそううまく行った試しがない」

「そんなことないです。たくさんいろんなお仕事ちゃんとされてるけど、……御自分のことは下手というか……」

「……レティシア」

「フェリス様？」

「朝から心臓持っていかないで。起き上がれなくなる」

「私は一日ゴロゴロしててもよいですが、シュヴァリエの方々はフェリス様待ってるかも？」

一緒につきあうから、フェリス様も、暇な時に一日ゴロゴロしたらいいよねー。

いまはちょっと御領地シュヴァリエの一番大きなお祭り期間中だから無理だろうけど。

「今年はね、そんなに行事に顔出す予定にはしてないけど、レティシアが嫌じゃなければ来年からは一緒にいろいろ出ようか？」

「はい。私にできることがあれば」

お父様もサリアのいろんな式典でお手振りしてたけど、フェリス様はご領地の方と親しいせいか、なんだか少し雰囲気違ったなー……。

「自分の場所」感が高いと言うか……。

「昨日の様子見てても、皆もレティシアが来てくれたら喜びそうだ」

「ちっちゃい妃で嫌がられませんか？」

「ちっちゃい領主には僕の代から慣れてるからね。レティシアにとっても、シュヴァリエは他より過ごしやすいんじゃないのかな？」

髪を掻き揚げながらフェリス様が言う。ちょっと眠そう。

「……フェリス様。レティシア様もこちらでしょうか？　そろそろお目覚めに……」

「ああ、無粋なうちの随身が来た」

残念そうなフェリス様。

……？　フェリス様ってこんな色っぽかったかな？

なんか凄く綺麗だけど、ちょっと人形みたいな雰囲気あったけど……。

ご領地だから、安心して、寛いでらっしゃるのかな？

「朝ごはんの時間ですー」

「お腹空いた？　レティシア？」

「いえ。それほどでもないんですけど。フェリス様と朝食が嬉しくて」

「それは僕もだ。レティシアと食事するのは楽しい」

起きようか、とフェリス様が起き上がって、レティシアに手を貸してくれる。

んしょ、とフェリス様の手を借りて起き上がる。くまちゃんも一緒。

「フェリス様。マーロウ様から、御手の空いたときに、お話したいと……」

マーロウ先生？　魔法教えてもらった先生だー！

「それは……御小言だな、恐らく」

ああ、とレイの言葉に、フェリス様が天を仰いでる。

「フェリス様？　叱られますか？　もしかして、私のサイファの為に魔法でサリアに行ったから？」

たしか、マーロウ先生は魔法省の偉い人の筈……。

「いや、たぶんサリアのことではないよ。レーイ、笑いを堪えてないで、レティシアを部屋に送ってあげてくれ」

「畏まりました、フェリス様」

「フェリス様。もし昨日のことで叱られるなら、私が……」

「ううん？　違うよ。サリアでは何も壊してないし、王妃様に二人で挨拶もして、サイファを迎えたんだから、レティシアは何も案じないで。僕が叱られるなら、他のことだよ」

ホントかな。急に二人でサリアに行ったりして、空間歪めたとか怒られないのかな？

二国間の魔法の移動にも、現実の移動と同じく、それなりに制限があるかもだし……。

「今朝のドレスに着替えておいで、レティシア。朝食にはちゃんと間に合うように行くよ」

「フェリス様。叱られるときは一緒に叱られますから、ちゃんと呼んでくださいね」

「承りました、僕の姫君」

額にキスされて、レイとともにお部屋に戻されてしまったけど……。

「レイ、フェリス様は本当にマーロウ先生に叱られませんか？」

「マーロウ先生はフェリス様贔屓なので大丈夫ですよ。御小言を賜るとしたら、サリアの件とは別件です。レティシア様はご案じなさいますな」

レイはそう言うけど、ううう、やっぱり心配、フェリス様……。

ディアナ魔法省に寄せられる疑惑について

「王弟殿下、朝の貴重な御時間を頂き、申し訳ない」

長い白い髭を蓄えたマーロウ師は、肩書としては、ディアナ王立魔法学院学長と、魔法省大臣を兼任しているが、本人は、歳をとったからというだけで、何かと大層な役職をつけないでもらいたい、とぼやく魔法を愛する呑気者である。

「おはようございます、マーロウ先生」

綺麗に着替えたフェリスは、優雅に師に礼をとる。

魔法省にあるマーロウの執務室と、フェリスの部屋を遠隔通話の魔法で繋いでいる。

「王太后様からの謹慎は解かれたと言うのに、王弟殿下はご領地に帰ってしまわれた……とうちの若い者たちが嘆いておりましたよ、フェリス様」

「ちょうど薔薇祭の時期だし、レティシアとの婚姻の支度もかねて……」

最初からシュヴァリエでレティシアを迎えてもよかったのだが、年々シュヴァリエの薔薇祭の規模が拡大してるので、シュヴァリエの繁栄自体はとてもいいことだが、あまりフェリス個人が目立つのは、と行事への公式参加は控えめにしていたのだ。

「レティシア姫は御機嫌いかがですか？　昨日はサリアへ行かれたのでしょう？」

「先生は何でもお見通しだ」

にこ、とフェリスは、マーロウの姿を見上げて、華のように微笑む。

「いやいや、そんなことはないですな。ガレリアのリリア神殿への落雷はディアナ魔法省の仕業では？　とやたらに言われて、マーロウの爺は困惑しておりますよ。我がディアナ魔法省の者達は有能だと自負してはおりますが、夜更けにガレリアの結界を破り、他の誰にも怪我はさせずに、リリア大司教の座所のみに落雷させるほどではありません」

「ガレリアのことは、不幸な天災だったね」

「殿下。何か悪戯をなさるときは、ぜひとも、あなたの臣下でもある、この爺にも一言、ご相談頂きたいと思うのですが」

「爺は私の臣下などではないよ。私もマーロウの爺も、等しく陛下のもの。兄上のものだ。それに私はもう大人だから、悪戯などしないよ」

「困った御方だ。子供の頃より、老獪《ろうかい》になられてしまって……」

「そんなことはないよ。私は意外と単純な男なのだな、と最近、我ながら感動している」

「フェリス殿下が単純？　ですか？」

「うん。最近の私はとても単純だ。レティシアが笑うと私も嬉しい。レティシアが悲しいと私も悲しい」

故に、マーロウの爺との話を丸く収めて、早く朝食の席に着きたい。

罪もないレティシアが心配していたので。

「なんと、あの小さなサリアの姫君は、それほどに殿下の御心の内に入られましたか。……言われてみれば、雰囲気がずいぶん優しくなられましたな、フェリス様」

「そうかな？」

「ええ。レティシア様がいらっしゃるまでは、フェリス様、もっと張り詰めた御様子でしたよ。マーロウの爺は、お気に入りの愛弟子が、いつか何処かにいなくなってしまうのでは……と不安でした」

それは確かにそうかもしれない。

何をしても、義母上の機嫌が日に日に悪くなってる気がして、もう万策尽きた思いで、どうしたものなんだ？　学問したいという訳ではないが、何処か他国に遊学にでも行くか？　シュヴァリエも安定しているし、何処からでもすぐ魔法で帰ればいい訳だから、と考えあぐねていた。

兄上が結婚されて、ルーファスが生まれて、のあたりまではまだ平和だった気がするのだが、フェリスが成長と共にレーヴェそっくりになってしまって、それに皆が騒ぐものだから、義母上の振る舞いがおかしくなってしまったのだ。

愛されたいなんて贅沢は言わないが、近親者から、露骨に疎まれ続ける人生も楽ではない。

「奇妙なことに、マグダレーナ様がフェリス様にレティシア姫を添わせて、あなたをここに繋いだ形になりますな」

「言われてみれば……」

義母上は、フェリスが後ろ盾の強い姫と結びつくのを阻みたかったのだと思うし、何ならフェリスに子が生まれることも怖かったのだと思う。

レティシアには後ろ盾もなく、どんなにいまフェリスとレティシアが意気投合していても、レティシアと子供を作るようなことを考えるのは十年以上も先の話だ。

義母上にとって理想的な姫だったのだと思うが……。

「どうしました、フェリス様?」

「義母上が、僕とレティシアを御覧になったときの、何とも言えない顔を思い出して。……だいぶ思惑が外れられたのだろうなと」

「王太后様は、レティシア姫にフェリス様をとられたようでお寂しいのかもしれませんよ?」

「義母上が結婚を奨めておいてとられたも何も。しかもお気に入りの義理の息子でもないのに」

好好爺らしいマーロウの言葉に、フェリスは妙な事をと不思議がる。

「女性の心というのは複雑なものです。フェリス様は手に負えないほど、魅力的な御方ですから」

「そんなお世辞を言ってくれるのはマーロウ先生ぐらいですよ」

「いえ。お世辞ではないのですがね。フェリス様は、自分のことは過小評価しがちですから。……そうそう、ガレリアのヴォイド王が、ディアナのフェリス王弟を凌ぐ魔導士はおらぬかと方々お探しだそうですよ。二、三、お誘いを断った私の生徒達が、先生、御用心を、と知らせてくれました」

「………。ヴォイド王は、魔導士には、友も師も里もないとでも思ってるのかな?」

くすくす。義母上の話よりは陽気にフェリスは笑った。

「そうですねぇ。ディアナ王立魔法学院がただの親切であらゆる国からの留学生を受け入れて、世界に還元してると思ってらっしゃるなら、いささか御人がよすぎかと。誰だって里心というものはありますし、普段、魔導士を粗略に扱ってる御方にそう忠誠心は起きぬかと」

「あのリリアの大司教、まだ何かするつもりだろうか？」

「ガレリア、と、リリアに関して、私共も警戒度をあげて、結界を張りなおしておりますが。……抜けがあるようでしたら、ぜひ、殿下からの御忠告を頂きたいと」

「とんでもないことだよ。僕のような素人が口を出すものではない」

「素人は、勝手にサリアに転移致しませぬ、殿下」

「私の婚約者の大切な友の身が危うかったので、少し急いだ。許せ。……ちゃんと魔法省を通して、正式に移動させるつもりだったんだけどね」

「わかってますよ。御時間あれば、私共に任せて下さるんですけど、お急ぎだと、御自分でやった方が早いになってしまうんですよね……。まあ褒められたことではないのですが、お元気そうで何より……そして、フェリス殿下が久しぶりにとても楽しそうなことを、爺は嬉しく思いますよ」

「そうだね。先生。僕は久しぶりに楽しい。まるで小さな友のような、僕の言葉の通じる可愛らしい花嫁を得て。何をしていても楽しいよ。先生も、時間が許すようなら、シュヴァリエの祭にも遊びに」

「ああ、シュヴァリエは、いまが、いちばんいい時分ですな。レティシア姫は、いい季節においでになった。薔薇の花たちも、姫を歓迎しているようなものだ」

「そうだね。昔、シュヴァリエを任されたときは、まさか僕がこの地で花嫁を迎えるなんて夢にも思ってなかったな」

一面の薔薇に埋め尽くされるシュヴァリエの街を夢見るように、マーロウ師の瞳も優しく瞬いた。

愛とか義務とか責任とかまだよくわからないけど、仲良しなふたり

「レティシア様、本日のドレス、どれに致しましょう？　少し暖かくなって参りましたから、薄めの生地も……」

「うん……」

大丈夫かなあ、フェリス様。

鏡の前でレティシアの金髪を梳かしてくれながら、ハンナがうきうきと尋ねてくれるのに、レティシアはつい生返事をしてしまう。

レティシアとサイファのせいで、マーロウ先生に叱られてないかなあ。

あの穏やかなマーロウ先生だから、叔母様や伯父様や王太后様みたいに意地悪ではないと思うけれど……。

「レティシア様？　何か気になることが？」

「何でもないの。マーロウ先生に、フェリス様が叱られてないかなって心配で」

「まあ、マーロウ先生に、フェリス様が？　そんな御姿とても想像できませんが……」

ハンナはレティシアの髪をさらさらに仕上げながら否定してくれる。

「でもね、昨日、私の為に無理をさせてしまったので」

お母様の首飾りの代わりに、叔母様に贈って下さったあの紅玉の首飾りも高そうだった……。

それに、フェリス様から頂いたって叔母様が自慢するところが目に浮かぶようで、いやー。

掌を返したみたいに、叔母様、フェリス様に愛想ふりまくってたし……。

「きっと叱られませんし、マーロウ先生と意向が違われても、大切な婚約者のレティシア様の為になされたことならフェリス様は本望なのでは？」

「う、うん……でも」

ここに来て、フェリス様に逢うまで、サリアでは孤立無援に陥ってたので、レティシアは自分の為に誰かが何かしてくれることに慣れない。

「それなら、代わりに私が叱られたいの。フェリス様が私やサイファの為に叱られるの、嫌なの」

フェリスが優しくしてくれるたびに、レティシアの止まってしまってた感情が戻って来る。

蒼ざめて紙のように白かったレティシアの頬には血色が差し、石のように凍り付いていた琥珀の瞳は、フェリスがレティシアの為につく優しい嘘を見破って、フェリスを守ってあげなければ、と注意深くなる。

「なんてお可愛らしい。フェリス様がレティシア様を愛するはずですねぇ」

「私への愛というか、責任感というか」

といって、王太后様から押し付けられただけのちび花嫁のレティシアに、フェリス様がそこまで責任感じる必要なんてないんだけど。

齢五歳にして、レティシアの責任をとる人なんていなくなってしまったのだけれど。

そこは、うちの推し、いい人過ぎるから。

「まあ。フェリス様は確かに責任感は強い方ですけど、責任感で、あんな楽しそうな御様子にはなりませんわ。フェリス様は確かに責任感は強い方ですけど、

「まあ。フェリス様は確かに責任感は強い方ですけど、責任感で、あんな楽しそうな御様子にはなりませんわ。私、こちらに務めて初めてではないかと思うほどです。あんなに微笑うフェリス様を拝見するのは。レティシア様といるフェリス様はずっと楽しそうですわ」

「……。私も楽しいわ、フェリス様といると。私達、仲良しなの。王太后様がご機嫌斜めになるくらい」

あれからずっと考えてたんだけど、もしや王太后様は、私がフェリス様を嫌って、サリアに帰りたい、とフェリス様を困らせてくれるのを期待してたんじゃないかと……。

王太后様の予想に反して、私ときたら、フェリス様大好き！　フェリス宮天国！　になってしまったんだけど。

だってちっとも帰りたくない、お父様もお母様もいない、居心地の悪いサリア……。

昨日フェリス様に連れて行ってもらった時も、早く安全なディアナに帰りたいって思ってた……。

あ、精霊さん、お話したいなー。

ずっとここに……フェリス様といられるといいな……。

サリアでフェリス様すごーくかっこよかったんですよー、って聞いてもらわなきゃ！

「王太后様はいつもご機嫌斜めなんですわ。何処か血の道がおかしいのではと……ミルクと小魚をもっとおとりになったほうがいいと思いますわ。あんなに何でも苛々されてフェリス様に濡れ衣を着せて謹慎させるなんて、王太后様付きの者は御献立も見直した方がいいと思いますわ」

シュヴァリエの人は、レティシアに勝るとも劣らぬフェリス様推しだから、フェリス様に冤罪かぶせた王太后様を許せないよね。

というか、普通なかなか、そんな冤罪かぶせる相手を許し難いと思うけど、フェリス様って何故か自分のことより王太后様の心配してそうな不思議な人なの……。

「お、御献立……ハンナ可愛い……」

「可愛くないです。私は清らかなレティシア様と違って、フェリス様を苛める王太后様を呪いそうになりますが、フェリス様の義母上様だからと耐えておりますっ」

「うう。待っててね。私、図書室で、嫁と姑本借りて来たから、も、もうちょっと王太后様の機嫌をとれるようになるからね……!!」

私の努力でどうにかなるものなの？　とは思うものの、努力はせねば！　お、お義母様と仲良くなれるようにあの本読むぞ！（あんまり楽しそうな本じゃないからすぐ眠くなっちゃうの……）

「いえいえ、レティシア様、ここではそんなこと考えず、結婚までの婚約期間を、フェリス様と存分に甘くお過ごしください」

「あ、あまく？」

それもよくわからないけど、フェリス様、マーロウ先生にきつく叱られてませんようにー!!

（健気な小さな婚約者の応援を背に、その頃フェリスは笑顔でマーロウを煙に巻いていた）

「王太后様。サリアの魔導士より書状が届きました」

「サリアの？」

マグダレーナは脇息に凭れたまま、うっとおしそうに問い返した。

今更サリアが何だというのだ。あんな生意気な娘を寄越しておいて。

王太后がフェリスを勝手に謹慎にした件で、国王であるマリウスがひどく立腹しているので、マグダレーナは肩身が狭い。

気晴らしの茶会も儘ならない。

「フェリス殿下の御婚姻の件で、ぜひ王太后様に御相談したく、とのことですが」

「フェリスの結婚式の相談など担当大臣にさせよ、妾の管轄ではないわ」

国民人気の高いフェリス王弟殿下の結婚式とのことで、多くの予算が動くし、商人達も今年の稼ぎをかけてはしゃいでいる。

「いえ、何やらサリアの占い師が、婚姻に不吉の兆しあり、と占ったと書いてありますが……」

女官は書簡に目を通している為、困惑気味だ。

「日取りは何度も占ったのではないのか？　いま、フェリスの婚姻に何か言うて、妾のせいにされるのはご免じゃ」

国王のマリウスも不機嫌だし、フェリス贔屓の宮廷の者たちも、王太后様いくら何でも冤罪はあんまりな、フェリス様は冤罪を晴らそうと、リリア僧の闇を暴いて下さった……とかまびすしいなか、フェリスの結婚式に口など挟みたくいない。

「そのう、サリア王妃イザベラ様お抱えの占い師いわく、フェリス様に嫁ぐべきは現王女のアドリアナ様である、と。レティシア様では、ディアナとサリアに影が兆す、と」

「……すでにあの娘がディアナに嫁いできてるのに、何を言うておるのじゃ、サリアの王妃は？寝言は寝て言うがいい」

マグダレーナは眉を寄せた。

サリアの現王女がどんな娘だかは知らぬが、あんなにフェリスがあのサリアから来た娘を気に入っていては、交換など承知しないだろう。

だいたい最初から、自分と同じ五歳で親を失った娘を憐れむフェリスの心に付け込んだような婚姻なのだ。

「御意。見当違いも甚だしいですが、この婚姻は王太后様肝いりの婚姻ゆえ、サリア側としては、王太后様に裁可を仰いでいるのかと」

「では占い師の話とやらを、妾でなく、陛下かフェリスに直接云えと言うてやれ。妾はフェリス謹慎で陛下の御勘気を被っていて、フェリスのことには口出しできんとな」

笑えてくる。

いまになって花嫁の交換とな。

何と了見のおかしなサリアの王室よ。

さぞや我が義息子フェリスが嫌な顔をするだろうよ。

「サリア王室は、レティシア姫の御婚姻に大変乗り気でいらしたのに、どうされたのでしょう？」

「惜しくなったのではないか？」

「惜しくですか？」

「女官たちが騒いでいたが、昨日、フェリスがレティシアの為に馬を迎えに行ったのであろう？噂の変人王弟にやっかい者の姫を押し付けたと思っていたら、ディアナの変人王弟が聞いてた話とだいぶ違うではないか、とな」

そもそもディアナの王弟相手に、現王女でなく、やっかい者の姫を寄越そうなんて政治センスのない王室だ。

もともと常識がないのであろう。

レティシアは、フェリスの見合い相手としては、数少ない条件の悪い姫で、そこがマグダレーナの眼にとまったのだから。

「現王と王妃はレティシア姫の御両親が流行り病で亡くなられて、慌ただしく王位継承されたそうなので、世の中に疎いのかも知れませんね」

「ただ愚かなのであろう。知ったことではないがな。……どのみち、もうフェリスはあの娘を気に入った。ディアナの王族が誰かを気に入ったら、それを奪うことなど、サリアの王妃ごときに出来ぬ」

苦い痛みとともに、マグダレーナはそう告げる。

恋に堕ちたディアナ王族ほど性質の悪いものはない。

機嫌を損ねれば、国ぐらい亡ぶ。

もっとも、レティシアは、マグダレーナの夫ステファンが恋焦がれたイリスより、逢って日は浅いのに随分フェリスのことを想っているように見える（そもそもイリスは王の求愛を拒めなかったというほうが正しい）。

恋も愛も欲もまだ知らないだろうけど、背中の毛を逆立てた仔猫のように、あの小さな体が、全身でフェリスを守ろうとしていた。

妾からフェリスを守ろうと。

そんな勇敢な愚かな姫を、ディアナ宮廷で初めて見た。

あんなに愛されたら、そりゃあ氷の王弟殿下も絆されるだろうよ。

「だが、おもしろい。せいぜい花嫁交換に頑張ってフェリスの不興を被るがいいよ。交渉の相手は、妾ではない。妾はいっさい関与せぬと伝えよ」

そこは実の息子なので、マリウスのほうが怒るとマグダレーナに容赦がない。

これ以上マリウスの不興は買いたくないが、サリア王妃殿の無駄な頑張りは、楽しく見物したいものだ。

僕の心配をしてくれる姫君

「レティシア、待たせたね」

「いえ、少しも」

「どうしたの？　朝の支度、何かうまくいかなかった？」

レティシアの琥珀の瞳が曇っている。

「いいえ。支度はハンナが上手にしてくれました。……フェリス様、マーロウ先生に叱られませんでしたか？」

「ああ、大丈夫。思ったほど叱られなかったよ」

レティシアはじぃっとフェリスを見上げている。本当かな？　と真剣に確認中のようだ。何とも可愛らしい。

フェリスの家の者はもちろんフェリスのことを心配してくれるけれど、何が起ころうと普段通りの様子で主を安らがせるという職業規範もあるから、こんなに全身で心配を見せる人は他にいない。

「本当に？」

「本当に。僕、嘘ついてないでしょ？」

フェリスは屈んで、レティシアと両手を絡めて、白い額と額をあわせてみる。

他の者と違って、こうして近づいて触れたら、レティシアにはフェリスの心の中の気配が少し伝わる筈だ（だからフェリスは荒れそうなときは、レティシアから離れていたいのだけれど）。

んー、と疑い気味だったレティシアが、大丈夫かな？　とちょっと安心した顔をしている。

フェリス自身もレティシアの気配に安心する。

マーロウ師は、何かなさるときは、このあなたの老いた友にも、どうかご相談下され、と去って行った。

師のことは敬愛しているけれど、魔法省の各種の規定に従うといろいろと出来ないことが増える。こんなこと想ってしまうあたりが、我ながらだいぶレーヴェに似てきてる気もするのだが。

「フェリス様。レティシア様はずっとフェリス様の御心配されてて、朝の御仕度も気もそぞろだったのですよ」

二人の様子を微笑まし気に見ていたハンナが口を挟む。

「う……違うの。フェリス様やハンナが選んでくれたドレスが可愛いすぎて、選べなかっただけなの」

レティシアが苦しいいい訳をしている。

思うに、フェリスの小さな婚約者殿は、ドレスには、たいして興味がないように見える。最低限おかしくない恰好であれば、程度のようだ。

これはフェリスもレティシアのことはそう言えないが。本や食べ物の話をしている時と、衣装の話をしているときでは熱量が違ってわかりやすい。

フェリスと違い、レティシアは女の子だから、成長とともにドレスに興味が高まっていくのかもしれないが。

「レティシアは何を選んでも、いつも可愛いけどね」

これは、本当にフェリスはそう思っている。

でも一番可愛いのは、寝間着でくまのぬいぐるみ片手に、何か謎な事を力説しているときだと思うと真実を言ったら、レティシアではなく、サキやリタあたりに叱られそうだ。

「フェリス様の採点は甘すぎです。レティシアは、フェリス様の婚約者としてうんと高みを目指さなければ！」

「高み？」

高みが何処かはわからないけれど、僕の婚約者としてはりきっているレティシアは可愛いと思う。

「そうです。あんなちびの田舎から来た、いまいちな子と言われないように！」

「イマイチ？　サリアが田舎じゃないし、レティシアは眠ってても起きてても可愛いのにな」

「フェリス様、私の向上心を折っちゃダメです。そんなこと言ってたら、レティシアが怠け者になりますから！」

レティシアと手を繋いで、食堂へと歩きながら、フェリスは既に婚約者殿のいないころの一日分くらいは笑っていて、そっと後をついてくるハンナの驚く気配が伝わって来た。

王弟殿下の婚姻についての異義申し立て

「マーロウ様。フェリス様との会談はいかがでしたか？」

「私の知りたいことは教えてくれなんだが、殿下はご機嫌麗しかったよ。結婚というのは人を変えるものなのだねぇ」

傍仕えの弟子に尋ねられて、マーロウは答える。

「それはそれは……。いまシュヴァリエ薔薇祭の盛りでしょう？」

「ああ、殿下から御招き頂いたよ。レティシア姫の魔法授業がてら遊びに行こうかの」

「それはよろしうございますね」

「マーロウ先生！　このサリアからの書状、ご覧になって下さい！」

「何事ですか、パルム。マーロウ様の御前ですよ」

「申し訳ありません、ですが、失礼にも程があると言うか……我が魔法省が祝福した王弟殿下の婚姻を、サリアが不吉だと言ってきたんですよ。イザベラ王妃お抱えの占い師とやらを侮辱罪で罪に問うてやりたいくらいです」

「……王弟殿下の婚姻に何と？」

「レティシア姫ではディアナとサリアに災いを呼ぶと。レティシア姫とアドリアナ王女の交換をと」

「何と。白磁の壺でもあるまいに、花嫁を交換とは面妖なことを……」

マーロウは白い眉を寄せ、豊かな白髭を触った。

少々、長く生きたが、そんな話は聞いたこともない。

いや、あどけなさすぎる五歳の花嫁を王家に迎えるのも、マーロウとしては驚いたのだが。

「どうなっているのでしょう、サリアの倫理は？　ディアナとは違うのでしょうか？」

最近ではマーロウの秘書代わりの仕事をしているセトも不愉快そうな顔をしている。

「王太后様のもとに御手紙が届き、王太后様は馬鹿馬鹿しいと一笑にふされたそうですが、魔法省と神殿には、殿下の婚姻がディアナに触りがあるかどうか、いま一度の確認をと」

「それは……レティシア姫を御寵愛のフェリス殿下もお怒りになるだろうし、ディアナ神殿も旋毛《つむじ》を曲げるな。私は不勉強にして存じあげぬが、サリアにはそんなに高名な占い師がいるものなのかね、セト？」

「……失礼ながら、サリアの高名な占星術師など聞いたこともございませんし、現在のサリアの国情から言っても、それほど腕のいい先読みがいらっしゃるとはとても思えませんが。レティシア姫もお気の毒ですね。先日、王宮でお見かけしましたが、フェリス様と御二人で、春の花が零れるような御幸せそうな御様子ですのに」

セトはマーロウの問いに答える。

レティシアが聞いていたら、私とフェリス様の「とっても幸せそうな二人作戦」成功してます？

とそこだけは喜びそうだ。

「……セフォラ」

マーロウは、フェリスとレティシアの婚姻が決まった折に、二人の星を見させた者の名を呼ぶ。

「御前に。マーロウ老師」

空間が歪み、白いローブを纏った美しい銀髪に銀の瞳の青年が現れる。

「セフォラ。私は、君に、フェリス殿下の婚姻を見てもらったね。サリアから、何やらレティシア姫が災いを呼ぶと、この婚姻に異義が出てるようなのだが、星は何か動いたかい？　御二人の婚姻で、ディアナやサリアに何か影響は？」

「サリアから姫がいらして変化したことと言えば、レティシア姫がそういう御力をお持ちなのか、フェリス様の御力がとても増しています。ディアナに災いを呼ぶ因子は何もございません。ディアナの地は、花嫁を歓迎しています。レーヴェ様は、新しい親族を気に入られている御様子と推察いたします」

「セフォラは、イザベラ王妃のお気に入りの占い師の占いとやらをどう見るね？」

「レティシア姫は、サリアの大きな星でした。それは私が最初にレティシア姫を占った時から変わりません。……私に言わせれば、ディアナにとってではなく、サリアにとってレティシア姫を失ったことは不幸だとは思います。国にとって大切な光を他国へ譲ってしまったのですから。ただ、それはサリア側では承知の上の婚姻かと私は考えていたのですが……。もしかしたら、サリアの星見が不安定で、星の語る話を、きちんと捉えられていないのかもしれません」

「では、ディアナ魔法省としての回答は、レティシア姫に災いの影はなし、でよいね？」

「マーロウ老師が、私の眼を信じて下さるのであれば。……老師、もしご不安があれば、夢見にも占術師にも、どうぞ何人でもいろいろと見てもらって下さい。おのおので見え方は違うでしょうから」

「私はセフォラの眼を信頼しているから、レティシア姫には何の不安もないのだが、不安があるとしたら、サリアがフェリス殿下を怒らせないかだよ。サリアの方は気の毒にというか、ディアナ王族の御気性を御存じないようだ。ディアナの王子が気に入った花嫁を交換しようなぞと、神をも畏れぬ暴挙だ」

「それは恐ろしゅうございますね。フェリス様はとてもお優しい御方ですが、お怒りになるととても怖い。神々の冷酷もかくやです」

にこ、とセフォラはマーロウの言葉に微笑んだ。

あまり他人に興味を抱かないセフォラも、フェリス殿下が溺愛しているという噂の小さな姫君を直接見てみたいものだ、と興味を示していた。

レーヴェ神殿の意向について

ディアナにおけるレーヴェ神殿は、もちろん総本山なのであるが、御本尊の竜王陛下が、豪華すぎる神殿なんて何か悪い事してそうでよくないぞ、控えめにしとけ、という御神体である。

とはいうものの、いまもレーヴェ竜王陛下人気は凄まじく、レーヴェ神殿は、寄進に事欠いた試しがない。

ディアナの人々は自慢のレーヴェの神殿を美しく飾りたて、フローレンス全土から巡礼客がここを訪れる。

「オリヴィエ神官長。マグダレーナ王太后様の宮より、サリアから気になる文が届いたと……」

「サリア？　フェリス殿下の婚約者、レティシア妃殿下の御里《おさと》からですか？」

朝の祈りを捧げていた神官長オリヴィエは二十六歳の青年である。

昨年、先代のロルカ神官長より、重責を引き継いだ。

「はい。王太后様はサリアの世迷言よと仰ってるそうですが、念のために、神殿と魔法省に確認をと。サリアのイザベラ王妃のお抱え占星術師が、王弟殿下の婚約者レティシア様が災いを呼ぶ姫であると。殿下の婚約者を、現王女のアドリアナ様にかえるべきであると占ったと……」

「……ディアナの星読みたちの言葉を覆すほどの術者がサリアに存在を？」

怪訝そうにオリヴィエは眉を寄せた。居並ぶ白い衣の神官たちにもざわめきが広がる。

「サリアの占星術師の名はミゲル。……初めて聞く名です」

「レティシア姫が災いを呼ぶ姫ならば、竜王剣の柄も鳴りましょうし、天候も崩れようが、レティシア姫のお渡り以来、フェリス殿下の婚姻を祝うように、ディアナ王都は春の陽光に溢れている。レーヴェ様はレティシア姫をお気に召していると私は思うが」

「フェリス殿下はレティシア姫をことのほかお気に入りとお聞きしたが」

「神代の昔から、竜王陛下は、果敢な姫を愛しく想う御方。幼き身の上で御一人でフェリス様のもとに嫁されたレティシア姫をきっと御守りになりますとも」

「左様ですね。サリア王家がどのような了見か存じませんが、ディアナの地を踏まれたときから、レティシア姫は我が王家の姫、フェリス殿下の妃にして、レーヴェ様の娘となる御方。そのレティシア姫への愚弄は、レーヴェ神殿への侮辱と捉えますが……」

オリヴィエはじめ神官たちの反応は、竜王陛下がちいさきものに弱いという性質もあるのだが、リリア僧からの信徒奪還と竜王剣の件で、神殿は密かにフェリスに大きな借りを感じているのだ。

（フェリス自身は、レーヴェの神殿に恩を売る気で働いた訳ではないのだが）

「王太后宮への回答と、サリア魔法省および占星術ギルドに警告を。レーヴェ神殿は、竜王陛下の大切な娘を誹謗中傷されることを好まぬと。フェリス殿下がレティシア姫を愛されるように、竜王陛下はレティシア姫を愛されると。……王弟殿下の御婚儀のためのこれまでの神殿の星見など無意味と仰るならそれまでだが、我らにもそれなりの矜持《きょうじ》はあるとな」

（ロルカから、この若者はいかがでしょう、て尋ねられた時、オリヴィエは神官長なんぞに据えるには頭が切れすぎじゃないか？　もったいなくないか？　と返事したけど、さすがにロルカの秘蔵っ子なだけあって、オレの好みをよく知ってるよな～。それにしても、レティシアにそんなこと言ったら、うちのフェリスがまたなんか破壊しそうで……あのサリアの叔母さん、相手を見て喧嘩売って欲しいわ）

レーヴェは玉座に寝そべりながら、神殿の神官たちを見下ろしていた。

神官たちは竜王陛下を敬愛し、よく竜王陛下の気性を知っている。

だけどこのなかのほとんどは、どんなに修行しようとも、レーヴェの姿を見ることもなく、声など一生聞くことは叶わない。

（なのに、レティシア、何の修行もせず、オレ相手にフェリスの惚気話してるんだけど……どーなってんだろうな、あの娘？　だいたい推しってなんなんだ？）

くすくす笑いながら、上出来だ、オリヴィエ、オレの可愛い娘に無礼を言うな、とがっつり威嚇しといてくれ、とレーヴェはオリヴィエの髪を撫でた。


「レティシア様。今朝の御茶は何を御希望ですか？」

「ん……とね、薔薇の御茶がいい」

ここはやっぱり、ご当地のものだよね！

茶摘みじゃないけど、レティシアも薔薇摘みとかしたいな！

「畏まりました。レティシア様、昨日、初めての薔薇祭は楽しんで頂けましたか？」

「うん、すごく！　屋台をね、見せてもらったりしたの。いちごや薔薇やいろんなものが売ってて……みんなとっても楽しそうだった」

心から楽しそうな民の顔を、久しぶりに見たよ。

物凄く意外なんだけど、フェリス様って、とっても親しみやすい領主様みたいで、そこかしこで街の人に捕まってた。

ハンナから、フェリス様が御領主になってから、シュヴァリエはとても状態がいいと聞いてたけど、よく手入れされた綺麗な街と明るい顔の人々が、シュヴァリエという土地の豊かさを象徴していた。

疫病や不作に苦しむと、人の顔も街の様子も暗くなることを、ちいさなレティシアはよく知っているから。

「それはようございました。シュヴァリエの者はみな、フェリス様の妃となられるレティシア様にお逢いできて、きっと喜んでおりますよ」

「う……。こ、こんな小さいお妃様でごめんね……」

ううう。と食卓の椅子の上で頭を抱えてしまう。

ああー！　一晩眠るごとに一歳ずつ大きくなればいいのにー！

フェリス様みたいな美貌じゃなくても、もうちょっとこういいかんじの背丈が……。

「とんでもございません。どんな背丈の高い姫君も、私共のフェリス様を、こんなに朝から笑顔になどできません」

「そう？」

さっきね、二人で手を繋いで、食堂まで歩いてたら、何かまたレティシアの言葉が、フェリス様の笑いのツボに入っちゃったらしく、フェリス様大笑いしてたのね。

そしたら、みんな、ギョッとした顔してた。まるで、タペストリーの中の竜王陛下が動き出したくらいの驚きだったわね。

「あのね、みな、レティシアが普段の僕を疑うから、朝から僕が笑ったくらいで感動しないように」

フェリス様が苦笑して給仕の人を宥めている。

「はっ。フェリス様、申し訳ありません。でも本当に……フェリス様とお話のあう、よき姫が来て下さって……よろしゅうございました。神に感謝致します。きっと、竜王陛下のお導きです」

フェリス様、そんなに普段笑わない人なの？　て心配になるよね。レティシアといるときのフェリス様、どちらかというと笑い上戸だから。

ぜんぜん氷の王弟殿下じゃないし。フェリス様あったかいし。

くまちゃんより、高機能なフェリス様。

あったかい体温に安心して、いっつもフェリス様のとこで寝ちゃうの……。

甘え過ぎてて、恥ずかしい……。

生まれたところを遠く離れても

「春キャベツの甘めのポタージュです」

「ありがとう」

運ばれてきた濃いグリーンのポタージュを、うーん身体によさそうだけど緑が強いと思いつつ、口に入れてみるとはんなり甘くて美味しかったので、嬉しくなる。

春の野菜は苦かったり、甘かったり。そんなことも忘れてたな。食べ物ひとつひとつの味よりも、とにかく食べなくては、と食欲がないのに口に運んでたから。

「レティシア様。あちらに居る者によると、サリアの民たちは、昨日のサイファお迎えを喜んでらっしゃるようですよ」

「サイファのことを？」

レイの言葉に、レティシアが尋ねる。

「サイファのことと言うか、フェリス様がレティシア様を大切にしてくれてるようだと……」

「フェリス様が私を大切にしてくれてるとサリアの民が喜んでくれてるの？」

「そうですね。幼い身空で、ディアナで苦労してるのではないかと心配されてたようで」

「そんなこと……」

あるのかな。

サリアで、レティシアの心配してくれたりするのかな。

「サリアのレーヴェ神殿にいる者が伝えてくれたのですが、急にレーヴェ神殿への供物が増えたと」

「竜王陛下に？　お供えが？　どうして？　フェリス様が私を大事にして下さってたら、竜王陛下にお供えが？」

んんん？　フェリス様じゃなくて竜王陛下にお供え？

「僕がレーヴェの末裔だからじゃない？　まあ、どんなときにもレーヴェは得する体質というか……」

フェリス様が笑ってる。

「……竜王陛下は大好きなのですが、ここは、フェリス様に感謝して欲しい気がします……」

んんん、とレティシアは首を傾げる。

もっとも生きてるフェリス様にお供えは変だから、そうすると竜王陛下に感謝になるのかな？

「僕は、レティシアが僕に苛められてないって、サリアの人が安心してくれるならそれでいいよ」

「苛められてないです。とっても大事にしてもらってます」

王宮の外のサリアの国の人が、レティシアの結婚をどんなふうに思ってるかなんて、レティシアには知る由もなかったけれど。

誰かがそっと心配してくれてたのかな、と思うと、じんわり嬉しい。

歳もあわないから、無下にされるんじゃないかって。

叔父様や叔母様は思わなくても、何処かで案じてくれた人がいて、レティシアの幸福を喜んで、竜王陛下に感謝を捧げてくれる人がいる。

「……レティシア？」

「もったいなくて、嬉しいです」

レティシアは王女だったけれど、お父様もお母様も、疫病で亡くなった国の人々も救えなかったから、案じて貰うに値しないけれど、故郷の人に少しでも思ってもらえるのは、嬉しい……。

「レティシアの幸せを祈ってくれたサリアの民に、僕から何か贈ろう。少し、騒がせてしまったようだし。何がいいかな？」

「そうですねぇ、この季節ですから、シュヴァリエの桜の花びら入りのお酒などはいかがですか？昨今、高値で取引されてるようですし」

「ああ、レティシアとの結婚のお祝いに可愛いかもね」

「え。あの。フェリス様、サリアへは、もう、フェリス様からたしか婚礼の御挨拶の贈り物、頂いてるはずですので……」

レティシアが、サリア王都を婚礼の旅で出立するときに、ディアナの王弟殿下から街へも贈り物が、と聞いた気がする。

そのときはぼんやりしていたので、レティシアの為にサリアの民にまで贈り物が届くなんて、きっと嬉しくない結婚だろうに、王弟殿下の婚礼担当の方が丁寧なのかしら、それともディアナが裕福な国でいらっしゃるから？　と思っていた。

まさかフェリス様がこんなふうに御自身で差配されてるとも思ってなかったので。

「うん。でもね、レーヴェに言わせると、王族の結婚て、民や街の祝祭であり、皆の稼ぎ時なんだって」

「はっ、竜王陛下」

竜王陛下のお話になると、フェリス様の声が、やんちゃな兄さんの話でもするみたいに可愛くなるから好きなの。兄というか、父というか、祖父というか、神様だけど。

「でもね、先日来、サイファのことにしても、イザベラ王妃の御様子からしても、僕の大切なレティシアの婚礼が、きちんとサリアで祝祭として扱って頂けてるのかなと気がかりで……」

「いえ。あの。先王の娘の婚姻なので……あの！　あの！　決して、ディアナ王弟のフェリス殿下に無礼な訳では……あ、その……!!　私が個人的に叔母様方に嫌われてるので、ちょっとぞんざいに……決して、決して、フェリス様に悪気は……!!」

どうフォローしていいかわからなくて、もごもごしてしまう。

ううう。

私がサリア王家で適当に扱われてても、決してサリアはディアナの王弟殿下に悪気がある訳ではないとお伝えしないと……。

「うん。べつに僕に対してはどうでもいいんだけど、サリアの風習までは僕にはわからないけど、レティシア姫の婚姻は華やかだったね、楽しかったね、てサリアの人のいい思い出にしたいよね」

そこは、どうでもよくないです。

私のことはいいとしても、フェリス様に失礼がないようにしたいのー。

えーん。

たとえレティシアが実家で嫌われてなくても、ディアナとはだいぶ財力違うと思うけどー。

「左様でございますね。大切なレティシア様の御婚礼ですから。では、機嫌を損ねてはいけませんから、王宮側のフェリス様の婚礼担当者とも相談致しまして、桜の花びら入りのお酒や、いまでしたら薔薇の生花や、ディアナの名産など、さらに御贈りいたしますね。……レティシア様、何か希望のものがおありでしたら、お気軽にお申し付けくださいね」

「レイ、フェリス様のご負担にならないように……」

「お気になさらず、レティシア様。フェリス様のおかげで、シュヴァリエはこのところ成績が良すぎるので、中央に税として納めてしまうよりは、シュヴァリエとしてたくさん経費を使っておきたいのです」

「ディアナでは、僕の婚姻に、商人はみな今年の商いをかけてる、と言われてるから、レティシアは何も遠慮しないで。サリアの人にも喜んでもらおうね。……僕の大事なレティシアとの婚礼の御礼を、僕がするのはあたりまえのことだ」

「うー……。ありがとうございます」

それはね、フェリス様見てると、この方の婚姻で大きな商いが動くというのは、納得なんだけど、元東京勤務の社畜的には。

レティシアの実家が、レティシアの婚姻に手を抜きがちだっただけで……。

ああ、婚儀の振る舞いでいろいろ振舞われて、サリアでも、いっぱい食べられる子とかいるといいなあ……。

「レティシア様。すみれと菜の花と卵のサラダです」

「可愛い！」

ちょっと、ううう、となってた私の気を晴らすように、給仕の方が新しい皿に気を向けてくれる。

ちなみにね、この世界の十七歳の男の子は、みんなフェリス様みたいかっていうと、そんな訳ないの。

我が婚約者様は、五歳から領地の改革されてるけど、そんな社畜の雪が日々の癒しにと、スマホで読んでた異世界転生コミックの主役みたいなことする人はそうそういない。

十代で政略結婚は、もとの世界と違ってたくさんあると思うけど、親任せの人が多々。

一家の采配はお父様お母様で、若い御本人には、まだ実権なくてもおかしくないお歳だしね。

私たちの婚約も、王室の婚約だから、王室担当に任せきりでも全然大丈夫なんだけど、いまのは、王室からでなく、私の幸せを祈ってくれたサリアの人達に、フェリス様が私財で贈り物して下さるという話。

顔もいいのに性格もいいとは、これいかに……(顔のいい人に失礼)。

フェリス様も転生者なんてことは？　とも考えるけど、フェリス様の異質感は、たぶん竜王陛下譲りの血のなせるものなんだろうと(普通の人ではないけど、この世界の人な気がする)。

王太后様とフェリス様がうまくいってて、フェリス様が引き籠り希望の変わり者じゃなかったら、とてもじゃないけど、レティシアの婚約相手になる人じゃないと想うの。

私としては、こんな訳の分からないことばかり言う不気味な娘はいらない！　て怒り出さないこの上もない御相手なんだけど。

「こちらの花は食用ですのでお召し上がり下さいね」

「食べられるお花なんですね」

「はい」

「王都でもこちらでも、うちの料理を作る者達の、レティシアを迎えた喜びを日々感じるよね」

「やっと食事を楽しんで下さる方がいらした、ですよね」

フェリス様の感嘆に、レイの相槌。

「フェリス様も美味しそうに召し上がるのよ。あの、ちょっと、他の人より、表現が控えめなだけなの。いつもみんなが作ってくれるお料理に、ちゃんと喜んでらっしゃるの」

フェリス様はお貌が整いすぎてて、表情の微妙な違いが伝わりにくいんだけど、何だかいま喜んでるんだなーっていう気配はあるのよ。

夜中に一人で机に向かいつつ、厨房から魔法でお夜食取り寄せてるあたり、可愛い魔法使いさんだと思うの。

「レティシア様、そのように厨房にお伝えしますね。朝から可愛らしい方に庇われて、うちの感情表現のうまくないご当主様も幸せ者ですね」

「……レティシアが幸せそうに食べてるのを見ると、食事が美味しく感じるので、僕も美味しそうに食べられるように努めたい。僕と食事してて、食べ物がまずく見えてはいけない」

「フェリス様とごはん食べるのはいつも楽しいです！」

なんだかフェリス様が恐縮してらっしゃるので、正直な気持ちを伝えながら、すみれの花をフォークでつつく。

美味しいのかなー？　お花って？

「僕も、レティシアと食事するのは楽しいよ」

照れながら、お花を食べてるフェリス様、めちゃくちゃ可愛いーー！

推せる!!

厨房の方、朝から可愛い絵をありがとう！


フェリスにとって食事を囲む席と言うのは、いつの頃からか、少々、疲れる場所になった。

無論、多くのディアナの民が、家族と一日の食卓を囲むことを一番の楽しみとして、日々の労働を重ねていることは理解している。

だから、それは自分の愛しい場所というよりは、フェリスが守ってあげるべき、誰かの大切な場所だ。

一番身近では、兄上の家族の食卓が、本で読むような温かい食事の席だ。

優しい妃とやんちゃな息子と礼儀にうるさい祖母がいて、呼び出されて顔は出したものの、すぐに帰りたがるフェリスを兄が引き留めてくれる。

このなかなかに特殊なディアナの王家という環境で育って、あんな絵にかいたような温かい家族を育んだだけでも、兄上は偉大だと思う。

ポーラ王妃は、どんな黄金を積んだとて、得難い人だ。

フェリスはたった一人の大事な弟なのだから、と兄上は言ってくれるが、何だかあそこに自分が混じるのは、義母上に嫌な顔されなくとも、フェリスとしては気が引ける。

フェリスの母のイリスが他界してから、父王と義母上と兄上と、父がよく食事の席を設けた。

あれも気を使うばかりで、いつも何を食べているのやら味がわからぬような席だった。

シュヴァリエにいると、その気遣いがいらぬから、よくこちらに逃げて来ていた。

領地改革に燃えていたというより、自分の力で変えられることをしているときは、無力感に苛まれずにすんだ。

兄のマリウスよりフェリスのほうが優れている、という者は今も昔もいるが、フェリスは兄の方が羨ましかった。

そこに存在しているだけで、愛される。

美しいから、賢いから、役に立つから、レーヴェに似ているから、ではなくて。

何もしなくても、ただそこにいるだけで愛おしく、彼の為に何かしてあげたいと思われる存在。

そんな存在ではフェリスはないから。

「フェリス様。苺のムースはすすみませんか？」

「いや……美味しいよ。ちょっとぼんやりしてた」

つい先日やって来たフェリスのちいさな婚約者殿は、琥珀色の大きな瞳で、いつもまっすぐにフェリスを見上げる。

まるでこの世に、フェリス以上に気にかかるものはない、とでも言うように。

「はっ。やっぱりお疲れなのでは？　今日は私と二人でおうちでゴロゴロしてはどうでしょう？　お祭、フェリス様が顔を出さないと、泣いちゃうかな、シュヴァリエの人……」

「レティシアと二人でおうちでゴロゴロ……贅沢な猫みたいだね」

「たまには贅沢をしてもいいのです。フェリス様は婚礼準備の為の休暇なのだから、私と休まないと」

「婚礼準備って、レティシアと休むことなの？」

レティシアといるとよく笑う。

それはこの無邪気なレティシアが、自分では意識せずに、この世界の法則から少しずれていて、同じようにこの世界の基準からはみ出しかけるフェリスにとって居心地がいいからだと思う。

「いえ。婚礼の準備って具体的には、何をするのでしょう？　フェリス様の衣装合わせなら、私ずっと見守りたいです」

「レティシア、それ多分、僕がレティシアの衣装合わせを見守る方じゃないかな……」

婚礼衣装はすでに準備ずみだと想うが、レティシアは可愛いから、もう少し、衣装替えのドレスなども増やしてもいいんじゃないかな……でもレティシア本人は面倒がるかな？

ああレティシアの婚礼衣装に、既にかけてくれてるだろうけど、僕からの守護の呪文も織り込もう……結婚式は人の出入りが多くて、危ないだろうから。


「レティシア様。フェリス宮のサキ様とリタ様から朝の御挨拶を差し上げたいと……」

朝食を終えて、フェリスは来客がということで、レティシアがお部屋で読書でもと思っていると、声がかかった。

「ホント？　サキとリタと話せるの？　嬉しい！」

そんなテレビ電話みたいな機能が！　遠くの国で起こったことも、一瞬でディアナにいても知れたりして、魔法が発達してる国は、サリアとは違うな～て感動！

特別な部屋に行くのかと思っていたら、こちらで繋げられますので、とハンナが椅子を促してくれて、いつもレティシアが使っているドレッサーの鏡に、フェリス宮の見慣れた女官二人の姿が現れた。

「レティシア様。おはようございます。いかがお過ごしでしょうか？」

「レティシア様、おはようございます！　御不便はございませんか？　姫様のお世話に女官が足りないようでしたら、ハンナ様、一声かけて頂ければ、私すぐさまそちらに参りますよ！　私は統括のサキ様と違ってこちらをお休みしてもそんなにフェリス宮に負担は……」

これ、と相変わらずサキに横から諫められているリタ可愛い。

わーん、嬉しいー！　シュヴァリエとってても快適だけど、二人に逢いたかったー！

「サキ、リタ、おはよう。逢いたかった！　こちらでもとってもよくしてもらってて、シュヴァリエの薔薇祭すごく華やかなの。シュヴァリエの綺麗な街並みが薔薇の花で埋まってて、びっくりしちゃった。二人にもお祭見せたい！　そしてね、フェリス様がね、私のサイファを……」

ああ、サイファの話をしようとすると、つい涙ぐみそうに。泣き虫じゃないのに。

「愛馬のお話、私共も伺いました。よろしゅうございましたね、レティシア様。お母様の琥珀の首飾り、レティシア様の琥珀の瞳の色と、よくお似合いでございます」

うぇーん、サキの声優しい……。

「フェリス様のレティシア様への御寵愛の深さのせいか、こちらの宮にもレティシア様あての贈り物が凄いんですよ！　可愛らしい御菓子、まだ御戻りじゃないでしょうから、そちらのほうへお贈りしますね！」

「うん。でも、お菓子とかは、そちらのみんなで食べてくれても……」

「いえ。せっかくレティシア様にと頂いてるお菓子ですから。こちらでしっかり検閲もしておりますが、レティシア様は、フェリス様のご確認のあとに、お召し上がりくださいね、この世には悪人もおりますから」

「レティシア様？　少しお疲れですか？　お顔の色が？」

「あ、ううん。何でも。……レーヴェ神殿からフェリス様に急なお話て何かなって……」

フェリス様、勝手にサリアに行っちゃったから、誰か偉い人に叱られるんじゃ、とレティシアはずっと心配している。だって朝から魔法省やレーヴェ神殿からのお話て何だか物々しい。

「レーヴェ神殿でしたら、レーヴェ様の愛し子のフェリス様には甘い、と言われてるくらいですから、そんなに御心配なさらなくても大丈夫ですよ」

サキがあやすように言ってくれる。

「本当？」

少しでもレティシアを庇った者が、明日の朝には遠ざけられて、サリア王宮からいなくなった。

生まれたときから一緒だった乳母も、侍女も、ウォルフの爺も、みんな、いなくなった。

レティシアの処遇を、王に抗議したセファイド侯爵が、その夜、心臓の病でなくなった。あんなに元気だったのに……。

納得のいかない、哀しい記憶がいくつも蘇る。

叔母様がレティシアを見る、あの疎まし気な眼が苦手。いかにも自分が邪魔者なんだと思わされる。それにフェリス様を見つめる叔母様の眼がなんだか蛇みたいで怖かった。

心配しなくていいのに。

サリアにいる叔母様がフェリス様に何かできる訳ないのに。

誰かがレティシアからフェリス様をとりあげたりしないのに。

しゃんとしなきゃ！

「それに神殿は、先日の竜王剣の、リリア教徒捕縛の件でフェリス様には感謝されてるかと……」

「じゃあお叱りじゃなくて御礼かな」

「そうですよ！　フェリス様がお叱りを受ける覚えはございませんが、御礼ならたくさん言って頂きたいですね！　神殿からも王宮からも！　それに何より、御二人の結婚式の御仕度のお話かも知れませんしね」

力強くリタが頷いてくれると、本当のところはわからないけど、何だかほっとする。

僕のレティシアの婚礼をちゃんと祝ってくれてるのだろうか？　とフェリス様、心配してた。

サリアを出るときのレティシアは、喪服を脱ぐのさえ気が進まなかったのに、いまは結婚式でちいさな花嫁貰ってフェリス様が笑い者にされないように、背丈が欲しいよー！　と想ってる。

（フェリス様を嘲笑するのは、ちょっと勇気がいりそうな気はするんだけど……）

サリアの災いを呼ぶ姫

シュヴァリエの薔薇を摘んで、サキとリタにあげようと思ったの。

魔法で簡単にお送りできますよ、て言ってもらったから。

サキとリタとフェリス宮への薔薇と、フェリス様のお部屋にも、と思って。

フェリス様がお客様とお話ししてるあいだに摘んで、差し上げたら、喜んでくれるかなって。

フェリス様はレティシアにとっても採点が甘いから、何をしても喜んで下さるんだけど……。

母様と父様が亡くなるまでは、レティシアも小さな姫として、レティシアが何をしても喜んでもらえることを疑わなかったのだけれど、両親の死で世界は一転してしまった。

サリア王宮では、レティシアは何をしても不吉だとか不気味だと言われる姫になってしまったので、レティシアが何をしてもフェリス様が喜んで下さるのが、まだちょっと慣れない……。

「フェリス様……」

ハンナがあんまり遠くへ行かれませんように姫様、日差しからお肌を守らなくては、と可愛い帽子を被せてくれて、どれが可愛いかな、と薔薇を選んでいたら、奥へ奥へと足を運んでしまった。

「レティシア姫が災いを呼ぶと……フェリス殿下の御相手は王女のアドリアナ様にと」

途切れ途切れに知らない声がそう言ったのが聞こえた途端、レティシアは、不意にサリアに引き戻されたような気になった。

ああ、やっぱり、これは夢なんだ。

こんなレティシアに都合のいい話ある訳ないもの。

夢から覚めたら、フェリス様もディアナも薔薇も消えて、レティシアはいつものようにサリアの冷たい寝台の上にいるのだ。

そして貧乏くじを引いてしまったと言いたげな叔母様のつけた侍女が、あまり美味しくない食事を運んでくる。

人生はこれからだと言うのに、少しも未来に期待が持てず、修道院に行くお願いをしようかどうしようかを迷っている。

それがレティシアの現実。

神話の神様似の王子様なんか来るわけがない。

来たとしても、そんな人がレティシアに優しくしてくれるはずがない。

「既に僕の姫であるレティシアを貶めることは、この世の誰にも許さない」

……………フェリス様。

何もかもみんな夢だったんだよ、本当にしては幸せ過ぎだもの、と選りすぐった薔薇の花をレティシアがみんなとり落としそうになっていたら、フェリスの静かな怒りに満ちた声がした。

(あなたは僕に属する者になるのだから、ここでは僕が必ずあなたを守るから)

フェリス様。フェリス様。フェリス様。

変人だとか嫌われ者とか冷たいとか、サリアで聞いてた話は何ひとつあってなかったけど、叶ってはいないが、引き籠り希望なのは本当だ、て仰ってましたね。

なかなか放っといてもらえないから、引き籠れないんだと思うけど……。

「オリヴィエ、僕のレティシアに汚名を着せようとしたサリアの占星術師の名はなんと？」

「フェ、リス様……」

フェリス様の声が凄く冷たい。あんなお声、聞いたことがない。

きっと婚姻が災いなどと言われてご不快に……。でもそれは、占星術師のせいじゃなくて……。

「レティシア？　お部屋でサキやリタと話していたのでは……？」

フェリス様のお声が変わった。

いつもの、僕のレティシア、と呼んで下さるとても優しいお声だ。

「わたし、薔薇を、摘みたくて……。あの、神殿の御方、ごゆっくり……」

ちゃんと挨拶しなきゃ、と思ったけど、ここにいたら涙が零れてきそうで、慌ててぺこりと一礼して、くまちゃんのいる自分のお部屋に戻ろうと、逃げるように走り出した。


レティシアが薔薇を探しに来る、ほんの少し前のこと。

フェリスはレーヴェ神殿からの客人を、薔薇の盛りの庭で迎えていた。

「殿下、お久しぶりでございます。先日のリリア僧侶の件、誠にありがとうございました」

「感謝されるようなことは僕は何も。こちらこそ何やら竜王剣の件で迷惑をかけたね」

フェリスが竜王剣に何かした訳ではないが、いろいろと勝手なことを言われて、レーヴェ神殿側も困惑したろう。

「竜王剣のお噂はフェリス殿下がご迷惑をかけられたほうかと……」

「オリヴィエ。わざわざオリヴィエ本人が僕に話というのは何なんだい？　朝から魔法省の長に次いで、レーヴェ神殿の神官長にお越し頂いては、我が家の者が不安がる気がするんだが……？」

フェリスは美しい眉を顰める。オリヴィエは元学友でもある。

昨年、神官長職を引き継いで、随分偉くなってしまったが。

その本人が、遠隔通話で話したいのかと想えば、直々に転移魔法でやって来た。

朝から千客万来が過ぎる。

これではシュヴァリエに引き籠っている意味がない気がする。

「私本人が参るとご迷惑ということでしょうか？」

「そうは言ってないが、神殿の重鎮というものは、そう軽々に動かぬものなのではないか？」

「フェリス様がいたく姫君を気に入られたと聞いて、そんな御様子はぜひ見てみたいものだと……」

庭園の東屋で、二人は向かい合っている。咲き誇る色とりどりの薔薇の匂いが薫る。

「何もおもしろいことなどないぞ？　レティシアは幼い姫で、僕は随分年上の婚約者で申し訳ないが、あの子に嫌な思いをさせたくないだけだ」

「……なるほど」

「何だ？」

「いえ。大事な雛鳥を抱えた親鳥もかくやですね。……フェリス様のそんな可愛らしい御顔を拝謁できたただけでも足を運んだ甲斐がございます」

これに比べれば落雷で震え上がっていたガレリアの古狸の大司教など可愛いものな気がしてくる。

レーヴェ神殿のオリヴィエのほうがずっと若いが、ずっと食えない。

「僕をからかいに来たわけではあるまい？　用件は？」

「サリアのイザベラ王妃から王太后様のもとに書状が届き、王太后様はとりあわぬと仰せなのですが、神殿と魔法省へ少し確認がございました」

「サリアから？」

「はい。レティシア姫が災いを呼ぶ為、フェリス殿下の婚姻相手は王女アドリアナ様と交代すべしとイザベラ王妃お抱えの占術師が申したと。レティシア姫に災いはないかと」

「正気の沙汰なのか？　既にレティシアがここにいるのに花嫁を交換？　僕にもレティシアにも、僕達の婚姻を占った我が国の夢見たちにも、何と無礼な……」

娘のアドリアナとお茶がどうとか言ってたが、レティシアも怖がってたし、サイファも休ませたかったから断ったが、あれから何がどうなって花嫁交換話に？

あの紅玉の首飾り、害はないとおもって渡したのだが、何かあの王妃を狂わしでもしたのか？

「そうですね。我々も驚いておりますが、王太后様も、寝言なら寝て言え、と一笑にふされたと」

「義母上は相手にしてないのだな。神殿と魔法省は？」

それはよかった。

この奇妙過ぎる話、唯一の朗報だ。

義母上が花嫁交換に乗り気だったら、目も当てられない。

「我らはレティシア姫との御婚姻をディアナにとって吉祥と寿いでおります。魔法省も見解は同じです、ディアナとしてはレティシア姫に災いを感じてはおりません。サリアの占星術師がどのように星を読んでいるのか存じませんが……、ディアナの星見を覆すほどの魔力ある者がいるようには思えませぬが」

「宮仕えの占星術師であれば、イザベラ王妃なり、サリア王の意を受けて占うこともあるであろう。とはいえ、既に、僕の姫であるレティシアを貶めることは、この世の誰にも許さない」

「御意。神殿としても、ディアナの地を踏まれた時から、レティシア姫は、フェリス殿下の妃、レーヴェ様の娘と考えております。レーヴェ様の娘を毀損する者を我らもとても受けいれられません。サリア魔法省、及び占星術ギルドには、ディアナからの不快は既に通知致しました」

「レティシアに聞かせたくない。虚言にしても、災いを呼ぶなぞと」

あんなに幼い身で嫁がされた上に、災いを呼ぶ姫扱いとは、いったいイザベラ王妃とやらの脳内はどうなっているのだ。

何がどうなって、今度は実の娘をフェリスに嫁がせたくなったのだ？

何も持たずに、ただフェリスへの優しい気持ちだけを携えて来たようなレティシアに災いだのと、無礼にも程がある。

「そうですね。レティシア姫には……」

怒りが収まらず、フェリスから青白く立ち昇る竜の気を、オリヴィエが畏怖の表情で見つめていた。


(……馬鹿ね、どうしてレティシアを通したの、可哀想に。泣いちゃったじゃない)

(だって、可愛いし、オリヴィエも私達の薔薇の姫に逢いたいかなって……)

(フェリスが怒るわ。守護を、て言われたじゃない)

(ここに悪しきものをいれないように、の結界では、わたしたち、レティシアを阻めないわ。レティシアはフェリスの気を纏っていて、フェリスにとても愛されてるんですもの……)

さわさわと風越しに、誰かの揉めてる声が聞こえる。

これはレティシアの知らない精霊さん達だろうか。

レティシアの知ってる精霊さんに逢いたい。

精霊さんに逢って、わんわん、声をあげて泣きたい。

花嫁、交換されちゃうかも。

レティシア、ここにいられないかもって。

精霊さんともお別れかもって。

精霊さんのいう通りだ。レティシアは強欲な小さい悪女になってしまった。

小さいうえに災いを呼ぶ姫君で、ちっとも綺麗で優しいフェリス様にふさわしくない癖に、ここにいたい、フェリス様といたい、フェリス宮の優しいみんなといたい、と想ってしまう。

毎日楽しくて、いつ夢が覚めても、おかしくなかったんだけど……。

「う、え……」

帰りたくない。

こんなに幸せなところから、凍てついた叔母様たちのところに帰るのは辛い。

どうしても帰らなきゃいけないなら、サリアの修道院じゃなくて、レーヴェ様の修道院にいれてもらえないかな。

そうしたら、フェリス様みたいなレーヴェ様の為に、せっせとお掃除とかして暮らすの……。

たとえ婚約破棄されても、フェリス様の御恩は忘れない。

この世界で、父様と母様以外に一番、レティシアに優しくしてくれた人だから。

足が滑った。

転んじゃう。

ハンナが頑張ったドレスと髪が。靴も脱げちゃう……。

どうしてこの身体はこんなに小さいの。

走ってもちっとも前に進まない……。

みんなにあげたかった薔薇を落としてしまった。

でも誰もレティシアからの薔薇なんか貰わないほうがいいかも。

不幸を呼ぶ娘だから。

「レティシア。走っちゃダメ。あぶないから」

ああ、転んじゃう、土塗れ、と思ってたら、フェリスの腕が伸びてきてレティシアは抱き留められた。

逃れようとレティシアはもがいてみたものの、フェリスとレティシアではお話にならない。

「フェリス……様。御客様おいて……」

泣いちゃいそうだから、逃げなきゃ。

レティシアが泣いたら、フェリス様は困るじゃない、と思うんだけど、抱き上げられてしまった。

さっきまで近かった地面が遠くなる。

「レティシアが泣くような話を持って来たオリヴィエならもう追い返すから」

穏やかなフェリス様にもあらず、無茶苦茶なことを仰ってる。

でも思ったより、親しいかんじの方なのかな……？

「フェリス様。わたし、災いを呼ぶ娘ではありますが」

「違うよ。それは詐欺師の虚言だ。レティシアは幸運を呼ぶ姫だよ。僕の姫、我がシュヴァリエの薔薇の姫なんだから」

「幸運なんて、とても……。私が不吉なのは本当のことですが、わたし、フェリス様に災いは呼びたくないです」

私が守ってあげるって約束したの。

この不器用な王子様を。

レティシアが近くにいたら、災い呼ぶなら、離れてもいいよ。

何処にいても、フェリス様の幸せを祈るよ、きっと。

「レティシアと逢ってから、毎日笑って暮らしてる僕が、災いの魔物に魅入られてるように見えるなら、そんな星見は廃業すればいい。致命的に才能がない。才能もないのに、人に託宣など授けたら迷惑だし、レーヴェもご立腹だよ、きっと。オレの娘に何言いやがるって」

「レーヴェ様……」

レーヴェ様、フェリス様を守って。

最初にお嫁に来た時も思ったの。

こんなにディアナの神様に似てるフェリス様なら大丈夫、て。

病にも事故にも遭わないって。

でもそれはただのレティシアの願いで、何の保証にもならない。

「レーヴェ神殿からもディアナ魔法省からも、僕の妃であるレティシアを不当に毀損するな、とサリアに苦言を呈してるから、レティシアは何も心配しなくていい」

「不当……」

それは不当な占いだろうか？

確かに、サリアの占い師はイザベラ叔母様の意を受けて、レティシアを占ったかもしれない。

レティシアの何かがいけなかったのか、フェリス様に思うところがあったのか、叔母様はフェリス様の妃にはアドリアナのほうがふさわしいと思ったのかも知れない。

本当は、アドリアナだとて、フェリス様の妃には充分とは言えないだろう。

フェリス様が望むなら、もっと年頃のもっと力をもった家の令嬢と添えるはず。

それに、レティシアを疎んじる叔母様も、レティシアを呪われた姫と言った人達も、レティシアを大切にして下さるフェリス様も、ディアナ魔法省もレーヴェ神殿も、知らないことがある。

「サリアの占星術師を恨めません……、いつも私だけが生き残ります。何故、あの呪われた娘だけが、と言われても少しもおかしくない」

フェリスの腕の中で泣きながら、レティシアは知る。

ああ、自分は、これをずっと聞いて欲しかったのだ。

嘘をついているわけではないけど、ずっと嘘を言ってるような気分でいた。

「……レティシアのお父様とお母様の命を縮めた流行り病のこと?」

「その前にも」

「……？　その前にも？」

フェリス様の描いたような眉が動く。

驚くときも、悲しむときも、怒るときも、フェリス様は美しい。

まるで罪の告白を聞いてくれる、聖堂の天使様の絵みたいだ。

「私がレティシアとして生まれる前にも、この世界でない世界で、雪という名で庶民の娘として生きた時にも、私が十七歳の時に私の両親は事故で天に召され、私一人だけが生き残りました。呪われた娘なのは間違いありません」

「……ユキ？　異なる世界で生きた記憶があるということ？　ああ、それで……」

さすが神獣の末裔のフェリス様と言うべきか。またレティシア姫が訳のわからぬことを、とは言われなかった。発音がちょっと違うかもフェリス様、と思ったけれど、フェリス様が、レティシアの前世の名前を呼ぶと、不思議な感覚があった。

「はい。呪いなのか災いなのかわかりませんが、私の両親が二度も若くして亡くなりました。……それを想えば、私はフェリス様の命を縮める存在かもしれません」

毎日フェリス様を笑わせてるから長生きにさせてるかも、なんて、いい気になってたけど、私と結婚なんかしたら、フェリス様が早死にするかも。

アドリアナはあんまり奨めたくないけど、フェリス様には幸せに長生きして欲しいから、婚約破棄されてもいい……ずっとずっと幸せに長く生きて欲しい……。

「僕の愛しいレティシアは誰の命も縮めたりしない。……ああ、では、レティシアがときどき言ってる、ニホンというのは、異界の国なんだね。道理で、探しても探しても、レティシアのお気に入りの本が見つからぬはずだ……」

漢字を教えたい。ちょっと響きが違う。

……いやそこじゃないですけど、フェリス様、私が話した日本の本のこと探して下さってたんですね……すみません。

「天の采配によることを、レティシアが自分の呪いだなんて気に病んだら、サリアの御両親も、異界の御両親もきっと悲しむ。レティシアの幸せだけを望んでらっしゃる筈だ」

私の髪を撫でてくれるフェリス様の優しい指。

「邪神の化身とも言われる僕が保証するけど、レティシアには何の災いも呪いもついてないよ」

「何ですか邪神の化身って。誰が、そんなひどいことを……」

邪神て何なの？

フェリス様とレーヴェ様両方に失礼すぎる。

「ほら。レティシアだって僕が悪く言われたら怒るじゃない？　僕も大事なレティシアを悪く言われて、凄く腹を立ててるよ」

フェリス様が笑った貌が本当に愛しげで、こんなに大事にして頂いてる自分のことを呪われてると卑下したら、なんだかいけないような気分になった。

（わかるわ、フェリス、私達もご立腹よ）

（オリヴィエ帰っちゃったけど、オリヴィエに意地悪する？）

（オリヴィエじゃなくて、サリアのイザベラ王妃じゃない？）

（それは遠くの眷属達にお願いしないとだわ）

（でも伝えましょう。私達の薔薇の姫を奪おうとする不届き者に報復してって）

（そうね。私達、レティシアがいいわ。アドリアナなんて優しくも可愛くもないもの）

（そうよね。フェリスをご機嫌になんて誰でもできないわ。レティシア帰したくないわ）

風に乗って、甘い薔薇の香りと、誰かが囁きあう声がする。

「フェリス様、誰かが……」

「うちの薔薇の姫を奪おうとするから、薔薇の精霊たちもご立腹だ」

「薔薇の精霊さん」

「そう。あの子たちも数多の花の王だから、御機嫌損ねると美と健康を害するかも」

薔薇の精霊さんの意地悪てどんなだろう……棘が刺さるとかなのかなあ？

でも、優しそうな感じだけどな、この声……。

「夜に話してた時にね、薔薇の精霊達ね、レティシアが可愛いって言ってくれるから嬉しいって言ってた。フェリスは私達の可愛さやありがたみがわかってないって」

「でもフェリス宮もこちらも何処よりも薔薇が見事なので、薔薇の精霊さんたち、きっとフェリス様が大好きなんだと……」

（ダメよ、レティシア。それは内緒なの）

あ。いま、髪引っ張られたかも？　薔薇の精霊さんの姿は見えないけど。

「僕のレティシアに悪戯しない」

フェリス様がそう言うと気配が少し遠のいた。

「フェリス様のおうちは魔法の力に満ちてるから、私にもフェリス様の守護の精霊さんや、薔薇の精霊さんの声が聞こえるんでしょうか？」

「レティシアの潜在魔力が目覚めて発現してるんだと想う。そもそもレーヴェの声が……」

「竜王陛下の御声が？」

レティシアも修行を極めたら、竜王陛下の御声も聞けたりするのかしら⁉

まさかねー。

「いや。薔薇の精霊はまだしも、うちの守護精霊さんの声は、そんなに誰にでも聞こえない」

「同じフェリス様最推しだから波長があったのでしょうか？」

「ぜったいに違……いや、いいか、あの人の話でレティシアが泣き止むなら。さすが子守り竜」

「フェリス様？」

「ううん。何でもない。ディアナの偉大なる竜王陛下と僕が保証するから、レティシアは災いを呼んだりしないって信じて？」

「……」

「僕、これでも魔導士なんだけど、レティシアは僕よりサリアの詐欺師の話を信じるの？」

「そんなことは……、でもフェリス様はお優しいので、私を庇っておられるのではと……」

「そうだね。ここにいるレティシアと災いは無縁だけど、もし本当に災いつきのレティシアだとしても、僕はレティシアが欲しいし、他の姫はいらない」

「どうして……？」

そんなに望んでもらえるよう自分だと想えない。

実家の権力でフェリス様をお支えする力もないし、もちろんお似合いの年頃の絶世の美妃でもない。

レティシアはここにいられたら幸せだけど、フェリス様にとってはお買い得なところがなさすぎる。

「だって他の姫はこの僕に食事をしろって、くまのぬいぐるみ抱えて夜這いには来ないだろうし」

「それは……」

それは、そんなおもしろいことは他の姫はしないかも知れませんが。

「毎日僕を笑い死にさせようとしてくれないだろうし」

「私だってフェリス様を笑い死にさせようとしてる訳では……」

「こんな楽しい暮らしを奪われたら、世を拗ねてサリアごと滅ぼしたくなるかも」

「……!? どうしてそんな悪役みたいなことを……」

「僕はレティシアを何処にも帰したくないから」

額にフェリス様のキスが触れる。

うう ー。

なんだかまた泣きそうになってきた。

ここにいてもいいのかな。

一緒にいてもいいのかな。

フェリス様の迷惑にならないのかな……。

「僕がレティシアを手放すとしたら、そうだね、それこそレティシアが僕に言ってたように、レティシアが誰かと運命の恋にでも落ちて、年頃のあう男の子と添いたくて、こんな歳ばっかりとった妖しげな婚約者は嫌だ……て時くらいかな。そのときも凄く邪魔したくなりそうだけど」

「落ちません、運命の恋なんて」

レティシアは笑った。

前世で恋とは縁がなかったけど、これが運命だったんだよ、と父母のことを慰めるつもりで他人から言われたときは、では運命など滅べばいいのに、と思ったので。

「……僕には奨めてなかった、運命の恋？　レティシア？」

「私には来ないと思うけど、フェリス様みたいな方には、運命のお姫様が用意されていてもおかしくないので！」

物凄いダブルスタンダードを、自信満々に言ってしまった。

甘えてたの、ここのところ、フェリス様に。

そういうことを許してくれる人に久しぶりにあったので。

ずっとじゃなくてよかった。

そんな贅沢、夢見てなかった。

ちょっとだけ、フェリス様のところで甘えさせて欲しいって思ってた。

フェリス様の、本当の運命のお姫様が見つかるまで。

レティシアは祝福された姫でもなければ、薔薇の姫でもなくて、
前世から呪われた娘だったけど、それを忘れてこの幸せな場所にいたかった。

「めちゃくちゃだよ。……僕の運命のお姫様なら、もう捕まえたよ」

ね？　とフェリス様の碧い瞳に覗き込まれる。ディアナの空と海をうつしたような碧い瞳。

「どうか、レティシア、悪いところがあればなおすから、僕を捨てないで？」

「……悪いところなんか、ありません」

「でも邪神の化身だしね。義母には疎まれるしね。おかしな竜王剣の噂流してディアナを簒奪しようとしてる世にも邪悪な王弟殿下だしね」

「邪神の化身じゃないし、ディアナも狙ってないし、意地悪されても義母上様の心配しちゃうような困ったお人好しのうちの王弟殿下です！」

「僕は引き籠りで世間に疎いから、レティシアが見張っててくれないと、悪い人に利用されちゃうかも」

「……」

あんなに王宮の騎士にも、シュヴァリエの街の人にも慕われてて、引き籠りっていったい……。

フェリス様的には、フェリス宮やシュヴァリエに引き籠ってたら、それはおうちの中のイメージなのかしら？

広いわね、おうちが、だいぶ……。

「病める時も、健やかなる時も、僕のそばにいるためにここに来たって言ったよ、レティシア」

「……私が、ここにいても、フェリス様の命が短くなったりしませんか？」

レティシアが災いを呼ぶという占いが、叔母様の仕組んだ嘘ならいいけど、それだけがどうしても気にかかる。

この身に何かが潜んでいて、フェリス様を害したりしないのだろうか？

「しない。レティシアの何も、僕を害したりしない。知らない誰かの言葉ではなく、僕の言葉だけを信じて。……本当はここにいたくない？　邪神の化身の僕から逃げ出したい？」

「……ここに、いたいし、私の優しいフェリス様は邪神の化身じゃないです……」

本当はもちろんここにいたい。

ずっと、この人に甘えていたいし、優し過ぎて、知らずに傷を負うこの人を守ってあげたい。

叶うものなら、この人の傍らで生きて、この人を守れる大人になりたい。

「ずっと僕のそばにいて。優しいレティシアがいなくなると、僕がまた冷たくなるって皆が嘆くよ」

誓いのキスのように、フェリスがレティシアの白い額にくちづけた。


おまえ、泣いてるレティシアをあやす為とはいえ、何回も何回も邪神言うな！　とばっちりでオレが呪われそうになるわ！　とレーヴェがよく晴れた青空で苦笑していた。

私達のこの幸福を邪魔しようとする無礼者にどうやって仕返しするかしら？　とざわめく可憐な薔薇の茂みたちを見下ろしつつ。

サリアの王妃の庭

「……いやだ、また枯れちゃったわ」

回廊で、イザベラ王妃付きの侍女ララは暗い顔で呟いた。

「どうしたの？」

彼女と仲の良い王太子付きの侍女サナが声をかける。

「薔薇よ。王妃様のお部屋の薔薇が何度替えても枯れちゃうの。庭園の花もみんな枯れちゃったし……。王妃様の不機嫌がとまらないし、何だか怖いわ」

「何それ、朝から王妃宮は、何故か水も干上がっちゃったんでしょう？」

「そうよ。レティシア姫に意地悪ばっかりするから、前王か前王妃の娘を苛めるなって呪いじゃないのってみんな怖がって陰で言ってるわ」

「でも、レティシア姫は、ディアナの王子様と幸せなんでしょう？　ディアナではイザベラ様に意地悪されてたことなんて思い出さないんじゃないの？　フェリス殿下と二人でレティシア姫の馬まで迎えに来たって、美貌のディアナの王弟殿下の話題でいま持ちきりで……」

「それがね……フェリス殿下があんまり素敵だったんで、レティシア姫の婿には惜しくなったらしくて、アドリアナ姫と取り換えろ、て手紙書いたの、イザベラ様」

ここぞとララはサナの耳に囁く。

「え、それは……無理じゃない？　もうレティシア姫、輿入れしちゃってるんだし……意外にディアナの王弟殿下とうまくいってるみたいだし……そんなことしたら、ディアナ王家が怒るんじゃ……」

「そう思うでしょう？　私達だって、それはちょっと……と思ってるけど、王妃様は占い師にレティシア姫は不吉だって占いさせてすっかり上機嫌なのよ」

「あの王妃様には逆らえない気の弱い占い師？　でも魔法はディアナのお家芸でしょう？　いつも

の嘘の占いは通じないんじゃ……あ」

「しーっ。いくらアレク様付きでも、そんなこと言ったのバレたら首になるわよ」

慌ててララが指をサナの唇の前に立てる。

「ごめん。ありがと。……だってみんな、本当は思ってないわよ。怒られるから、そういう振りをしてただけで。レティシア姫は確かに子供らしからぬ変わった姫だったけど、小さいのに本ばかり読んでたせいか、やけに賢かっただけで、何も悪いものがついてるわけじゃ……」

「そうねぇ。レティシア姫は、ディアナにお嫁に行けてよかったと思うの。私だってあんな小さな姫様苛めるの嫌だったもの。でも王妃様には言えないわ。レティシア姫が賢いとか可愛いとか言っちゃダメよ。里に返されちゃうわ」

レティシアが疎まれた理由は、可愛らしい容姿に加えての子供らしからぬ聡明さで、それは幼い天才という訳ではなくて前世の記憶のせいなのだが、どちらにしろ、もっと年齢相応のあどけない姫だったら、脅威とは思われず、迫害もされなかったかも知れない。

「レティシア派が姫の身を案じて、ディアナに逃がしたんだって言われてたものね。でも、レティシア姫、本当に強運ね。醜い変人と思ってたら、輝くような御方だったんでしょう？　フェリス殿下から御言葉賜ったっていう厩番まで鼻高々よ。アレク様のご友人もお噂してらしたけど、フローレンス大陸で一番美しい王弟殿下なんですって？　そんな御方が、なんでちいさなレティシア姫を花嫁に貰われたのかしら？」

「さあ。ディアナの事情はわからないけど、おかげでイザベラ様は大変よ。そんな優れた方だと知らせなかった外務大臣が悪いって。でも大臣は呼び出されても、冷たいものよ。私めには両陛下からフェリス殿下に関する御下問がございませんでした。一言お尋ね頂ければ、フェリス殿下は幼い頃から天才少年の聞こえも高く、聡明で魔法にも武芸にも通じ、始祖レーヴェ神に生き写しと言われる美貌の方だとお伝えできたのですがって嫌味満点よ」

「ちっとも興味なかったんでしょうね。嫌いなレティシア姫の嫁入り先なんて」

「イザベラ様はいままで王妃になるおつもりでお暮らしだった訳ではないから……。とはいえ、もう少し外国のことにも興味を持たれた方がいいわよね」

「お勉強はともかく、花嫁交換はやめたほうがいいと思うわ。城下でも凄くフェリス殿下とレティシア姫とサイファの可愛い絵姿が出回ってるし、ディアナの御機嫌も損ねるけど、サリアの国民感情も損ねるわよ。みんな、お可哀想なレティシア姫様がディアナで幸せそうでよかった！　さすがだレーヴェ神ありがとう！　て喜んでるんだから……」

レティシアの婿は僕であって、お気楽な竜王陛下のレーヴェではありませんが？　とフェリスが聞いてたら、苦笑しそうな侍女たちのお喋りではある。


「まあ、レティシア様、どうなさいました、その御姿……」

「ハンナ、ごめんなさい。走ったから、ドレス、少し汚してしまって……」

「ドレスなど。お怪我ございませんでしたか？」

「うん。転びかけた時に、フェリス様が助けて下さったから、でもサキやリタやフェリス様に選んだ薔薇が……」

「我が姫の選びし薔薇たちよ、我が姫のもとへ」

レティシアがしょんぼりしかけると、フェリスの薄い唇が囁き、放り出してしまったはずの薔薇がレティシアの手の中に何だか誇らしげな顔で戻って来た。

「薔薇の精霊達がね、余計な話聞かせてごめんね、てレティシア」

「そんなことないです。薔薇の精霊さんは悪くないですって伝えて下さい、フェリス様」

ふるふる、レティシアは首を振る。

それに、御墨付きを頂いた。

ディアナの有能魔導士の婚約者様から、災いの姫なんかじゃないよ、って。

それは嬉しい、永い呪いを祓う、御守りのような言葉だ。

「髪やお化粧を直してもらっておいで、レティシア。出かけようかと思ってたけど、今日は一日、家に二人でいようか？」

「出かけても大丈夫です―私、もう元気なので！」

「……無理してない？」

「全然！　です！　嘘ついてないです。ね？」

レティシアもフェリス様の気分が何となくわかるから、フェリス様にもわかるかも？　とレティシアはフェリスに、んしょ、と額を寄せてみた。

フェリス様の御顔、綺麗。

フェリスの腕の中で、ごっつんこしそうになりながら、フェリスの碧い瞳をまじまじとレティシアは見つめる。

うん。

大丈夫。

この美しい人はとても強い。

どんな禍々しい災いも、この人を傷つけたりできない、って信じられる。

「レティシア。僕はずっとこうやってレティシアと見つめあってても構わないんだけど、居心地悪そうだからハンナには下がってもらう？」

「え？　え？　いえ！　すみません、私、うっかりフェリス様に見惚れて……き、着替えてきます！　泣いた顔みっともないし！」

フェリス様とにらめっこしてたら、何だか途中で癒されてほんわかしてしまってた……。

いや、癒し系と言うには、破壊力強い美貌なんだけど、我が婚約者様。

「泣き顔も、綺麗だよ。僕のレティシアはいつも可愛い」

「でも泣いた顔はフェリス様にしか知られたくないのです。お外ではちゃんとしたいのです」

「それはそうだね。化粧直しには僕は立ち会えないけど、気分が悪くなったら、僕の名を呼んで」

「はい」

「あの。何かあられたのですか、御二人とも？　すみません、フェリス様、私がレティシア様を」

「いや、僕の結界がレティシアには効いてなくて、少し手違いがあっただけだ。気にしなくていい。レティシア、オリヴィエに聞き損ねたけど、イザベラ叔母様のお気に入りの占い師の名はなんと？」

「……？　イザベラ叔母様のお気に入りの占い師なら、確かミゲルと……。でも、その人はいつも叔母様の機嫌を伺う人で……。私はフェリス様やディアナに、私のことで害がなければいいのです！　呪われた姫や不気味な姫扱いは慣れてますので！」

うー。

明るく言ったつもりだったのに、フェリス様に悲しい顔をさせてしまった。

失敗。

その占い師には、サリアに居た頃から、嫌な占いをされてたけど、いつも怯えてるみたいな人だったな。

叔母様に脅されたりしてたのかな。

「そんな無礼に慣れるべきじゃない。僕の愛しい妃、シュヴァリエの薔薇の姫、レーヴェの大切な娘を愚弄する者に、僕がレティシアの騎士として、正式な謝罪を要求しよう」

なんだかフェリス様の気配が不穏だけど、レティシアの名前いっぱいできた！

薔薇の姫はどうにも名前負けしてるけど、レーヴェ様の大切な娘はちょっと嬉しいなーと密かに想ったり。

「だ、大丈夫です、フェリス様。フェリス様が私を信じて下さるなら、謝罪なんて……」

「優しいレティシアがよくても、公式な文書として謝罪はさせるよ。その義母上へのふざけた書簡は後世にも残るし、そんな詐欺師に国の大切な占いを任せていては、サリアの方も気の毒だ。……レティシアは気にしないで、可愛いドレスに着替えておいで」

「あの、フェリス様。もしかして凄く怒ってらっしゃるんですか？」

「大切な婚約者を、まるで品物のごとく交換と言われて怒らなかったら、僕はいつ怒るの？」

う、うう？

フェリス様はレティシアをハンナに優しく頼んで、お部屋に帰られたけど。

フェリス様が私の為に怒ってくれてるのは嬉しいんだけど。

なんでだろう……？

あのレティシアの苦手な占い師の人、大丈夫なのかしら？　てちょっと心配になるのは。


「レティシア様。オリヴィエ様はあのどのような御用件で……いえ、もちろんお話ししたくなければ……」

んしょ、とドレスを着替えさせてくれながら、ハンナが問いかける。

小さな身体。レティシアの気持ちもこの身体も、いまのサリア王室にとってはいらない。

邪魔だったから、島流しのようにディアナに送られた。

島流し先にしては、ディアナのほうがずっと裕福だけれど。

生きる。

それがお母様とお父様の願いなんだから、と想ってたけど、サリア王宮にいると、レティシアが生きたところで、むしろ叔父一家の邪魔になるばかりでは？　と運命とやらに嘲笑われているような気がした。

「私が災いを呼ぶ姫だから、フェリス様にもディアナにもふさわしくないと……」

「神殿はなんでそんな無礼なことを！　レーヴェ様の罰があたりますわ！」

「神殿ではなく、サリアから。叔母様の占い師が占ったと。災いを呼ぶレティシアでなく、従妹のアドリアナに花嫁交換をと」

「何と奇妙なことを……フェリス様がお怒りになるのは当然ですわ！」

ぽつりぽつりと言いながら、レティシアはアドリアナのことを思い出していた。

ディアナの変人王弟がレティシアを愛す筈がない、と意地の悪い従妹は言ってた。

アドリアナに意地悪される理由も、イザベラ叔母様に憎まれる理由も、思いつかなくて、レティシアはサリアで一人、途方に暮れてた。

前世では、ただ生きてるだけで人に憎まれるなんて体験のない薄い娘だったから。

ここにいても誰かの邪魔にしかならない。

お父様やお母様のように、小さなレティシアもサリアの為に何かしたかったけど、これではとても役に立てない。

ディアナ王弟との婚姻は、レティシアがたったひとつ、この身と引き換えに、サリアに与えられる祝福になると想ってた。

結婚相手だというのに、ここに来るまで、フェリス様を大事に想うことなんて考えてなかった。

でもいまではとてもフェリス様が大事。

優しいディアナの人たちも大好き。

フェリス様やディアナの人達に厄災を及ぼすくらいなら、嫌だけど帰る、と思うくらいには。

「ハンナ。私、フェリス様といたい、ここにいたい……」

フェリス様といると、レティシアは不気味でもなければ、おかしくもないんじゃないかなって。

何も災いなんて持ってないんじゃないかな、て思える。

とても自然に息ができる。

でもそれって、レティシアばかり幸せにしてもらって、フェリス様に特典がなさすぎなのでは……と心配だけど……。

僕の大切な姫君、と言ってもらうたびに、そんな姫君では全然ないけど、その言葉にふさわしい自分であれたら、と。

「もちろんでございますよ！　レティシア様は私達の薔薇の姫なのですから。何の心配もありません。その占い師とやらは、きっとすぐに己の不見識を心の底から後悔しますわ」

「フェリス様が抗議なさるから？」

「そもそも、竜の王家ディアナの花嫁を奪えるなどと考えるほうが了見がおかしいと思いますわ。

ディアナの地を踏まれたときから、レティシア様はもうレーヴェ様の娘、私達の姫君なのですから。サリアの三流占い師……御無礼を……が、髪一筋といえど竜王陛下の美しい愛娘に傷をつけることなど叶いません」

にこり。ハンナがそう言って優しく抱きしめてくれると、やんちゃな竜王陛下が守って下さってるような気がして、レティシアは何だか肩に入ってる力が少し抜ける気がした。


「フェリスよ。薔薇の精霊たちが、サリア王宮で好き放題やりだして、それもオレのせいにされてるんだが？」

自室に引き取って、剣呑な表情のフェリスのもとに、レーヴェが舞い降りる。

「薔薇の精霊たちが？　レーヴェの名でいったい何を？」

薔薇の精霊たちが、フェリスも賛成よね、うん、きっとフェリス喜ぶわ、怒られない筈！　とざわめいてたがレティシアに夢中で、彼女たちの動きまで把握してなかった。

「私達の薔薇の姫に意地悪した宮は飾らん、て枯れまくってる」

「オリヴィエと話すから、誰も近づけてはいけないよ、て言ったのに、レティシアを入れてしまうし。困ったものですね」

ちっとも困った様子でなくフェリスは言った。

「それはおまえが悪い。フェリスの魔力をレティシアに入れたなら、下級の精霊たちには見分けがつかなくなって当然だ。庭の子たちはともかく、それも狙いのうちだろう？」

「御意。薔薇の精霊達の悪さがレーヴェのせいになってるのは何故なんですか？」

「レーヴェ神が花嫁交換にお怒りだと。まあそれは当たってるな。オレもお怒りだ。レティシアの両親の呪いか、レーヴェの呪いだって騒がれてるな。フェリスの呪いとは思わないのかね？」

「僕は呪わなそうに見えるんでしょうか？　占い師もろとも、王妃宮ごと破砕したい気分なんですが」

今朝マーロウ師が釘を刺しに来たばかりなのに、そんなにしょっちゅう他国の建物を破壊してはいけないだろうなと抑えているのだが、泣いているレティシアを見ていると、自制心が吹き飛びそうになる。

「うん。やりすぎるとたぶんレティシアに引かれるから、温厚にな。レティシアは、私が守ってあげなきゃ、な優しいフェリス殿下を愛してるからな」

「レーヴェは、レティシアが異界で生まれ、前世の記憶を持ち、二度も両親を早く失ったことに心を痛めていること、御存じでしたか？」

「うん。結婚前に、フェリス様に黙っているのは悪いだろうから、ちゃんと告白しなくてはって気にしてたよ。フェリスはそんなの気にしないよって優しい精霊さんのオレが言っといたから」

「あなた、何でも勝手に」

「え？　だって気にしないだろ、そんなの。前世の記憶があったら嫌いにでもなるのか？　お父さんはそんな残念な男にフェリスを育てた覚えはないぞ」

「お父さんじゃないでしょ、レーヴェは！　まったく気にしませんが、レティシアが気に病んでいたなら、早く気付いてあげたかった。何故、僕が知らないのに、レーヴェ、相談されてるんですか」

「オレ、これでも神様だし、相談しやすいタイプだから？」

「神様なら、相談された時に、レティシアが呪われてないってちゃんと安心させてあげて下さい」

いつもなら子供っぽい嫉妬で拗ねるけど、さすがに呪いや災いがどうのとなると、レーヴェが安心させてあげたほうが、フェリスより安心できるかも、と。

「サリアの王宮で、レティシアを呪われた姫だの貶めたのは、レティシアを王位に推す者達を蹴散らす為だから、レティシアの前世とはまるで関わりない、ごく現実的な話だがな」

「五歳の子供にも傷つく心があるとは、誰も考えないのでしょうか」

むしろ不思議な気持ちになる。

フェリスが幼い時も、寵姫の母を失った哀れな王子、と聞こえよがしに嘲笑う貴族の男がいた。

いい歳をした大人が、母親を亡くして泣いてる子供相手に、だ。

そのときは悲し過ぎて何を言われているのかわからなかったのだが、今から思えば、あれは決闘案件だった。

自分よりも、母の名誉の為に闘うべきだった。

「ああ、レティシアが不思議がってたな。サリアでもここでも、誰も私の気持ちなんてどうだっていいのに、フェリス様は私の気持ちを聞いてくれるの、精霊さん。フェリス様は不思議な人なの。あんなにいい方は、きっと悪い人に利用されちゃうわ。だから、私、お人好しのフェリス様を守ってあげなきゃいけないと想うのって」

「僕が僕の婚約者のレティシアの気持ちを気にするのは至極当然ですが、それ以前に、嘘の占いをして他人の人生や、国の決定を歪めようなんてものは、許せません」

何をどう間違ったら僕がお人好しに見えるんだろう、と甚だ疑問を感じるが、レティシアにそんなふうに勘違いされてるのは、レティシアが片手によく持ってるくまのぬいぐるみのように、ふわふわとくすぐったくて心地がいい。

できるだけ、そういう人でいたい。優しいレティシアに守ってもらえる優しい王弟殿下で。

「ディアナの神殿とディアナの魔法省から不愉快だと訴えられたら、王妃に唆されたミゲル本人より、サリアのギルドが困惑するだろうなー」

「そうですね。シュヴァリエに春を呼ぶ薔薇の姫を貶めることは罪深いと自覚して頂きたいです。……いますぐ五体を引きちぎってやりたいのを、謝罪の手紙を書かせるには腕が必要、と耐えてますから」

サリア王宮を鏡に映してみると、王妃の庭の薔薇が揃って枯れており、王妃が不機嫌そうに怒鳴っていて侍女たちが困っている。

魔導士や占い師が呼ばれ、そのなかの一人、いかにも顔色の悪い男が問題のミゲルのようだ。

まだディアナ神殿と魔法省からの不快の通達は、彼にまで届いてないのでは？　と思うのだが、既に顔色は真っ青だ。

イザベラ王妃の首にはフェリスが贈った紅玉石の首飾りが輝いている。

「レーヴェ、あの紅玉石はやはり所有者の邪気を集めてしまうのでしょうか？」

「でもあれ自体に邪気がある訳じゃないんだよなー。イザベラは禍々しさが増してきてるが、サリア王宮そのものも、レティシアを失ってどうにも気が澱《よど》んでるな」

「レティシアを大切にしてくれないところには返しません。もう、うちのレティシアですから」

「フェリス。すっかり立派な大人になって、お父さんは嬉しいぞ」

「同じ貌で変な小芝居やめてください！」

にこにこ笑いながら竜王陛下は、最愛の末裔が怒りで暴発しないように、フェリスの金髪をくしゃくしゃと撫でて、可愛い子孫の竜の気を緩めていた。

薔薇の姫を傷つける者達

薔薇が全て枯れてしまった、皆がレーヴェ神の呪いだの、レティシアの呪いだのと言ってるわ、何とかしなさい、と王妃に呼び立てられながら、ミゲルは怯えていた。

イザベラ王妃の強い意を受けて、『フェリス殿下とレティシア姫の婚姻は災いを招く』と占ったときから、彼はずっと怯えていた。

彼はそもそも王弟妃だったイザベラのお気に入りの占い師だった。

最初にイザベラに気に入られたのは、「明日は碧いドレスをお召しになればイザベラ姫に幸運が訪れます」と占って、その日にイザベラと王弟殿下の婚約が成立したからだ。

王太子殿下（レティシアの父）との婚約に敗れ、傷心だったイザベラは、あなたの占いのおかげよ！　とそれからミゲルをとても可愛がってくれた。

そして、流行り病で王と王妃が亡くなり、次代の王が立てられることになった。

五歳の王女レティシアを推す者達がいる。

幼い姫を女王にして、傀儡《かいらい》にする気なのだ。そなたにはぜひ、それを阻む為に、占って欲しい。

レティシア姫は災いを呼ぶ姫、決して王にしてはならぬ、と。

それは占いではありません、と抵抗したのだが、サリアの為、引いては全ての国民の為だ、と押し切られた。

ミゲルはまだそのとき、王弟妃のお気に入りの占い師に過ぎなかったから、彼の占いがすべてを決したとは思わない。

でもその後、『不吉な姫』『呪われた姫』の噂はサリア王宮を覆い、春の花のようだった小さなレティシア姫は二度と笑わなくなり、黒いドレスに身を包んで、蒼ざめた顔をしていた。

ディアナ王弟とレティシア姫の婚姻話は、ずっと罪悪感に苛まれていたミゲルを喜ばせた。

ディアナに行けば、レティシア姫は呪われた姫などと言われず、明るい姫に戻れるだろうと。

そうすれば、幼いレティシア姫を追い詰めた彼の罪も少しは軽くなるだろうと。

フェリスがレティシアとともに、サイファを迎えに来た話も、ミゲルをとても喜ばせた。

だが、イザベラ王妃がまたとんでもないことを言い出した。

「簡単なことよ。レティシアよりアドリアナのほうがフェリス殿下にふさわしいと占うのよ。レティシアは呪われた姫だから、ディアナに災いを呼ぶって」

「む、むりでございます、イザベラ様、お許しください！　ディアナは魔法の王国とも謳われる竜の神レーヴェの寵愛深い国です。わ、私ごときが、そのような怖ろしい嘘をついても、名高い星見達、魔導士達に容易く見破られてしまいます」

「まあ、ミゲル。心配ないわ。レティシアのことごときに、あちらもそんなに拘らないわ。同じサリアの姫ならば、王女アドリアナのほうがいいとお思いになるに決まってるわ」

「イザベラ様。ディアナ王族は、レーヴェ神の血を継ぎ、伴侶の為に生きるといわれる御家柄です。フェリス殿下はすでにレティシア姫を婚約者として大切に……」

イザベラ妃は何も知らないのだ。

魔法や占星術を学ぶ者ならば、ディアナの威光をよく知っているし、誰しも一度はディアナ王立魔法学院に留学したいものだと夢に見る。

竜王レーヴェが、愛する妃の為に、ディアナを護り続けている話ももちろん知っている。

竜の血を引く柔和なディアナ王族が、愛する伴侶の為に生命も魔力も全て使うことも知っている。

「フェリス殿下が、レティシアを何ですって？」

イザベラ王妃はレティシア姫がディアナの美しい王子に愛されることを許さない。

「な、何でもございません……」

イザベラに睨まれてそれ以上は言えず、結局ミゲルは断れず、王妃の望む通りの占いをしたのだが、その日からずっと安らかな眠りを得られたことはない。

彼の嘘は、もちろんディアナの高位の魔導士達に見破られるだろう。

それよりも何よりも、彼は一度ならず二度までも、あの罪もない、金髪に琥珀の瞳の小さなレティシア姫から笑顔を奪い、姫を不幸に陥れようとしているのだ。

レーヴェ神でなく、サリアの女神が、そろそろミゲルの罪をお怒りになってもおかしくない。


「どうして枯れた花ばかり持ってくるの！」

「申し訳ありません、王妃様！　先程まで美しく咲いていたのですが」

平伏する侍女を苛立たしく、イザベラは叱りつける。宮中の薔薇がみんな枯れてしまう。

薔薇はフェリスの治めるシュヴァリエの名産で、フェリスは薔薇の騎士、その妃は薔薇の姫と称えられるそうだ。

可愛いアドリアナに、お母様が貴方を薔薇の姫にしてあげますからね、と約束したばかりなのに。

口さがない者達が、レティシアの呪いだとか、レーヴェ神の呪いだとか騒ぎ立てる。

「あなたの力で何とかしなさい、ミゲル！」

「む、無理です、王妃様。私は魔導士では……」

「どういうことなの、レティシアは本当に呪われてるの⁉」

「そ、そんなことは……」

最初に、レティシアを不吉な姫と占おうと提案したのは、夫ネイサンだ。後継者争いでまさか五歳の娘に負けるわけにはいかない、と躍起になったのだ。

その頃はイザベラはそこまでやらなくても勝てるんじゃないの、相手は五歳の子供なのよ、馬鹿馬鹿しい、いくら貴方が昼間から酒と姦淫に耽る評判の悪い王弟殿下でも勝ちなさいよ、と思っていた。

イザベラは、王太子妃になれなかったけど、王弟妃としてのんびり幸せに暮らすつもりが、王弟ネイサンは浮気性の酒好きな男だった。

彼との結婚は幸せとは言い難かった。

なかなか子宝に恵まれずとも、王太子妃のソフィア一人を愛し続けた兄のアーサーとはひどい違いだった。

アドリアナとアレクをソフィアより先に授かったことだけが、イザベラの密かな自慢だった。

このままソフィアに子が生まれなければ、もしかしたら、と思っていたら、レティシアが生まれた。

待ちに待っていた赤子のレティシアを、アーサーとソフィアはそれはそれは可愛がった。

やっと生まれた子供が女子でも、アーサーはソフィアを責めることもない。

何故これほどに違うのか？　と思っていたら、流行り病で、アーサーとソフィアが亡くなった。

ネイサンの戴冠、王妃としての生活に夢見心地になりながら、イザベラはレティシアに怯えた。

本ばかり読んで訳の分からぬことばかり言う、不気味な娘。もともと苦手だった。

だが、不気味な娘だが、レティシアは美しかった。

母であるソフィアの面影もあったが、ソフィアよりもっと美しかった。

いまでさえ輝くような金髪に零れ落ちんばかりの琥珀色の瞳で、大人を見上げるレティシア。

大きくなったら、この姫の為に命を懸ける騎士もあまた現れよう。

そんなことは迷惑だった。

ディアナという大国との縁談が纏まり、レティシアにはもったいない程だとは思ったけれど、相手は冷飯食いの変人王弟だというし、きっとレティシアもイザベラのような惨めな結婚生活を送るのだ。

憐れなことだ、と思いながら、不安の種となるレティシアを遠くへやれて清々していた。

なのに、夢にすら見たこともないような美しい青年がレティシアを連れてやってきて、レティシアの婚約者のフェリスだと名乗り、レティシアの為に愛馬を連れて行きたい、というではないか。

（フェリス様はフローレンスでもっとも美しい王弟殿下と謳われる御方。何と羨ましいレティシア姫。ぜひお近づきになりたいもの）

先日の友人の言葉が木霊する。

美しい横顔も、幼すぎる婚約者のレティシアを優しく気遣う声も、優雅で落ち着いた立ち居振る舞いも、何もかもイザベラがこれまで見たこともないようなものだ。

レティシアの婚約者を、イザベラが目にした瞬間の敗北感は、少女の頃に、王太子の婚約者候補から外れた悪夢に匹敵する。

何故、ソフィアの娘までも、イザベラを惨めにさせるのだ。

やっと、やっと、罪もないソフィアを羨まなくてすむようになったのに。

フェリスから贈られた紅玉石の美しい首飾りが重い。

この首飾りは、もとからこんなに重かったろうか？

「お母様。大丈夫なの？　侍女たちがレーヴェ神殿にお祓いお願いしてみてはって言ってるわよ」

「何を言うの、アドリアナ。まるでそれじゃ本当に私がレーヴェ神の怒りを買ってるみたいじゃないの」

「でも。ご挨拶もなくては、レーヴェ神も御機嫌よろしくないかも」

アドリアナはフェリスに逢ってはいないが、フェリス殿下は、小さなレティシアにすら優しい青年で、美貌の男神と謡われるレーヴェ神そっくりと聞いて満更でもない。

「そうね。そうかもしれないわね。貴方がお嫁に行くところですものね。御酒でも奉納するかしら」

紅玉石の首飾りが重い。

でもこれはフェリス殿下から頂いた大切な品。

「イ、イザベラ様！　ディアナ魔法省と、レーヴェ神殿より、魔法の書が参りまして……！」

「まあ何かしら。きっと花嫁交換の承諾の文よ。……待っててね、アドリアナ。お母様が必ず、あなたをあの美しいフェリス様の妃にしてあげますからね」

イザベラの分身とも言える愛娘のアドリアナがあの夢のように美しい王子の妃になれたら、ネイサンとの結婚で疲れ果てたこの心も少しは癒される気がする。

（どうしたの、イザベラ？　お茶にしましょう？　桜のお茶を淹れるわ）

春の陽ざしのようなソフィア王妃が失われてのち、王妃になっても少しも満たされぬこの心が。

レティシアにそんな幸せは渡さない。

ソフィアの娘ばかりが大切にされるなんて、サリアの女神様は不公平だ。

イザベラとアドリアナにも祝福をくれるべきだ。

枯れていく薔薇の紅をすべて吸ったように、紅玉石の首飾りがイザベラの胸元で輝いていた。


「陛下、お呼びでございましょうか」

「パルマ公。サリアからフェリスの婚姻について何か言ってきてるようだね」

マリウスは広大な宮殿に住んで、ディアナを治めている。

彼まで届く話もあれば、彼以前の段階で処理される話もたくさんある。

「これは……お耳が早うございますね。何でも、その……レティシア姫が災いを呼ぶのでフェリス殿下の婚姻相手はアドリアナ姫に交換をとサリアの占術師が申したと、王太后様あてに書簡が届いたそうで……」

「結婚式目前に、奇妙なことを言う国もあるものだ。母上はなんと?」

「マグダレーナ様は、馬鹿馬鹿しい、話にならぬ、と。ただ、魔法省と神殿に、レティシア姫の占いに関する鑑定を依頼されております。魔法省と神殿はそれぞれにレティシア姫にそのような悪相は見えませぬ、と回答を王太后宮に差しあげております」

「そうか。レティシア姫の身に何事もなくて何よりだ。……もし何かあったとしても、我が国の優秀な魔導士に祓ってもらえばよいだけのことだが」

マリウスは安堵して、思わず微笑んだ。

レティシアを連れて挨拶に参上したフェリスをよく覚えている。

彼の弟は感情の変化が決してわかりやすい性質ではないのだが、それでも幸福そうなことが隠しようもなくわかった。

フェリスと手を繋いで歩きながら、きらきらと輝く琥珀色の瞳で一途にフェリスを見上げるレティシアは、兄であるマリウスの眼にも大変好ましかった。

何よりフェリスを庇ってマグダレーナ王太后相手に言葉を返したという気の強さが気に入った。

そのような豪胆な娘は、ディアナ中探しても見つかるまい。

「フェリスはとてもレティシア姫を気に入っているようだし、サリアの風習は存じあげぬが、ディアナには花嫁を交換するような習慣はない。レティシア姫は我がディアナ王家の一員。余は、まだ幼い身で遠い国に嫁いでくれた余の可愛い妹を悪く言われることを好まぬ」

「御意。陛下。魔法省と神殿から、陛下の大切な妹君、フェリス様の美しい花嫁、レーヴェ様の愛しい娘であるレティシア姫に事実無根の噂を立てられることは非常に不快、修行不足の占星術師は撤回と反省を、と書簡をお送りしてあります」

「それはよかった。もし必要とあらば、余もレティシアの為に文を書くゆえ」

「神殿と魔法省の苦言でイザベラ王妃がこのお話を取り下げて下さることを祈っております。それでもまだ花嫁交換をと言い募られるようならば、陛下の御心をお伝えいたしましょう」

「せっかくシュヴァリエで薔薇祭を楽しんでいるだろうフェリスとレティシアの耳に入って気に病まねばよいが」

「一番よい季節でございますね。シュヴァリエの全ての薔薇が、新たな薔薇の姫の訪れを祝福していることでしょう。祝祭を楽しまれているフェリス様とレティシア姫の御耳を汚す前にこの件収めたいと思っております」

「ああ、そのように頼む」

人生はとても孤独で、誰もが恋しい相手と結婚して、永遠に幸せに暮らせる訳でもない。

それを、この美しい宮殿で育ったマリウスとフェリスは、子供の頃から知っている。

だからこそ、大切な人を見つけたら、決して手放してはいけない。

王弟殿下の初恋について

「くまちゃん、ちょっと狼狽えたわ」

何事もなかったように、綺麗にハンナに直してもらい、ドレスを着替えたレティシアはくまちゃんに出来事を報告していた。

「なってなかったわ。最近、フェリス様のおかげで幸せに暮らしてたから、ぼーっとしてたら槍が飛んでくること忘れてたわ。もっと気合入れて生きなきゃだわ」

毎日、フェリス様と御菓子食べて笑ってて、戦闘モードオフにしっぱなしだった。

「……？」

いいんじゃない？　そんなに頑張らなくても？　と、くまちゃんはつぶらな瞳で笑ってる。

「フェリス様の言うように、占い嘘だといいんだけど……。叔母様、やっぱり、フェリス様見て、私にはもったいないってなったのかなあ……」

確かにレティシアにはもったいない王子様ではある。

ごはんをサボりたがることを除けば、欠点ないのでは？　レベルに、何でもできそうな方だし、あの美貌だし、凄く優しいし。

普段はレティシア様になさるほどはお優しくないですよ、てレイ言ってたけど、ホントかなあ。

騎士の人も街の人にも、うちの怖い叔母様にも、サリアの厩番の人にも優しかったよ。

（いやいや、それは本当。レティシア連れて帰られたりしたら、フェリス荒れて酷い事になると想うよ）

「精霊さーん！」

わーん！　と何だか嬉しくなってしまう。

さっき、フェリス様とも、精霊さんとも、リタともサキともハンナとも、せっかく仲良くなれたけど、もうお別れって勝手に泣いてたから。

（ん？　よしよし。可哀想にな。レティシアには呪いなんかついてないから、心配するなよ）

「本当でしょうか？」

（もちろん。うちの一族は、嘘は言わない）

「でも、私、前世と現世で二度も……」

（それは不幸が重なってしまったが、レティシアが呼んでる訳じゃない。たまに本人そのつもりじゃなくても不幸を呼んじゃう子もいるが、そんな体質じゃないから、心配しなくていい）

「精霊さん、ううう、ありが……」

（おお泣くな泣くな。せっかく、綺麗にしてもらったのに。レティシア泣かすとまたフェリスに叱られる）

「フェリス様……」

（そうだよ、レティシア。レティシアはフェリスの気持ちを動かしちゃったから、その責任とって、ちゃんとフェリスの面倒見てやらんと）

「私が？　フェリス様の面倒を？」

きょとん、とレティシアはくまのぬいぐるみ抱えて不思議がっている。

フェリス様、面倒見るようなとこあるだろうか？

お食事管理？

働きすぎないように、遊びましょ！　て邪魔すること？

（そうそう。たぶんレティシアに逃げられたら、もう誰も信じられない、ってまた暗く一人で仕事

に生きるタイプだから、あれ)

「フェリス様が?」

そうかなあ。

フェリス様はレティシアいなくなっても、新しいお妃様いくらでも見つけられそうだけどなあ……。

でも、アドリアナはあんまり奨めたくないの。意地悪だし。

私の推しのフェリス様には、もっと可愛くてもっと気立てのいい姫じゃないとダメ!!

(フェリスはちびちゃんがいいって言ってたろー?)

「それは……そうなのですが」

精霊さんが見える訳じゃないけど、なんとなくベッドの上で正座してしまう。

レティシアはあんまり正座しない。

椅子の国で育ってる子だから。

習慣も生まれも育ちも血も、何もかも違う。でも雪の心も残ってる。

雪が生きて何かを成したくて心残りだったからなのか、ただの次元を司どる神様の気紛れなのかわからないけど。

転生した理由も目的もわからないけど、ただ懸命に生きてる。

だって、大好きな両親がくれた命だから。

(信じてあげないとフェリスが哀れだぞ。あいつ、レティシアが初恋だろうから)

「……いえ、それは精霊さんがご存じないだけで、フェリス様にもきっといろんな恋が」

いまいち恋愛方面の妄想力が足りないから、うまく浮かばないけど、きっとフェリス様なら綺麗な方と、いろいろあったんじゃないかしら？

（ないない。あいつ、迫られるのにウンザリして、そういうの毛嫌いしてたから。すんごい画期的なことだと思うぞ、レティシアに興味持ってるのは）

「それは、恋愛枠というより、ちいさいこ守ってあげなきゃ、の保護欲とか、おもしろい枠とか……」

（えー？　あの歳の男が、婚約者としてきた姫守ってあげたい、と思ったら、それはもう恋じゃないか？）

「でも、私は」

こんなちっちゃいし。恋愛相手にはだいぶ遠い。

もちろんフェリス様のことは大好きで、レティシアだってフェリス様のことを守ってあげたい。

何のかんの言いながら、フェリス様のとこにいたいって我儘思ってるけど。

（うん、まあな。まだちっちゃいんだから、レティシアは焦らなくていいよ。無理しないで、何もかもゆっくりでいいよ。レティシアが大人になるまでの、十年なんて待つうちに入らないよ。超ー甘いよ。楽勝だよ）

何故だろう……？

十年なんて、超甘い、甘すぎだ、に個人的にやたら力入ってる気が。

「精霊さん」

（んー？）

「いつもお話ししてくれてありがとうです」

正座をして、御礼を言う。精霊さんは知らないだろうけど、日本の御礼のかたち。

（どうしたの、いきなり、レティシア）

「御礼を言いたくて。さっき、もうここにいられなくなって、精霊さんにも逢えなくなっちゃうかな、と思ってたので。……ここに来てから、フェリス様も、精霊さんも、私の話を奇妙がらずに聞いて下さって、私は……」

（レティシア。泣かないで。オレまたフェリスに締められる）

「凄く嬉しいです。この世の誰にも、お話ができなくなってしまったように思えて、私の言葉がおかしいのかな、と凄く寂しかったので」

そうだ。寂しかったのだ。

（レティシアはそんなこともわかるの？　そんな本ももう読んだの？　まあ私よりずっと賢いわね、私の娘は……）

そうやって喜んでくれる母様を失って、なんだか呪いの姫だ、不吉な姫だ、あの子はおかしい、と化け物扱いされて、フェリス様に逢える日まで、とても寂しかったのだ。

（レティシアは賢い、美しい娘だよ）

精霊さんの厳かな声がした。

（異世界の記憶を持っているから、少し他の娘と違う匂いはするかもしれないが、何処もおかしくない。可愛い、優しい娘だ）

匂い。

自分は何処かこの世界の人と違うのだろうか、とうまく普通の子供になりきれないときに思ってた。

（十年も経てば、フェリスはみんなから羨ましがられるようになるさ。こんな可愛いお嫁さんをもらってって）

「でも私はフェリス様とのお話を利用しました。美しくも優しくもない娘です」

生まれた国にどんどん居場所がなくなってしまって。

レティシアに肩入れしていたサリアの貴族が不審な死を遂げたりするようになって、とても申し訳なかったから。レティシアがディアナの王弟殿下のところへ行けば、邪魔にならず、サリア宮廷は後継者問題で割れないですみ、叔父様叔母様も安心できるだろうと思った。

ましてディアナは富める国。

疫病に傷んだサリアにとって、よき婚姻になるだろうと。

レティシアはサリアのことばかり考えてた。

逢ったことのないフェリスの気持ちなんて、到底考える余裕はなかった。

（オレ、したことないけど、政略結婚てそういうものなんじゃないの？　国同士で、お近づきになりましょう、的な）

「精霊さん、政略結婚したことないのですか」

（うん。経験なくてごめんね。……フェリスはさ、王太后からレティシアとの婚姻の話聞かされた時、レティシアのことを自分みたいだって思ったんだよ）

「私が？　フェリス様みたい？」

何処も似てないような気がしますが……？

（うん。宮廷で、五歳で、後ろ盾をなくす身の辛さを身に染みて知ってるから。マグダレーナが、フェリスが断るなら、後妻を欲しがってる爺さんにレティシアを嫁がせよう、てフェリスを煽ったから……）

「そこでフェリス様が逢ったこともない私に責任感じることもないような……？」

（そうなんだけど、フェリス的には、なんか見過ごせなかったらしい。あいつ、頭はいいんだけど、ときどきなんか馬鹿なんだよな。まあそこが可愛いとこなんだけど……）

「精霊さん言い過ぎ……フェリス様、馬鹿じゃない……お優しいの」

レティシアは律儀に推しを庇う。

でもわかるかも。

最初にフェリス様に逢ったときにレティシアも思った。

この人、こんなに人じゃないみたいに綺麗なのに、もしかして物凄いお人好しなのでは！　て。

（そんな訳で最初から、フェリスはレティシアを大人の事情から守ってあげたくて嫁にしたんだから、レティシアはフェリスに遠慮なく甘えていいんだよ）

「……私は何もフェリス様に返せないのに？」

（返してる返してる。めっちゃ返してる。フェリスはレティシアが来てからずーっと楽しそうだよ。あいつ、あんなに笑えたんだな、てオレですら、感心してる。レティシアは偉大だよ）

「……ホントに？」

(うん。十年後大きくなって、レティシアはフェリスに恋するかもしれない。しないかも知れない。でも、未来がどうでも、いまこの瞬間に、フェリスの心に一番近いところにいるのはレティシアだよ)

「……それは。凄く凄くもったいなくて……嬉しい、です」

一番の仲良しと自惚れてもいいかな。

何もかも違いすぎるあの美しい婚約者様と、ちょっとだけ他の人より仲良しだと、自惚れてもいいかな。

「もしも私に災いついていたら、フェリス様と、フェリス様の領地やおうちの方にぜったい御迷惑かけたくないので、私のこと成敗して下さいね、精霊さん！」

そうだ。

精霊さんに頼んでおこう。

精霊さんとっても魔力強そうだし。

(成敗って何……。わかったわかった。うちの大事なレティシアに、そんなの何もついてないけど、心配しなくても、何か湧いてきたら、オレが何とかしたげるから)

精霊さん、なんだか、お父様とかお兄様みたい。

うちの大事なレティシア。フェリス様のおうちの大事なレティシア。

そう呼んで頂くのに、ふさわしい自分になりたいなあ……。

「レティシア」

「フェリス様」

レティシアがぬいぐるみ抱えてベッドの上に正座していると、フェリスがレティシアの部屋の中に現われた。

「レティシアが泣いてる気配が……すまない、部屋に勝手に」

「いえ」

うちの王弟殿下は、こんなちっちゃいレティシアにも礼儀を尽くして下さる。

「精霊さんとお話ししてて……」

「また何かうちの精霊が余計なことを？　レティシアの部屋に入室禁止の護符でも貼らないと……」

「いえ！　そんな！　私が落ち込んでたので、精霊さんはただ慰めて下さってたのです」

レティシアはふるふると首を振る。

大事なお話も聞かせてもらった。

レティシアの知る由もないフェリス様のお話を。

「精霊さんも、レティシアに災いなんてないって言ってたろう？」

「はい。それにお約束もして頂けました」

「お約束？」

「もしもレティシアが、フェリス様や、フェリス様の領地、おうちの方に災いをなしたら、迷わず成敗して下さいと」

「成敗……？　レ……いや、精霊さんにじゃなくて、レティシア、僕に……」

「フェリス様は私にお優しいので、私が悪いものになったときに、迷いが出てはいけません」

「レ……だって、じゅうぶん、レティシアに甘……いや。レティシアは悪いものになんてならないし、もし、なっても僕がちゃんと浄化するから。心配しなくていい」

「はい」

こくこくとレティシアは頷く。

精霊さんにも、フェリス様にも約束して頂いて、これで安心！

大事な推しと推し関連のすべての皆様に御迷惑をかけてはいけない！

「精霊さんが、フェリス様は、自分の幼い頃に似てると思って、私との婚約を受けて下さったと」

「……………！」

それで少し謎が解けたの。

いくら何でもフェリス様、拒めたのでは、小さすぎるレティシアとの婚約、とちょっと思ってたの。王太后様に弱い（甘い）フェリス様だけど、お義母上様の言いなりというほど素直な方でもないし……。

「もうレティシアに話しかけるの禁止にしたい、あのお喋り」

「フェリス様が優しいおかげで私は幸せですが、寄る辺ない子への同情で、婚姻なんて人生の一大事を決めてはダメです」

めっ、と御小言。

レティシアが御小言言えることではないんだけど……。

「おかげで、僕は、レティシアと逢えて、いまが人生で一番楽しい。婚約の話を決めた当初は、果たしてそれで小さい姫が幸せになれるのか？　僕が小さい姫に好かれるのか？　と我ながら疑問だったが、レティシアも僕といて幸せだと聞くと安堵する」

額と額をあわせて、フェリス様が話をしてくれる。

どんな嘘もつけないような近さで。

「幸せです、とても。……異国で、生まれて初めて、言葉の通じる人にあったみたいに」

フェリス様もだいぶ普通とは違うので、フェリス様の傍らではレティシアは何も無理をしなくていい。

子供らしくいようとか、おかしく聞こえるこんな余計な話はしないでおこうとか心配しなくていい。

嘘のない自分でいられる。

「僕もだ。レティシアがいてくれると、僕の言葉の通じる人が、僕の宮にいてくれる、と安心する」

不意に、レティシアが初恋だと思うぞ、フェリスの、との精霊さんの声が耳に蘇って、レティシアは林檎のように真っ赤になってしまった。

それは誤解なの！

精霊さんの！

精霊さん、政略結婚したことないって言ってたし。

「レティシア？　頬が赤い。熱が……？」

「ふ、フェリス様。貌が近いです」

「うん。寄せてるから」

「いえ、そうではなくて……」

うわーん！

物凄い綺麗な貌がドアップで攻めてくるよー！

精霊さんが初恋とか言うから、なんか緊張するじゃないーー！

「……熱はないようだが」

フェリス様はこんな方だしね……！

大真面目な天然と言うか……。

いやこんなちびちゃん相手に何か意識する訳ないけど……！

「だ、大丈夫です！　ちょっと、いっぱいいっぱいに……！」

「何がいっぱいいっぱいに？　やっぱり、レ……精霊さんが何か余計なことを……」

うわーん、余計に顔を寄せてこないで欲しいー！

「そんなことないです！　フェリス様のお貌が近すぎて、緊張しただけです！」

「僕の貌に？　何か凶悪な相でも出てる？」

フェリス様はちょっと悩むふう。

「え？　いえ、凶悪な相は全然……」

とっても優しそういつものフェリス様だけど。

「そうか。よかった。サリアの占い師をどうしようかと思ってたから、悪い顔になってたかと」

にこっと笑うフェリス様。

「サリアの望みが花嫁交換なら、それを希望してるのは占い師ではないと思うので、占い師を責めても、たぶん可哀想です」

日本で言うと社畜のようなものだからね、サリアの占い師は。

ディアナは竜王陛下と魔法の権威が強いので、魔術師や占い師ももっと立場が強いのかもだけど……。

「レティシアが優しいのは愛しいけど、僕の花嫁への無礼は詫びてもらう。二度と不心得を起こさないように」

「サリアの叔母様はきっとフェリス様を気に入られて、レティシアには惜しいと思われたのだと……」

「何故？　レティシアの母上の首飾りを返してもらおうと、僕があまりお奨めじゃない首飾りを贈ったから？」

あんまり褒められた話じゃないと想うが、と肩を竦めている、美しい婚約者様。

「だって……フェリス様、夢に出てくる王子様みたいですもの」

「……？　僕の？　レーヴェの貌が？　夢に出てくる王子様……？」

それは些か疑問を感じる、と首を傾げている。

フェリス様って、本当に……。

「竜王陛下より、フェリス様のほうが如何にもな王子様っぽいです。竜王陛下はやんちゃ！　てかんじ」

「竜王陛下がやんちゃ……さすがレティシア」

何かツボに入ったらしく、フェリス様が大笑いし出す。

「んと、とにかく。いまいちな変人の王弟殿下だと思ってレティシアに押し付けたら、もったいなかったわ、て気を変えられたのかと……」

でも、国内ならレティシア関係、叔母様のよくない我儘で何とかなることも多々あるとして、ディアナは他国だからそんなことしちゃ絶対ダメ……せっかくの縁なのに、おかしな国だと疑惑を抱かれちゃう。

「いまいちな王弟なのも変人なのも本当だけどね。レティシアくらい心の広い姫でないと、僕の御相手は大変だと思うよ」

フェリス様の自己評価はおかしいんだけど（そこはもう少しくらい竜王陛下風でもいいですよ！）、厄介払いしたつもりの呪われた王女のレティシアの婚約者が、こんなにどう見てもきらきらと煌めいてらしたら、叔母様も惑乱して暴挙に出ちゃうのかなあ……（出ないで欲しいけど！）。

「我々の星見は、レティシア姫に凶兆を見ておりません。フェリス様とレティシア様は領地シュヴァリエにて薔薇祭を御視察中です。ディアナでは、竜王陛下の教えに習い、花嫁をとても大切に致します。粗悪な品物のように交換する習慣はございません。そんなことをしたら、我が神、竜王陛下がお怒りになり、雷鳴が轟くでしょう。サリアの王妃様におかれましては、どうぞ、我らの星見の言葉に御心安らかになさって、フェリス様とレティシア姫の御婚礼の日をお待ちください。きっとそちらの占術師殿は何かお疲れで、見間違えたのでしょう」

「レーヴェ神殿は、敬愛する我が神レーヴェ様の御心にのみ従います。神殿建立以来、一度たりとも他国の占術師の言葉に従ったことはございません。レーヴェ様はアリシア妃の為にディアナを護り続ける、愛と約束の言葉を重んじる神。ディアナ王家の花嫁の交換など、耳にするのもおぞましいお話。レーヴェ様の娘となられた我らのレティシア妃を侮辱するおつもりなら、それなりの御覚悟を持ってなさるがいい、我が神殿にも星見はおりますよ、とサリアの占術師殿にお伝えください」

読み上げながら、王妃宮の女官は怯えていた。いまにも怒ったイザベラに何か投げつけられそうだ。

「……何様のつもりなの、たかが魔法省と、神殿風情が！　私はサリアの王妃よ、誰に物を言ってるつもりなの！」

悔しい。

慇懃無礼とはこのことだ。

「ま、マグダレーナ王太后様からの文もございます」

「馬鹿なの！　そちらを早く読みなさい！」

「レティシア妃に災いの兆しありとの文を頂いて、こちらでも確認したところ、我が国の者達には、災いは見えぬ、とのこと。フェリスはいたくレティシア姫を気に入っているようなので、交換は喜ばぬと思われる。では、イザベラ殿の御多幸を祈る」

「誰もかれもがレティシア、レティシアて……！　何なの！　レティシアはあんな小さなおかしなことばかり言う姫なのよ！　あんなに美しいフェリス様が、あんな本にしか興味のない不気味な姫にご満足なさる筈がないわ……！」

悲鳴のようなイザベラの言葉に女官達も困り果てる。

そうは言っても、先日も、その美しいフェリス殿下はレティシア姫の為に、レティシアの愛馬を連れに来たのだ。

誰か魔術師か、配下に任せればいいものを、フェリス王弟殿下が御自身で足を運ばれてまで。

サリア中に、レーヴェ神似のフェリス殿下の華やかな姿絵が出回っている。

こんなに凛々しい方にそんなに大切にして貰えるとは、レティシア姫にはやはりサリア神の加護があったのだ、とレティシアの評判も急上昇中だ。

「ディアナは、レーヴェ神がいまもアリシア妃を愛してることを誇る国ですから、婚姻の約束には、殊更《ことさら》、変更は許さぬのかもしれませんね……」

年嵩の女官が宥めるように、惑乱する主人に言葉をかける。

「レーヴェ神と違って、フェリス様がレティシアを見初めた結婚でもないでしょう！」

だが気に入らぬ姫の為になら、愛馬まで迎えに来ないのでは、とも言えない。

「何故、魔法省だの、神殿だのがこんなに偉そうなの！　私に無礼でしょう！　ミゲル、ディアナは他国の王家への礼儀を知らないの！」

「王妃様、ディアナの王立魔法学院は、我らのような生業の者でしたら、一生に一度は学んでみたい、と夢に見る場所です。ディアナの魔道師や神官達は、王が道を誤るとき、諌めるのは汝らの仕事、己の仕事に誇りを持て、誰にも遠慮するな、とレーヴェ神から託された約束を心に抱いています。……なので、相手が、王家であろうと、真実を告げるのに忖度などしません。……王妃様の御心に添った私の占いなど、鼻で笑われてしまいます……」

ガタガタ震えながらも、ミゲルは、異国の同業種たちへの憧れを込めた瞳でそう告げた。

誰かの顔色を窺って、罪作りな嘘を占うのではなく、そんなふうに自分の仕事に誇りを持てたら、どんなにいいだろう。

なんて怖ろしい。

なのに自分は、そのディアナの魔法省と神殿の敵となったのだ。

「まして、フェリス殿下の婚約者であるレティシア姫を、レーヴェ様の娘、と彼らが言うのならば、この世のいかなる者からも、彼らは竜王陛下の娘を守り抜くでしょうし、私ごときがレティシア姫を貶めることを決して許さないでしょう……」

「どうして、レティシアばかりがそんな……！」

「王妃様！　イザベラ様！　誰か、気付け薬を……薬師を呼んで！」

イザベラは感極まったように、胸を手で押さえて倒れた。

あら、ディアナ魔法省と神殿の御手紙、聞いておくかしら、我らの愛しの薔薇の姫をちゃんと庇って下さってる？　と枯れずに咲いていた赤い薔薇が満足げに花びらを揺らした。


「ウォルフガング公。ディアナ魔法省とレーヴェ神殿から、フェリス殿下の大切な花嫁、レーヴェ様の娘であるレティシア姫に、災いの姫などと侮辱はまったくもって許し難い、との書が届き、イザベラ妃は顔を真っ赤にしてお倒れになったそうです」

「なんと。ちと意地は悪いが、それはぜひ拝見したかったな」

フェリスとの婚姻をレティシアに薦めた、サリアの名門貴族、小さなレティシアが「爺」と懐くウォルフガング公爵は破顔した。

「まことに嬉しい。我らの小さな姫様が、ディアナで大切に守られていると思うと、やっと酒の味がする気がする。儂はもう、朝も夜も、姫の御無事を願って、レーヴェ神を拝むぞい」

「気難しいと噂のフェリス殿下がレティシア姫を気に入って下さるかどうかが大きな賭けでしたが、よろしうございましたね」

「シュヴァリエの薔薇の騎士殿は、宮廷では氷の如しだが、領地からの信頼は非常に厚く、シュヴァリエはフェリス殿の管理下に移って以来、比類なき成長を遂げている、というのが我らが得ていた数少ないフェリス王弟殿下の情報でしたが、領地領民を疎かにせぬ誠実な方なれば、幼き花嫁レティシア様をきっと無下になさらぬはず、との祈りをサリアの女神は叶えて下さいました」

ハリス伯爵がサリアの祝福の印を結んでいる。

「私など、フェリス殿下とレティシア姫が戻られたと聞いて嬉しくて、街の号外を買い占めてしまいましたよ。どれもレティシア様が可愛く描かれていて、胸がいっぱいになりました」

ウォルフガング公やハリス伯と同じく、現国王夫妻の意図で、レティシアの傍からは遠ざけられてしまっていた乳母のレーヌが涙を零している。

イザベラ妃がまた何かよからぬことを計画しているようだ、とレティシア派残党の数名で集っていたのだが、皆で嬉しい知らせに安堵している。

「これこれ、レーヌ殿、その絵師は、レティシア様もフェリス殿下も本当は見たわけではなかろうて？　フェリス殿下とレティシア様にお逢いしたという既番の話を聞いて描いておるだけじゃろう？」

「ええ、そうですとも。それでも、フェリス殿下とレティシア様の幸せそうな姿を描いてくれているのが嬉しくて嬉しくて、もう、ありったけ買ってしまうのですわ。……城下の絵師達の筆も正直です。婚姻のときのレティシア姫の絵姿はとても寂しそうで悲しそうでした。生涯にたった一度の、大切な嫁入りの絵姿ですのに。……今回は婚約者であるフェリス殿下と共にの御姿で、それはもう可愛らしくお幸せそうに描かれていて……ウォルフ様、フェリス殿下というのは、本当になんとお美しい方なのでしょう」

街でたくさん出回っている、先日のフェリスとレティシアとサイファの絵姿の一枚を見つめて、レーヌはうっとりしている。

乳母の力ではとても守り切れなかった大事な小さな姫を、この美しい青年が守ってくれるのかと思うと、有難くてもう拝みそうになる。

「殿下は、レーヴェ神の再来と謡われる美貌の才人だそうだ。……そんな話が御婚姻前にサリアに聞こえてなくて幸いだ。最初から、美貌の才人と知られていたら、きっと今回のように話がおかしくなってしまい、レティシア姫を無事にフェリス様のもとへ逃がせなかった」

「きっと、きっと、アーサー王とソフィア妃がレティシア様を守って下さってるのですわ。私もレーヴェ神殿に拝みに参ります。毎日でも参りたいですわ。レーヴェ神はどんなお供えがお好きでしょう?」

ウォルフ爺、聞いて！　びっくりなの。フェリス様は、物凄くお美しいの。神殿の神話の神様みたいなのよ。こんな美しい方に、こんな小さな私が花嫁じゃ気の毒じゃない？　どうしよう？　大丈夫かしら？　と愛らしいレティシア姫の驚く声が、老いた耳に木霊するようで、ウォルフガング公爵は久方ぶりに、心から幸福な吐息を漏らした。

「いまいちではありません！　うちのフェリス様は、御顔良しお人柄良し、みんなに自慢したくなる私の推しです！　私にも、私以外にもモテモテです！」

叔母様のことはおいておいて、ここはぜひ主張しておこう、とレティシアは気合を入れる。

「そ、そう？　僕はレティシア以外にはモテなくていい。……不必要にモテて、思ったよりひどくなかったから、花嫁交換しようなんて言われたくない」

「……う。それはそうなのですが……」

うにゃん。

そうなんだけど、とレティシアは項垂れる。

「変人の嫌われ者の王弟殿下でいいから、僕からレティシアをとりあげないで欲しい」

「嫌われてないです……王太后様がちょっとお気持ちを拗らせてるだけです……」

王宮で、レティシアを見下ろしてた王太后様の瞳が、ずっと心に残ってる。

レティシアの勘違いでなければ、あれは……。

「そもそも、うちの義母上に、イザベラ妃から文が来たそうだけど……」

「組み合わせが怖すぎますね」

「うん。義母上が、花嫁交換の話に乗らないでくれてよかった」

「マグダレーナ様は私に後ろ盾がないことがお気に入りだった筈なので……現王女のアドリアナでは喜ばれなかったのでしょうか？」

何が理由でも、叔母様と王太后様がタッグを組まないでいてくれてありがたい……。

「それもだし。義母上はディアナの人だから、花嫁交換なんてレーヴェが怒りそうなこと、ディアナの民は嫌がることを知ってるだろうから……」

「竜王陛下が」

「ふざけてんのか、うちのレティシアは祝福に満ちてる、寝言なら寝て言え、て怒りそうでしょ、竜王陛下？」

「……はい」

フェリス様の、うちのレティシア、の言葉にくすぐったい気分になる。

「フェリスの花嫁はレティシアただ一人。交換なぞ、する訳ない、て」

「………」

りゅ、竜王陛下のお話してるだけなのに、何だか、赤くなっちゃった。

「レティシア？　やっぱり顔が赤いかも？　外出やめて、今日は家に……」

「いえ！　お祭り行きたいです！　あ、でも、私、呪われた娘の噂が出てるなら、行かない方が……？」

お祭り楽しかったけど、うう、可愛い花嫁さん期間、短かったな……。

シュヴァリエの人達に歓迎されて凄く嬉しかったな。

短い幸せだったけど……。

「いや、義母上から神殿に内内に相談、て話だから、サリアの無能な占術師の嘘がディアナで広がったりはしてないよ。……たとえそんな話がディアナに広がっても、シュヴァリエの民はレティシアを守るよ。レティシアはシュヴァリエの薔薇の姫なんだから」

「私、昨日、シュヴァリエの方々に歓迎されて、とても嬉しくて……だから、シュヴァリエの領民さん達に、私のせいで嫌な思いをさせたくないです。災いの薔薇の姫なんて申し訳ないので……」

不吉な娘だ、不幸を呼ぶ娘だ、呪いの娘だ、と言われてると、それがたとえ嫌がらせだとわかっていても、だんだん言われてるこちらも、そんな気になってきてしまう。

「僕のレティシアに、僕のシュヴァリエで、虚言など僕が許さないから、何も怖がらなくていいよ」

「フェリス様……」

父様でも母様でもない、レティシアの新たな守護者が、レティシアの額に優しいキスをした。

魔法の学校

「フェリス様！　フェリス様！」

「お帰りなさいませ！　お帰りなさいませ、フェリス様！」

「レティシア姫！　レティシア姫！　なんてお可愛いらしい！」

レティシアの心配をよそに、シュヴァリエは、自慢の領主の帰還と春に小さな花嫁を迎えた喜びに輝いていた。

サイファに乗りたいけどサイファ自身も病み上がりだしシュヴァリエに慣れてない。それに、フエリス様が一緒でないと心配、と仰るので、フェリスの愛馬シルクに二人乗りしていた。

「フェリス様、凄い人気です……！」

どうやら災いの姫とバレてない、とほっとしつつ、婚約者殿の人気に吃驚して嬉しくなる。

推しがみんなに熱烈に愛されている！

なんだか生きる気力が湧いてくる！

「ディアナ人はお祭りが大好きだからね」

「いえ、あの、そういう問題ではないと思うんです」

「そうかな？　いつもね、みんな元気なんだよ」

たぶんフェリス様、人生ずっとこうだから、ちょっとこの熱量の激しさがわかってないのかな？

フェリス様ー、何処の王弟殿下も、こんなに人々に熱狂的に迎えられる訳ではないのですよー。

サリアなんてもっと儀礼的ですよー（残念）。

前世のアイドルのコンサート並である！

雪も、突然、チケットが余ったから、と連れて行って頂いたことがあるのだ！

フェリスは慣れた様子で、かけられる声に軽く手を振っている。

一緒に、と促されて、レティシアも可愛く一緒に手を振ってみる。

手を振られて嬉しそうな人たちが可愛い。

レティシア自身も生まれながらのお姫様ではあるんだけど、婚約者殿はごく自然にとる動作が、
本当に生粋の生まれながらの王子様だなあと想う。

「僕はあまり面白くもない男なんだけど」

「……」

相当面白いと思います、と思いながら、フェリスの腕の中で、フェリスの言葉に耳を傾ける。

あまり自分のことを語る方ではないので。

「そこの花売りの娘にも、パン屋の店主にも、薔薇農家の者にもみんな生活があって、その生活を少しは僕の手で守れてるかと思うと嬉しかった。僕には何も、守りたいようなものもなかったので」

「……」

この結婚が、豊かなディアナとサリアを結びつけるなら、それはいい、と思っていた。

両親を失って抜け殻のようなレティシアが、サリアの誰かの幸せに役立てたらいいと。

「これからは僕にも、うちのレティシアを守っていく楽しみができた」

シュヴァリエの豊かさは、この美しい婚約者殿の孤独と共にあったのだろうか、と、薔薇と音楽と歌と、人々の賑わいに満ちた街を馬上から眺めながら、何とも言えない気分になる。

「私、うーんと手がかかりますから、フェリス様はこれから大変ですよー」

フェリスに笑ってもらいたくて、レティシアはそう言った。

この貌で、やたら面倒見よすぎるお人好しとか、この人どうなってるんだろう、と想っちゃうけど（こういう貌の人は、普通、面倒みる方でなく、みられる方なのでは……？）。

「ホント？　それは凄く楽しみだな」

太陽の光を受けながら、レティシアを見下ろして幸福そうに微笑んだフェリスに、悲鳴のような歓声が上がった。


「フェリス様！」

「カイ。元気にしてたかい？」

「はい！　お逢いできる日を待ちわびておりました！」

フェリス様の領主館から、騎乗でゆっくりと薔薇祭に沸く街の中を移動して、森の近くの立派な建物に着いた。白い魔導士のローブを纏った青年が茶色い瞳を輝かして、出迎えてくれた。同じような白いローブの人がたくさんいるから、神殿？　じゃなくて、魔導士の館なのかな？

「レティシアも魔法の授業を喜んでたから、今日は魔法の家に寄ろうと……カイ。僕の婚約者のサリアのレティシア姫だよ」

魔法の家て何だろう？　わくわくわくわくわく！（そもそもフェリス様を信頼しすぎて、何処に行くかも聞いてなかったわ……今日も、獲れたての苺食べられるかなーくらいしか……）

「ようこそ、レティシア姫。シュヴァリエは新たな薔薇の姫のお越しを待ち侘びておりました」

フェリス様の御人徳だと思うんだけど、何処でも、こんな子供なのかと奇異な眼差しを向けられることがない。

シュヴァリエは心から薔薇の姫を待ち望んでいたのだという気配が伝わってくる。

「おいでは結婚式の後になるかも、とお聞きしてましたので、結婚式前にお帰り頂けて嬉しいです！」

ましして、今回、竜王剣の件で王太后からフェリス様が一度は謹慎させられたことも知れてはいるのだと思うのだけど、王宮側の事情など、シュヴァリエには全く及ばないようだ。

「初めまして。美しい季節にシュヴァリエに来られて嬉しいです」

「きっと竜王陛下が、レティシア様が一番美しいシュヴァリエと出逢えるように、取り計らってくださったのです」

「……レーヴェにそんな詩心あると想えないが」

「フェリス様ったら」

フェリス様、おうちのなかじゃなくてお外なんだから、竜王陛下もっと敬わないと、と、めっ、と見上げたら、フェリス様が微笑っていた。

やっぱり、魔法仲間の人とは仲良しだから、お外だけど、そういうこと言ってもいいのかしら？

「姫君が幼いとお聞きして、レーヴェ様の悪戯心を案じておりましたが、仲睦まじい御二人の御様子に安堵致しております。……フェリス様、何やら王都で、リリア教徒と捕り物騒ぎをなされたとか？　……何故、我らに一言、御声をかけて頂けなかったのかと？　飛んで参りましたのに」

あ！

レティシアが無理やり偵察連れてってもらって、途中で返品されちゃったやつね！

そうだよね、推しの一大事とあれば、馳せ参じたいですよね、カイさん！（親近感）

「シュヴァリエから人を呼んだりしたら、それ見よ、フェリスが謹慎に不満で、魔導士の一軍を連れてきた、て義母上に怒られちゃうよ」

「とんでもございません、我々はそんな危険な者ではございません。領主を愛するシュヴァリエの善良な領民です」

なんだろう。善良な領民さん、えらく圧があるわ……私が魔法を使う人に慣れてないだけかしら……。

「フェリス様、レティシア様、お帰りなさいませ。フェリス様、よろしければ、少しお話を……」

「レティシア。魔法の家を案内してもらってて？」

「はい、フェリス様」

そうだ。フェリス様が建てたっていう図書の館も行きたい！　後で行けるか、お伺いしよう！

「魔法の家と言うのは魔法の学校のようなものですか？」

ディアナの人は、みんな優しくしてくれるけど、フェリス様が隣にいないとちょっと寂しい。

レティシアは甘えたな悪女になってしまった。

「はい。レティシア様。ディアナで最高峰は王立魔法学院ですが、皆が皆、王都に学びに行ける訳ではない。シュヴァリエにも魔法を学べる学び舎を、とフェリス様が創立して下さって……」

「フェリス様、みんなが本を読めるようにって図書の館も建てられたんですよね」

「はい。フェリス様が五歳のときに」

うきゅー、いまのレティシアと同い年のときに！

「シュヴァリエの農家には字が読めない者も多いことにフェリス様は驚かれて……、それは不便だ。

その者にとって。僕がずっとシュヴァリエの領主とも限らぬし、このさきも悪辣な領主に騙されぬように、字や魔法を学ぶ場所が必要だね、と仰って……」

「シュヴァリエの人はフェリス様が大好きだって、私の世話をしてくれるハンナが言ってました」

「その通りです、姫君。私達は私達のフェリス様が誇らしく、何者にも代えがたい方と思っております。……レティシア姫は、初めての御茶会で、王太后様から我らがフェリス様を庇って下さったとお伺いしております。我がシュヴァリエの薔薇の姫にふさわしい、とてもお若い御身で凛々しい姫です」

うわあああん、どうして、王太后様の御茶会で、王太后様に喧嘩売っちゃったのバレてるの！

そういうことは内緒にしといてぇぇぇぇ。

「はしたなくて、恥ずかしいです。もっと上手に、優しくお話しできるようになりたいです」

「ディアナの王妃も王子妃も、大人しいだけの方ではいささか荷が重いかと……アリシア妃の時代から、ディアナでは芯の強い女性が好まれます」

そーかなー。レティシアのはただの考えなしだった気がするけど……何にせよ、御茶会での大失敗話を好意的に考えてもらえててよかった！

「さあ、姫、ようこそ。こちらがシュヴァリエの魔法の家になります」

「……！　魔法の家というか、立派な学校ですね！」

可愛らしい森の魔女の家的な建物を想像をしていたら、普通に石造りの立派な建築だった。

「はい。最初は本当に小さな家だったのですが、年々、立派になりまして……最近では、シュヴァリエ以外からも学びに来る人が増えました。フェリス様いわく、大きくなり過ぎるとやや不便だぞうですが……」

「フェリス様らしいです」

こんなに立派な学校では、フェリス様の夢の最果ての森の孤独の魔導士とは程遠いわね。

生徒さんがたくさんいそう……。

「カイ先生ー、だれー可愛いー」

「カイ先生、お姫様と来たー」

「カイ先生、フェリス様はー？」

学び舎の薔薇の庭園で、ずいぶん幼い子達が遊んでる。

あらら。

こんなにちっちゃい子達も入れるんだ。

凄い。

「これは幼稚舎の生徒達です。魔力が強すぎたり弱すぎたりすると、早くから入学した方が、本人が生きやすくなるので……。こちらはフェリス様の婚約者のレティシア姫だよ。みんな、シュヴァリエの薔薇の姫に、挨拶は？」

「えぇー薔薇のひめーすごーい！」

「お嫁さん！　フェリス様のお嫁しゃん！」

「可愛い、レティシア姫！」

ぽん！　ぽん！　ぽん！　と薔薇と桜の蕾が降ってきてはじけて咲く。何処かでピアノとヴァイオリンが鳴り始める。綺麗な包み紙に巻かれた何かお菓子のようなものが降ってくる。

「リン、フェイ、ティ。魔力を抑えて。レティシア姫がびっくりしてるよ」

「こんにちは。歓迎ありがとう。初めまして」

うん。花にお菓子に音楽だから、たぶん歓迎！　毛虫とかじゃないし。

これはたぶん、自分で魔力が制御できない小さい子達を預かってるって印象かな……？

「は、初めまして」

「お、怒らないの？　レティシア姫、やさしい、好き」

「ご、ごめんなさい。あのね、わーってなっちゃダメって教えてもらったんだけど……嬉しくなると……」

それこそ五歳にもならないような小さい子達が恐縮している。

嫌な顔されるのを予想している瞳が、何処かの国の呪われた姫に似てる。

「うん。大丈夫。薔薇も桜もお菓子も、音楽も好き。私もね、この前、魔法失敗して、フェリス様に助けてもらったの」

子供達を安心させたくて、レティシアは言った。

「わー。フェリス様優しいもんねー」

「お姫様、いつもフェリス様と一緒なの？　いいね！」

「フェリス様、いつも、必ずできるようになる、僕にもできたから、て言ってくれるもんねー」

うんうん、と三人は頷きあう。

「みんな、フェリス様のこと、好き？」

こんなところにも、レティシアの小さな推し仲間が！

「好き！　大好き！」

「フェリス様、僕達の親代わりなのー」

「いつか、魔力をせいぎょできゆ、みんなに怖がられない人になって、フェリス様の魔法使いになるのが夢なのー」

「すみません。フェリス様は御自身が誰よりも魔法を使えるから、専属魔法使いになるのは無理だよ、と教えてるのですが……」

「カイ先生は夢がない」

「不可能を可能にするのが魔法使いだよね」

「お姫様は花嫁様だから、ずっとフェリス様といられていいなー」

キラキラする瞳で、羨ましがられてしまった。うちの推し、フェリス様、モテモテ！

「だ、大事にするね、みんなのフェリス様」

「わーい。僕達も、薔薇の姫、大事にするー」

「ばらのひめ、とっても可愛いね……」

「御結婚おめでとうー」

ぽぽぽぽん！　と赤、白、ピンク、黄色、紫、色とりどりの薔薇の花がレティシアに降り注いできた。

「あんなちっちゃい子も生徒さんなんですね」

「小さな子から、祖父祖母の世代の方まで。若い時には学校なんていけなかったから、とお年寄りも楽しそうです。……ただ、あの子たちはちょっと魔力が強すぎて、特別かな……」

ちびちゃん達と別れて、レティシアはカイと建物の中へ入る。

「力の制御がまだ大変そうでしたね」

そんなに魔力が溢れてるなんて凄いなー。

フェリス様が魔法でお茶とか淹れて下さるから、レティシアも見慣れて来たけど、サリアではそんなの全然……。

「自分では制御ができない子というのは、親も扱いに困るようで、こちらに預けられます。親のいない子もおりますし……」

「ああ、それで、フェリス様が親代わりって……」

ずいぶん若い親代わりの父！

フェリス様が十二歳とかのときの子になっちゃうわ。

「はい。あの子達もですが、私も十歳のころ、両親を病で失い、空腹のあまりフェリス様の馬車の前に倒れて拾って頂きました。それ以来、フェリス様が親代わりに身元を保証して下さって……」

そんな大変な出会い……。

無事で良かった、カイさんもフェリス様も……。

「カイさん、フェリス様より年上ですよね？」

まあ、うちの旦那様ったら、結婚前から御自分より大きな子供持ち……⁉

「はい。今年、二十三歳になります」

「フェリス様が親代わりなら、私はカイさんのお母様？」

「え。いえ。そんな、レティシア姫、お、畏れ多い……！」

私も、うーん、五歳にして二十三歳の息子が……まあ涼し気なイケメンでよさげな息子だけど、
とふわーんと首を傾げてたら、カイさんが真っ赤になってしまった。何故、真っ赤に？

「わ、私などの、は、母上などと、と、とんでもないことですが、姫の、や、やさしい、お、御心、感激に堪えません……レティシア姫は、我が大恩人フェリス様のお妃となられる御方、この身もこの命も全て捧げて、姫を御守り致します」

まあ。

カイさんをだいぶ狼狽えさせてしまったわ。

そうね。

こんなちっちゃい子にお母さんぶられても、赤面困惑のいたりよね。

「いえ、私など、取るに足りぬ者ですから、守らなくても全然大丈夫です！　共に我らが推しフェリス様をお守りしましょうね！」

「わ、我らが、オシとは？」

「あ、そこは気にしなくて大丈夫です！　私も、カイさんやあの子達の母代わりとして、フェリス様のお役に立てるように、この国のことをたくさん勉強して、立派なディアナの貴婦人をめざしますね！」

カイさん二十三歳なら、好青年だし、もうすぐお嫁さんとか来るかもしれないわ！

結婚式に呼ばれたら、フェリス様、魔法で私を大きくしてほしいわ（気が早い）！

母代わりがちびすぎて恰好つかないわ（かなり、やる気）！

「は、母代わりなどと、もったいない……どうぞ、私のことはカイとお呼びください、レティシア姫」

「……カイ？」

そうね、息子にさん付けじゃ変ね（もっといろいろ問題あるけど）！

カイさんが真っ赤になって照れまくってるし。

「私の母はサリアの王妃で、サリアのすべての子達の母でした。はるか遠く及びませんが、私も、シュヴァリエの方たちや、フェリス様を拠り所となさる方の母となれるよう、早く大きくなりたいです！」

いまはイザベラ叔母様が、サリアのすべての子達の母かと思うとちょっと不安だけど、人の振り見て我が振り直せよね。

うちのフェリス様の片割れとして、何かできるようになりたいなー。

「薔薇の姫、レティシア様。竜王陛下はやはりフェリス様にふさわしい姫を授けて下さいました」

それはどうでしょう？

いまも故郷から災いなす姫とか言われてますし、ちっともふさわしくないんですが、と思いながら、カイが何故かとても感動している様子なので（何故だろう？　ちびだけど、お母さんできて喜んでくれてるのかな？）、レティシアはにこっと微笑んでみた。


「歌声？」

綺麗な旋律だ。

レティシアには馴染のない曲だけれど、レーヴェ様への讃美歌なのかな？

複数の男女の声が和している。

「はい。ちょうど音楽の時間で」

「魔法以外の授業もあるのですね」

魔法学校というと、魔法を集中的に習うのかと思っていた。

「はい。通常の生活を知らずに、魔法は学べませんから。」

日本でなら、中学生か、高校生位かな？　の生徒さんたちが何十人もで合唱している。

いかにも学校てかんじ！

学校らしい雰囲気が、なんだか懐かしいー。

「フェリス様とレティシア様の結婚式の日は、シュヴァリエは全土で御祝いの日になりますから、魔法の家ではこの歌を歌って、御二人に祝福を捧げます。その練習です」

「……私達の結婚式の為に？」

きらきらと旋律が光を纏ってレティシアの小さな身体に纏わりつく。

とこしえに栄えたまえ
美しきディアナよ
我らが神、優しき竜の神の守護のもとに
なんだかこんな荘厳な讃美歌をお聞きすると、いつもフェリス様が困ったお兄ちゃん扱いしてる竜王陛下の偉大さが急にアップ！

「そうですね。当日は御二人は王都のレーヴェ神殿でお忙しいですから、今日、触りだけでも、レティシア姫が耳にしてくださったと知ったら、皆、喜びますよ」

「フェリス様は本当に愛されてらっしゃるんですね」

「フェリス様はああいう御方ですから、最初、派手な事は必要ない、と御遠慮なさってたんですけど、御祝いしたいです、お祭りしたいです、たった一度の大切なフェリス様の結婚式を私達にも祝わせて下さい、と皆に泣きつかれたのです」

「ああ……」

うん。それは凄く想像がつく。

ごはんと一緒で、フェリス様は自分のことは省略しかけそう……。

「幼いレティシア姫が、王宮に疲れたら、きっとシュヴァリエでお守りしよう、私達の薔薇の姫をきっと幸福に育てよう、フェリス様が私達に幸せを運んで下さったように、私達はその姫を幸せにしたい、とシュヴァリエ全土が姫をお待ちしておりました」

「僕は嫌われ者の変人王弟だから、てすぐ謙遜なさるフェリス様を、帰ったら、叱ってさしあげないと。こんなにご領地で愛されてらっしゃるのに……フェリス様の為に私のことまで」

そんなに、シュヴァリエの人々が、レティシアを待っててくれるなんて夢にも思ってなかった。

お可哀想にフェリス様、そんな小さな娘を押し付けられて、て、レティシアを疎んじてもおかしくないのに。

「……それでも、フェリス様は常の方とかけ離れていらっしゃいますから、王家のことだけでなく、誰からも遠いような御心になられるのも致し方ないかと。いままで、私共はフェリス様の御心を知れるのは竜王陛下のみと思っていましたが」

にこっとカイはレティシアを見て笑った。

「フェリス様を叱ってくださるような姫君がいらしてくださったことは、望外の幸運です」

「あああ、す、す、すみません……！」

いつもの調子で、フェリス様に、めっ、てしないと、とつい口に出しちゃった。

し、失敗。

お外だった。

フェリス様と二人の御部屋じゃなかった。

何でもフェリス様が笑って許して下さるから、ってダメダメ。
公私を分けないと。
「とんでもない。私などにお詫びくださいますな。心からよき方がいらして下さったと思っております」
暗闇の道を進むときも、怖れることはない
愛しきディアナの子らよ
己を信じよ
我らが神はあなたとともに、そのけわしき道を歩み、あなたの未来の道をあかるく照らさん
レティシアは生徒達の美しい讃美歌の声の波動に包まれながら、神でなく、己を信じよ、なあたりが竜王陛下らしいと思った。
竜王陛下を讃える美しい生徒達の歌声に包まれながら、想いを巡らす。
フェリス様が領地の方に愛されてるのは、王弟殿下だからじゃないよね。
いまはサリア王であるレティシアの叔父君は、あまり普段の生活が優等生とは言い難く、評判が悪かった。
イザベラ妃が常に不機嫌なのはそのせいだと言われていて、レティシアのお母様も心配してた。
なので、レティシアにとって、一番身近で見て育った王弟殿下とは生まれた立場を恨んで兄を嫌っていたり、何もしなくても食べれるからと仕事を疎かにし、御酒に弱い方のイメージだった。
そんな方だったら嫌だな、叔父様には好かれなかったし、似たタイプの方だったら、ディアナの

王弟殿下もレティシアをきっと愛さない……と暗澹たる思いでいたら。

一番最初に逢った時から、レティシアの心配をしてくれた。

（こんなおじさんと結婚させられて気の毒だが……）

とサリア神殿の大天使みたいな美しい人が言ってる、おじさんて何処が、と思ってたら、大天使どころか、ディアナの民が愛してやまないレーヴェ神に瓜二つだった。

そんな恵まれた容姿なのに、この顔のせいかな、嫌われる性質だから、と引き籠り希望のフェリス様。

（レティシアが僕を嫌ったときに、部屋は遠い方がいいと思って……）

「お義母様のせいで、フェリス様のお部屋遊びに行くの遠いし……」

くまちゃんとバスケット持って、移動大変ー！

でも夜の廊下ちょっと怖いから、夜道にくまちゃんは必須。

「レティシア様？　何か？」

「あ。いえ、何でもありません」

声に出てた。

いけないいけない。

こんなに領地の人々から愛されていても、王宮で逢った騎士の方々から信頼されていても、フェリス様が自分の真価を自覚できないのは、身近なお義母様がフェリス様を疎んじているせいだ。

レティシアも知ってる。もっとも近しい親族からの憎悪はもっとも辛い。

レティシアは叔父一家からだけど、フェリス様は義理とはいえお義母様だから。猶更……。

日本でも異世界でも『お母様』という存在は偉大。

カイさんにお母様代わり！　なんてレティシアが言うのもおこがましいの。お父様も偉大だけど、お母様には誰も勝てないと思うの……。

子供の存在、この世に存在していることそのものを肯定する人というか。自分はここにいていい、とか、自分は他者から愛される存在だ、とか、そういう安心感を、言葉でなく、子供は育ててくれる親から受け取る。

お義母様と微妙な間柄のために、フェリス様の中で何処か不安定になっていってしまったそういう部分を、ちょっとでも、これから家族になるレティシアが埋めていけたらいいな。レティシアのちいさな力でも。

おそれることはない、己を信じよ、と響き渡るレーヴェ様への讃美歌に満たされながら、うん、己を信じていい生き方をしてると思うのフェリス様は、とレティシアは一人で頷いてた。


「フェリス様、お噂通りの可愛らしい方でございますね、レティシア姫は」

「そうだね。レティシアはとても可愛らしくて……」

おもしろい、と言いかけて、フェリスは言葉を留めた。

可愛いはいいが、おもしろいは、立派な貴婦人を目指しているレティシアへの誉め言葉として、不適当だったらいけない。

でも毎日フェリスを笑わせてくれる人なんて、この上もなく稀有な存在なんだが……。

「魔法の家への入学希望者は年々増加するばかりです。とはいえ、勝手ながら、シュヴァリエと近郊の者を優先的に入校させて頂いてます」

「それはもちろんだよ。もともとシュヴァリエの子達の為の魔法の学校なんだから。どこか制度の不足しているディアナの他の地域があるなら、その資料を貰っていって、王宮のほうで僕が稟議にかけよう」

「ディアナもですが、外国からも希望者が増えておりますね」

「……あんな小さかった魔法の家にねぇ」

感慨深い。

最初は、小さな藁ぶき屋根の家で、近所の子供を集めてフェリスが魔法を教えていた。

教えるというか、ただの遊びの延長のようなものだった。

だんだん希望者が増えて、フェリス自身も多忙になってきたので、ちゃんと先生を雇って、学びたい者が魔法を学べる家とした。

そこから十二年で拡大の一途を辿り、今や、王都の王立魔法学院に次ぐ学校と言われるようになってしまった（そんなことは全く目指していないのだが）。

「魔法の家で学ぶ魔法は楽しい、と生徒達が話して伝えたことが、このような大きな輪を広げました。いまや第一期生は教師にもなり、年月の早さを感じまする。幼かったフェリス様も花嫁を迎えられるようになり……」

それこそ初期から手伝ってもらって、いまは魔法の家の校長を任せている老いた魔導士サイオンが、美しい灰色の瞳に涙を迎えている。

何とも結婚というのは、フェリスの周り中の涙腺を刺激するようだ。

「僕の花嫁のレティシア姫は幼いけれどどね」

ついていけないいような速度で周りが進む中、レティシアだけが、ぱたぱたと、ぬいぐるみ片手に彼女の速度で、彼女の時間を歩いている。

ほんの少し舌ったらずな甘い声が、フェリス様、フェリス様、と彼を呼ぶ。

「それもまた定め。悪戯好きな竜王陛下は、フェリス様に新たな試練と喜びをお与えになりました」

オレじゃないぞ、フェリスとレティシアの年齢差の責任は、濡れ衣だ、とレーヴェが肩を竦めそうだ。

「試練とは全く想わないが……」

婚約者との生活とは楽しいのだな、とレティシアに逢ってから想っている。

「今朝がた、マーロウから、連絡を貰いました。もしや、レティシア姫を排除しようと考える者がサリアにいるのやもしれぬ、とマーロウは案じていました。……フェリス様の御邸に無用のことと思いますが、お許し頂けるのなら、魔法の家から、薔薇の姫の警護の者を何名かお送りしようかと」

マーロウとサイオンは古馴染みだ。

古馴染みの狸同士と言ったら怒られるだろうが。

「ありがとう、サイオン老師。……レティシアの傍には私がいるから、問題ないが、どうしてもというなら、邸に何人か来ておいてもらおうか？」

「ありがたき幸せ。現世で指折りの魔導士のフェリス様に敵うべくもありませんが、何かのときにお役に立てますでしょうし、数名向わせますね。若者達の学びにもなるでしょう、フェリス様の巡らす幾重もの結界も」

「そんなたいそうなものではないから。ただ、嬉しいよ、サイオン老師がレティシアの身を案じてくれて」

「シュヴァリエ内において、我らの薔薇の姫を害されることなど、決してあってはならぬことですから。……ただ、レティシア姫の御身体の警護だけでなく、領内への悪質な言葉の棘の侵入も防ぎたいものです」

占い師の嘘ではなく、私が呪われているのは本当のことです、現世でも前世でも……と泣いていた小さなレティシアを想って、フェリスの心は痛む。

不愉快な嘘が、大切なレティシアの心を傷つける。

夜が来て、レティシアが安心して眠った暁には、ちょっと一人で出かけて来なくては、と想っている。

「あー、祝福の歌の練習してる！　私たちのクラスも明日だねー」

「綺麗な歌声ね！　フェリス様の結婚式拝見したいわねー美しいでしょうねー」

きゃっきゃっと少女や少年たちが歩いてくる。

可愛らしい御揃いの制服を着ている。

「でもさあ、うちの姉ちゃんが、王太后宮付きなんだけど、フェリス様の結婚に異議あり、レティシア姫は災いを呼ぶ姫、アドリアナ姫に花嫁交換すべし、とサリアの占い師が占ったたって手紙来たって……」

「クルト、何を不敬なこと、フェリス様の大事な婚約者の姫にいい加減な事いうと罰があたるわよ」

「いやだって、うちの姉ちゃんが……」

「花嫁交換なんてある訳ないでしょ、馬鹿ね、そんなことしたら、竜王陛下の罰が当たるわ。レティシア姫は私達の大切な薔薇のひ……きゃあ！」

見つかってしまった大切な薔薇の姫のレティシアは、この場合、どんな顔をしたらいいんだろう？　と困っていた。

こんなに一生懸命、お歌を練習して頂いてるのに、フェリス様の結婚式を楽しみにして頂いてるのに、花嫁が災いを呼ぶ姫なのがばれてしまった。

申し訳ない。しょんぼりすぎる。

ただでさえ麗しのフェリス様の花嫁がちびっこでしょんぼりなのに。

その上、災いつきなんて……。

「カイ先生……レティシア姫！」

「よ、ようこそ、我らの薔薇の姫」

「あの………」

どうしよう。

姉ちゃんが、と言ってた少年が固まってしまっている。

それはそうだよね、思いがけず、レティシア本人の前で陰口を言ってしまった人に……。

シュヴァリエの人が、大事なフェリス様の結婚に不安を持たないように、ここはレティシアが勇気を出して、それは嘘です、信じないでください、て言うべき？

でも、レティシアの噂を、レティシアが自分で釈明して信じてもらえるものなのかしら？

「クルト、いまの発言は」

「あ、あの」

でもレティシアがちゃんと何か言わないと、もしかして、この人、カイ先生に怒られるのかしら？　そこまで悪気もないだろうし、もとはと言えばうちの叔母様と占い師が……。

「あの、私は決してあやしいものではありません……ディアナにもフェリス様にも災いなどは決して！」

「魔導士という者は、ちまたの流言に惑わされてはいけない。民からも王からも、助言を求められる仕事だから」

「フェリス様……！」

レティシアがあやしい者ではございません！　とアピールしようとしていたら、物凄くいい声が響いて来て、不意にフェリスがそこに現れた。

「フェリス様……！」

わ……！　フェリス様帰って来てくれた……！

どうしようか困ってたから嬉しいけど、でもフェリス様に怒られたら、この少年とってもへこんでしまうのでは……！

やはり、レティシアが自分で何とかできたほうがよかったと……！

「……フェリス様、抱き上げないで下さい！　恥ずかしいから！」

「レティシア、いま不安になってなかった？」

「なってましたけど、お外では、自分の足で立ちたいんです！」

「そうなのかな？　このほうが安心するのでは？」

「フェリス様、私の生徒が申し訳ありません」

「いや。うちの義母上のところの情報管理の緩さだと思うけど。……だが、いま言ったように、魔法使いを志すなら、己の言葉に責任を持たねばならぬよ、クルト。クルト自身の魔力が、レティシアに災厄を感じるというのなら、僕に真実を告げて、僕はレティシアの為に方策を考えねばならぬけど？」

「い、いえ、僕は到底そんな……！」

少年は蒼ざめて震えている。

きっとただお姉さんから聞いて、軽い噂話のつもりだったの。

「でなければ、ただの僕の婚約者のレティシアへの中傷となり、僕はここで決闘を申し込むべきところなのかな？」

「そ、そんな必要はありません！　私の里の者がおかしなことを言いだして、ご迷惑をおかけしてるだけです。大好きなフェリス様に怒られたら、この方はきっと悲しいです。……あの、ごめんなさい、信じてください、わたし、けっして、あやしいものでは……！」

あやしくないことは、どうやって証明したらいいのかしら!?

ここを踏んで光ったら災いつき！　とか証明できるものがあればいいのに、と、フェリス様の腕の中でレティシアはジタバタしてしまう。

「災厄か否かは、魔導士であれば、自分の眼で判断しなければいけないし、それがまだ不可能な見習いの身であっても、我が学び舎の生徒であれば、ちまたの流言に惑わされてはならぬ。……僕の言ってる意味がわかるかい？」

「……魔法の家の子として、とても不見識な失言を恥じます、フェリス様。僕が軽率でした。レティシア姫、お許しください」

「……いえ。わたしが……」

わたしが災いつきとか実家から言われてるのがいけないんです、と言いかけたけど、フェリス様にぎゅっと抱えなおされてしまった。

「アイリーン、うちのレティシアに災いの影は見える？」

「いいえ。フェリス様。レティシア姫に、災いの影は見えません。辺りの闇も祓うほどに、きらきら光り輝いてらして、とても綺麗です。心地いい、ずっと傍にいたくなる優しい光です。サリアの占い師は腕が悪くていらっしゃるか、現在、絶不調でいらっしゃるかですね。どちらにしても、無礼ですね、我らの待ち侘びた薔薇の姫に」

「ありがとう。何人か見るのが得意な子に見てもらおうかな、レティシアは、僕はレティシアに甘いからと僕の言葉を信じないんだよ」

「フェリス様を、し、信じていないわけでは……」

ないけれど、可愛い黒髪の女生徒さんに明るくそう言ってもらえると、何だかほっとする。

だって、フェリス様と精霊さんだけだと身贔屓かと……。

「そもそも本当に災厄の姫なら、魔法の家には連れて来ないよ、ここには見える子が多いんだから」

「あ……」

フェリス様が私を連れ歩いてることそのものが、私に何も悪いことはないって証拠なんだ……。

「クルトの言うように、サリアから妙な怪文が来たのは本当だよ。それに関しては、僕の婚約者、レーヴェの娘、ディアナの王弟妃に、誹謗中傷は許さぬ、と魔法省とレーヴェ神殿からサリアに苦情をいれてる。このことは祭を楽しむシュヴァリエの人々を不安にさせぬように秘密に。皆も、おかしなことがあれば、シュヴァリエの薔薇の姫を守ってもらいたい」

「はい、フェリス様」

「レティシア姫、非礼をお許しください。魔法の家の私達みな……もちろんクルトも、フェリス様の花嫁、レティシア姫を歓迎しています」

ほら、私達と一緒にかっこよくお辞儀しよ！　へこんでる場合じゃないからここで名誉挽回しないと！　と少女たちが参り果てているクルトを促す。

ご、ごめんね、少年。いきなり、ぽてぽて、こんな廊下歩いてて、びっくりさせて。

「はい。私達の結婚式の為のお歌を聞かせてもらってて、魔法の家の綺麗な歌声に、感動してました」

そうなの？　と碧い瞳で尋ねるフェリスに、そうなんです、とっても素敵なお歌だったのです、とレティシアは微笑みで答えた。

「御二人の結婚式当日にこちらで歌う讃美歌です。御二人に耳にして頂けたら、生徒達は喜びます」

カイ先生、お話が変わってほっとしてる。

うん。

フェリス様がね、生徒さん相手だから穏やかに諭してらっしゃるんだけど、やっぱり……あのう……私の為にうちの叔母様とかに怒ってくれてるのかな、王太后宮にいたときみたいに、ちょっと雰囲気が黒いの。

ううう。

私の親族の振る舞いが問題なんだけど、フェリス様が黒くなっちゃ、だめ……。

「レティシア？　レティシアが傷ついたのに、僕を撫でてくれるの？　来るのが遅くなってごめんね。僕が……」

「いいえ、フェリス様。私は傷ついてないです。フェリス様は何処から飛んでらしたのですか？　どうして私が困ってたこと、わかったのですか？　ずっと私のこと覗いてらしたのですか？」

撫で撫で撫で撫で撫で。

あ、髪を撫でてたら、ちょっとましになったかも！

なんかフェリス様の気配がちょっとダークになってたのが。

「いや。ずっとは見てないよ。レティシアがひどく悲しんだりすると、遠くても、気配が伝わってくる。原理は僕にもわからない。少し僕の力を分けたせいじゃないかと思うけど……」

フェリス様にもわからないんだー。

「便利ですね！　ずっとじゃないのもいいです！　フェリス様にずっと覗かれてたら、レティシアは変なことができません」

「レティシアの考える変なことって？」

「えーと？　変ではないけど、くまちゃんとゴロゴロしながら、フェリス様のお話を精霊さんとしたり……」

普段もフェリス様に覗かれて困るほどのことはしてないんだけど、そこはやっぱり貴婦人として少しはプライベートのリラックスタイムも保たなきゃ、よね！

「それはレティシアより精霊さんの監視をしたいかな。僕のいないあいだに、レティシアに変な事教えないように」

「変なお話はしてませんよ。いつもフェリス様可愛いってお話をしてま……あ、いえ、あの」

レティシアがフェリスの腕の中で、果てしなく呑気な話をしていると、ちょっと隣のカイ先生が何故か静かにフリーズしている。

あれ？

私達、何かおかしなこと言ってたかな？

「……こ、こほん、フェリス様、レティシア姫とともに、校内を見学されますか？」

「そうだね。レティシアが言ってた讃美歌の練習でも見に行こうか？　レティシアはどうしたい？」

「私、何処でもいいから、たくさん歩き回りたいのです！」

「何処でもいいから、歩き回りたいの？」

何故？　相変わらずレティシアは不思議だね？　と言いたげに、フェリス様が既にちょっと笑いたそうな気配。

「はい。こちらには、私が災いの姫かどうか見極められる魔力のある方がたくさんいらっしゃると、フェリス様が仰いました。遠目にでも、私をたくさん見て頂いて、もし、レティシアは災いの姫と噂になっても、フェリス様の花嫁、この眼で見たけど、そんなことないよ、大丈夫だよ！　と思って頂きたいのです！」

そんな技はサリアでは使えなかった！

魔法を使える者が数えるほどだったので！

でも何と言っても、ここは魔法のおうち！

黒髪の可愛いお嬢さんにしか見えない生徒さんでさえ、叔母様の占星術師ミゲルを「腕が悪いのでは？」と批評する強者。そんな魔法使いの卵さんたちがたくさんいるところ。

どんなにフェリス様が、レティシアに悪い噂が立たないように頑張って下さったとしても、よい噂よりも悪い噂のほうが、疾風のように広まることはレティシアは身に染みて知ってる。

それならば、魔力の強い人にできるだけたくさん、実際のレティシアを見てもらって、それはないよ、と安心の種にして欲しい。

「ああ、そういうことなんだね。じゃあ、カイ、現在行われている授業に支障のない範囲で、生徒たちを少し集めてもらえる？　略式になるけど、僕の婚約者殿を紹介しよう」

「心得ました。それはもう、みな、喜びますよ」


「フェリス様」

「フェリス様」

「フェリス様、御結婚おめでとうございます！」

これこれ静かに、と嗜める先生の声も何のその、たくさん集められた生徒達のはしゃぐ声がやまない。

何百人といる気がするけど、これホントに手の空いてる生徒さんだけ？

ううう。

たくさんの人に私を見て頂きたい！　とレティシアにもあらぬことを主張したけど、こんなちっちゃいお嫁さんーて笑われちゃうんじゃ……子供のほうが大人より正直だし。

「レティシア、緊張してる？」

ようやく抱っこから降ろしてもらったフェリス様に尋ねられる。

「いえ」

「ホントに？」

「……嘘です、少し、緊張してます」

「うん。そう見えるよ。怖がらないでね。魔法使いは見習いも卒業生も、たいがい変わり者だけど、これからずっとレティシアの強い味方になってくれるよ」

仔猫にするように頰を撫でられた。

魔法使いさんは変わり者さんが多いんだ。

レティシアが唯一知ってる魔法使いさんがフェリス様なので、フェリス様も変わり者といえば変わり者？　なのかも？

「ただいま、魔法の家の子たち。冬以来になるけれど、学びは進んだかい？」

フェリス様は引き籠り希望ではあるけど、大勢の人の前に出ることは慣れてる人なので、凄い人数の熱気に満ちた生徒達に待ち構えられていても、とくに気にした様子はない。

「フェリス様がいらっしゃらないと修行に張りがないですー！」

男の子の声にわっと座が湧く。

「私がいようといまいと、魔導士たるもの、常に高い技術を保たねばならない。学問も修行も外的要因に左右されてはならない」

フェリス様は動じない。

「今日は皆に私の婚約者のレティシア姫を紹介したい。……我らの薔薇の姫となる姫君だ。……レティシア」

う、うう。何故だろう。

災いの姫の件もあるせいか、国王陛下の御前より、生徒さんいっぱいのほうが緊張するかも⁉

いけない、いけない、しゃんとしてないと、またフェリス様に抱っこされちゃう！

地上に足をつけてがんばる！

「本日は、魔法のお勉強に励む、魔法の家の生徒の方々とお逢いできて光栄です。これから私もたくさんディアナのことを学び、フェリス様を愛する皆様とともに、シュヴァリエのお役に立ちたいです」

ああっ。皆様とよきフェリス様推し仲間になりたいですって本音が零れ……しかもちょっとたどたどしくなっちゃった……めそん。

「可愛い！」

「薔薇の姫、可愛い」

「フェリス様、こんなに可愛い方をどうするのですか？」

きゃっきゃっと声があがる。にぎやかだけど、悪いかんじではないみたい……？

「まだどうにも。……私は何かといろんなことを言われやすい変人王弟だし、私のせいで、うちのレティシアも思わぬ悪口を受けるやもしれぬ。どうか、みな、我らの薔薇の姫を守っておくれ」

「そういえば、フェリス様、竜王剣の後継者として王位簒奪疑われたんですよね？　そんなシナリオなら、僕達も魔法の家軍として誘われたいですよね？　フェリス様はちっとも僕達を密談に呼んでくださいませんが」

そう言えば、フェリス様もこないだ王位簒奪の疑い掛けられて、王太后様に謹慎させられたんだった。薔薇祭楽しくて忘れかけてた。

王位簒奪を企む美貌の王弟殿下に、幼い災いの姫かあ。

物騒だなあ、我が家……。

「すまぬが、僕は夜はレティシアとお茶をしなくてはいけないから、アレンと密談はできない」

「ふられた。アレン。フェリス様にふられた」

「そりゃ、ふられるよ。オレもレティシア姫とお菓子食べたいよ」

「何が悲しくてフェリス様が夜までアレンに補講を……」

「まあ、悪い噂は千里を走る。これからも、僕にもレティシアにも皆にも、いろんな噂は立つだろうが、魔法の家で魔導士を志す者には、多くの嘘の中から、誰よりも真実を見極める眼を養い、人を助ける者となって欲しい」

うう、フェリス様、かっこいいっ。

さすが我が推しっ。

にんじん食べられなくて困った顔する人にも、竜王陛下の文句言ってる人にも見えないっ。

「結婚するってどんな感じですか？　フェリス様」

背の高い茶色い髪の少年が尋ねる。

それにしてもフェリス様って、この美貌だし王弟殿下だし、王宮だと話しかけにくそうに見えるのに、こちらの魔法のおうちだと優しい先生？　のような存在なのかしら？

フェリス様自身、まだ全然、現役の生徒さんでいける年齢なのだけども。

「僕達は、まだ逢ってまもないからね。それに御覧のように随分、年齢も違う。さぞやレティシアは怖かったと想うよ。遠い国の変わり者の年上の王弟殿下に嫁がされて」

「い、いえ、そんな」

わーん、怖かったけど、そんなの内緒だもーん！

フェリス様大好きのシュヴァリエの人達にそんなこと言えないーー！

「フェリス様に初めて逢った時、どう思われました、レティシア姫？」

きらきら輝く瞳の少女からレティシアに質問があった。

レティシアはちょっとフェリスを見上げてから、大丈夫かなー？　とドキドキしつつ答える。

「いままで生きてきて、こんな美しい方に初めてお逢いしました、……と思いました」

きゃあ！　とか、おお！　とか、歓声が上がる。

そりゃそーだよね、フェリス様みたいな人、他の国にもきっといないよねぇ、何と言っても神殿の竜王陛下そっくりなんだもん！　って隣の子と囁きかわしたりして、みんな楽しそう！

「私の肖像画が紛失してしまい、レティシアは私がどんな姿か想像もつかなかったらしいよ」

「ええー。それ絶対、高く売られてますよ、フェリス様の肖像画。世の中には悪い奴がいるなあ」

「フェリス様の絵の行方も気になるけど、レティシア姫がお可哀想よ。婚約者の肖像画は大事よ。不安じゃない、遠くまでお嫁に行くのに」

男の子と女の子では意見が違うみたい。

でも、フェリス様をこのまま描いた肖像画が贈られてきても、ディアナの絵師が頑張って盛りまくったのね、こんな綺麗な人が呪われ姫のレティシアの婚約者のはずないし、と思ったかも。

「そう。遠い国から、たった一人でディアナへ来てくれた。レティシアはまだとても幼いから、もう少し大きくなるまでサリアで育つのがよいかとも思ったんだが、サリアでの暮らしを鑑みて、こちらのほうがゆっくり落ち着いて暮らせるかなと……」

私が、叔父上の宮廷であまりいい扱いではなかったことを、フェリス様は知ってるのかな。だから、急いで、サイファを迎えに行ってくれたのかな。だから……。

「フェリス様、婚約者の姫と、早く一緒に暮らしたかったんですね！」

お調子者っぽい男の子が声をあげる。

魔法の学校も、こういうとこ、普通の学校っぽい。

いえ、たぶん、早く私に会いたかったというより、フェリス様が私のサリアでの生活を探ったりなさってたなら、ただ哀れなありさまの私に同情したのではないかと思うの……。

「そうだね。レティシアが来てから、僕も毎日楽しいよ。結婚というものがどういうものか、僕にもレティシアにもまだよくわからないが、結婚相手には、毎日二人でいても楽しく、良き友にもなれる相手を薦めるよ」

毎日二人でいても楽しい（いやそれは毎日笑い転げてらっしゃるから楽しんで頂けてるかと……）。

そして、良き友、の言葉に何だかたくさんの生徒さんの前なのに、にこにこしちゃいそうになった。私とフェリス様が婚約者なのは、他の人の意志もいろいろと働いてるけど。

「良き友」の言葉は、純粋にフェリス様から私に贈られた賛辞の言葉の気がして。

聞いて、サリアのお母様、日本のお母さん、私、フェリス様の良き友なの！　て報告したくなった。

「サリアの占術師が、レティシアに悪いものが見える、と占ったことをレティシアが気にしているから、星見の力の強い子は、レティシアを見てもらえないかな？　僕が、そんなことないよ、それはサリアの占い師の間違いだ、と言っても、フェリス様は私に甘くていらっしゃるので……と信じてくれないんだよ」

フェリスの言葉に、皆が笑う。

「フェリス様を信じていない訳では……」

いけない。

皆の前なのに、フェリス様を見上げて、拗ねそうになってしまった。

まるで、サリアのお父様やお母様が生きてらっしゃったころみたい。うちのレティシアときたらね」てお父様やお母様が言って、みんなが笑うのよ。皆が優しくて、誰もレティシアの陰口を言ったりしないの。遠くなってしまった幸せな時間。

「アラン？」

「何も悪いものは見えません。レティシア姫は、どちらかというと、普通の方より闇が薄すぎるくらいでは？　ああ……。レーヴェ様の優しい祝福を受けてらっしゃいますね。とても……フェリス様と、ディアナとも、相性がいい……」

黒髪に緑色の瞳の十五歳位の少年が、フェリス様の問いに応えて、レティシアを穴が開くほどじっと見つめてから、言葉を授けてくれる。

「レン」

「……うん。キレイ。心地いいあたたかい光。疲れて果てた闇の中で、家に辿り着くときに見つける灯りみたい。……婚約者だから？　フェリス様と気配が混じっている、全然違うのに似てるね、二人、不思議……」

レンと呼ばれた子は、男の子なのかな？　美少女とも美少年ともつかぬ儚い感じの子で、真っ白い髪に、瞳だけが赤い。身体の色素の薄いアルビノ体質のようだ。

「あ。姫様、ごめんなさい。怖い？　初めて僕に逢う人は、僕が怖い人が……」

いけない、怖がらせたかも、とレン少年は気にしている。

「何も怖くないよ。とても綺麗な髪と瞳だね」

力を込めて褒める。ホントに綺麗な子だったし、怖がられることに慣れてるのが、何だか他人と思えなくて。慣れる事と、平気になることは違う。

ホントはずっと嫌だったよ、レティシアも、呪われた姫って言われるのも不気味な姫って言われるのも。推しのフェリス様とディアナに災いをなす姫なんて言われるのも嫌だよ。

「……！　あ、ありがとうございます……。姫様」

「アリス」

「悪いものなんて何も。きれい……！　レティシア姫は、とても綺麗な光に包まれておいでです。生来の光と、フェリス様の優しい光に守られて、本当に綺麗。拝謁できて、眼福です。……その占い師の方は、レティシア姫にお詫びすべきです。見立て違いということはありましょうが、これから結婚の花嫁様に、そんなひどい嘘を……」

茶色い巻き毛の少女がレティシアの為に立腹してくれている。か、可愛い。

「僕も悪いものなど何も見えないという見立てだが、異論のある者はいないかい？　何かレティシアに異変があれば、早急に対処してあげたいから、どうか僕に忖度することなく教えておくれ」

フェリスが公平を期すようにそう言うと、フェリス様にそんたくー！　と生徒達が笑った。

それだけ普段から、そのような悪習は、ここにないのであろう。

人に見えないものが見える人々の不思議な眼にレティシアがどんなふうに写っているのか、レティシアにはわからないが、サリアでずっとずっと「呪われた」「不吉な」「不気味な」「おかしなことばかり」とこそこそと囁かれた言葉が、遠くなっていく。

「綺麗」「祝福されて」「フェリス様の光も帯びて」と美しい言葉に、このシュヴァリエの魔法の家で塗り替えられていくようで、フェリスがそっと隣で支えてくれていなければ、その場で座り込んでわんわん泣き出したいくらい嬉しかった。

泣きたいくらい嬉しい！　と思って初めて、本当は、不気味な呪われた姫扱いがずっと辛かったのだと、遅まきながら自覚した。

安心させるように、そっと右手を繋いでくれているフェリスの手が、小さなレティシアにはこの世で一番優しい手に想えた。

「フェリスさまー」

「ん？　何だい？　リン」

あ！　さっき会ったちっちゃい生徒さんだ。

「そんたく、なーに？」

きらきらと大きな瞳で、リンがフェリスを見上げる。

「ああ、忖度というのはね……そうだね、たとえば、リンがレティシアを見て、何か変なのが見えたとするじゃない？」

「うん」

「でもそう言ったら、フェリス様が喜ばないだろうなー、てこれをみんなに言うのはやめとこうって黙っちゃうこととかな。自分が思ってることと違う、相手が望んでる答を言ってしまうこと」

「ああー。そんたく、ってリンたちが下手なやつー？」

「そうそう。魔法の家の子はわりと下手なやつ」

リンとフェリスの言葉にどっと生徒達が笑う。

「ときどき、先生、きっとこー言って欲しいんだねー、てわかるけど、思ってることと、ちがーこというのは、むずかしいのー」

「そうだね。でも、リンが大人になって宮仕えなどすると、そういう技も必要になるかもしれないね」

「リンは、薔薇の姫の魔法使いになることにしたのー!」

「え?」

薔薇の姫って私ですか? と思わずレティシアはきょときょとしてしまう。

「あれ? リンは僕の魔法使いになるんじゃなかったの?」

「うん。リン、フェリス様の魔法使いになりたかったんだけど、フェリス様、リンいなくて大丈夫って先生に言われるから、フェリス様の可愛いお嫁さんの魔法使いになることにするのー」

「レティシアの魔法使いは僕だけど、じゃあ、リンは僕のライバルに立候補?」

フェリス様が笑ってる、フェリス様、生徒さんの前で、私で爆笑しないで下さいね!

「ええーっ。フェリス様、強敵すぎるー」

ちょっとがっくりするリンちゃんが可愛いなあ。

「……あの。……私の魔法使いに立候補、ありがとう」

今朝、もうフェリス様のところに、ディアナにいられないかもって泣いてたのに。

いま、こんなところで、フェリス様の可愛いお嫁さんお守りするんだーてこんなちっちゃい子に言ってもらってる。何も悪いものなんて見えない、て生徒さんたちにたくさん言ってもらって……。

(呪われたレティシア! あの子といたら、厄災に魅入られるわ! 死の神に見つけられてしまう!)

誰かと近しくなりすぎたら、その人に、何か悪いことが起きるのでは？　その人の命が短くなるのでは？

叔母様に反論した乳母たちが、次の日には王宮を追われたように？　叔父様に、レティシアの待遇の改善を提言してくれたセファイド侯爵が、翌日、心臓発作で亡くなったように？

セファイドの心臓発作が突然の病気だったのか、叔父様達の指図によるものか、レティシアに纏わりつく呪いによるものか、誰にも本当のことはわからなかったけど、それ以来、サリア宮廷の人々は、レティシアと近しくなることを怖れるようになった。当然だ。誰だって、そんな近づくとよくないことの起きそうな姫から遠ざかりたいだろう。

レーヴェ様とフェリス様が守るこのディアナでは、もう、レティシアは、誰からも怯えられて遠ざけられる恐怖に怯えて暮らさなくて、いいんだろうか。

「星見の眼を持つ方たちも……ありがとう、ござ……」

泣いちゃダメ。ちゃんと御礼言わなきゃ。レティシアは悪くないって、呪いの姫じゃないって、たくさん見てもらえて、嬉しいって言いたいのに。御礼を言いたいのに……。

「ああっレティシア姫が泣いちゃった」

「だれ、わるいの？　サリアでレティシア姫、悪く言った奴、燃やす？」

「そうだね。私達の薔薇の姫に、ひどい嘘を……」

「レティシア。ごめんね。泣かせて。……皆、レティシアの為に怒ってくれるのはいいけど、簡単に何でも燃やしてはダメだよ」

まったくですよ、何でも簡単に破壊してはいけません、と言いたげにレイがフェリスの言葉に深く深く頷いている。

「僕の姫への侮辱に対するサリアへの不快は、ディアナ魔法省とレーヴェ神殿が申告してる。それ以外のことは僕がやるから、皆はディアナに慣れないレティシアを大事にしてあげてほしい。そしてこの先も、これに限らず、必ずしも正しく術を使えない魔法使いもいるだろう。そんなとき、皆はその力で、その術の偽りを暴き、人を守る者であって欲しい」

「はい、フェリス様」

「はい、必ず！」

「はい！　あのレティシア姫に、薔薇を……お菓子を……」

泣いてしまった私を慰めようと、生徒さんたちが、魔法で薔薇だしていいかな、お菓子だしていいかな、とフェリス様をおそるおそる窺ってた。

「薔薇の姫、泣かしちゃ。めー！」

「めー！」

さっきのフェイとティが心配して飛びついて来そうになってる。たくさんの心配してくれる生徒さんたちの優しい顔。

ずっと、サリアで、嫌な顔や、困って知らん顔する大人ばかりに囲まれてた。

わざわざ従妹たちに言われなくても、もはやここではやっかい者なのだ、邪魔でしかないのだ、レティシアの存在は、と思って生きてたのに。

同じレティシアなのに、どうしてここでは、こんなに大事にしてくれるんだろう……？

「レティシア。僕がレティシアの泣き顔を見せるのが嫌だから、たくさんの人にレティシアを見てもらう予定はちょっと中断してもいい？」

「……」

泣き顔を隠すように抱きしめてくれたフェリス様の腕の中で、ただ頷いた。

うう。こんど来るときは、フェリス様と笑ってる顔を生徒さんに見てもらいたい。

呪われてないって、悪くないって、お母様、お父様、レティシアは呪われてないって、いっぱいいっぱいいっぱい言ってもらったよ……。

魔法使いになって、守ってあげるんだって言ってもらったよ。

フェリス様が大事にしてくれるおかげで、不気味な呪われた姫から、少しは二人が生きてた頃の『私達の大切な可愛いレティシア』『私達の幸福な娘』に戻れるのかな……？

私、幸せでいてもいいのかな……？


「ふ、え……」

とまらない。

大人にしなきゃ、泣いちゃダメ、みんなによく思われるように笑ってたい。

フェリス様の小さいお妃様は、やっぱりダメだねって言われないように大人にしてたいのに。素敵な（いやちっちゃすぎるけど）婚約者していたいのに〜。

「レティシア、もう、おうちだから、泣くのこらえなくていいから」

「え？　ええ!?　おうち？　何故？」

こみ上げる嗚咽《おえつ》も一瞬とまって、フェリス様の腕の中で、きょときょとしてしまった。

ホントだー。おうちだー。

「フェリス様、今日の、ご予定……」

「僕の本日の予定は、レティシアにシュヴァリエを見せようかな、だけだから。婚約者として、レティシアの泣き顔は他の人には見せたくないしね」

「な、泣いちゃって、ごめ……なさ…」

ううう、とまらない。

いまレティシア至上最高にひどい顔なのでは。

「謝る必要はないよ。……僕以外の星見の言葉も聞けたら、少しは安心した？」

「………。………」

なんて答えたらいいのかわからない。

安心したというか、ただ嬉しかった。

不吉な存在とか、おかしい存在とか、そういう色眼鏡なしで見てもらえること。

逆に『フェリス様の大事な花嫁』『シュヴァリエの薔薇の姫』という壮大な底上げつきだけど。

「生徒とはいえ、あの子たちも眼は確かだけど、レティシアが安心して眠れるように、魔法省からディアナで一番の星見セフォラをここに誘うよ。うちの薔薇祭と薔薇の姫を見においで、って」

「だ、大丈夫です、フェリス様。星見様を呼んで頂かなくても……わたし……もう平気です」

それはもしかして偉い人なのでは……？

「もう平気なのに、レティシアは、泣き出しちゃうの？」

「う……。それは……皆さんとフェリス様の……お気持ちが……うれしくて」

涙腺が馬鹿になってると思う、今朝から。

でも悲しくて泣いてるんじゃないの。

味方してくれる人、ずっといなかったから。

前はいたけど、どんどんレティシアの周りから遠ざけられちゃったから。

いまは一人じゃないんだなあ、フェリス様は、呪いの姫でも呪いの姫じゃなくても、レティシアを見捨てないでくれるんだなあ、と思うと嬉しくて。

「う、嬉しかったのに泣き出してしまいました……皆さんをがっかりさせてしまったのでは……」

「いや。魔法の家の子は、僕が手掛けてる学校のせいか、一癖ある子が多いんだが、……レティシアを見てもらったじゃない？」

「はい」

ぜひ積極的に皆さんに見てもらわなければ！　悪いものは憑いてない姫だと！　とレティシアが希望しましたので。

「レティシアって凄く綺麗だから」

「いえ。そういうフェリス様の私への甘い採点は、無関係な生徒さんには期待できないと……」

「……？　僕のレティシア愛もあるけど、実際に凄く綺麗なんだよ。闇や歪みがなくて、透き通っていてる。綺麗なものばかりで、できてる。だから、霊的な力の強い、よく見える子達ほど、レティシアを好きになると想うよ。普段はね、僕達、遠慮して、そうそう人を覗かないようにしてるけど、今回はレティシアの望みだったから、積極的に覗かせたし。……ちょっともったいなかったな」

フェリスがレティシアを抱き締めて、額を寄せてくる。

「フェリス様。ちかいです!!」

私は泣いてべしょべしょのひどい顔なのに、フェリス様は相変わらずお美しいのー。

いやなのー。

そんなに寄せてこないでー。

「うん。近くに寄せてる。レティシア流に言うと、どうぞ、僕の魔力を食べてください？　と思って」

「い、いえ、わ、わたしにはそういうことできないので!!」

「じゃあ僕が食べさせようかな、少し」

うわーん。

なんだかフェリス様が扱いにくいー！

これは遊ばれてるのか、それともフェリス様流に甘えてるの？

「だ、大丈夫です、フェリス様！　魔力を頂かなくても、レティシアは……」

「だって、以前、レティシアが僕に言ったよ」

「わ、わたし？」

え？　私、そんなこと言った？

「お疲れでしたら、どうぞ御遠慮なく私から魔力をお召し上がり下さい！　って……。もう、僕、どうしようかと……」

めっ！　バレてますよ！　フェリス様、笑いを堪えてるでしょ！

そんなこと言ったかな？　言ったかも。

おすすめの仕方があれだったかしら。

だって、あのときは、フェリス様の元気がないような気がして……。

今こそ、私に分けて貰った魔力をお返しするとき！　て想ったのよね、たしか……。

「人間、要らぬダメージを受けると身も心も消耗する。魔力も奪われる」

「それは、私が……強い子じゃないから。実家のことで、御迷惑を……」

くすん。

私だって、漫画で読んだみたいな、異世界転生して聖女の魔力とか欲しかったよ。

世界を救うほどでなくていいから、少なくとも、ごく身近な人を護れるくらいの力を……。

「僕など、レティシアより大きいし、邪神の化身とまで言われるほどの魔力の持ち主だが、毎回、我が義母上から打撃を受けてるよ」

「私のフェリス様は邪神の化身じゃありません！　誰ですか、その無礼者は！」

聞き捨てならない！

フェリス様は邪神の化身じゃないし、竜王陛下は邪神じゃないわよ！

そんな綺麗な邪神いるわけないでしょ！

「……ほら、そんなふうに」

「……？」

フェリス様の膝の上に乗せられる。

近すぎる！　と想うんだけど、ちょっとたくさんの人のとこにいて、気を張ってたから、たぶんくっついて魔力を移して下さろうとしてるフェリス様に癒される。

「レティシアは僕の為には怒る。自分の為には怒らないのに」

「フェリス様は、レティシアの推しですから。私は自分が不吉な姫とか災いなす姫と言われると、確かに私は家に幸運を運べてはいない、と思いますが、フェリス様が邪神の化身でないことも、竜王陛下が邪神でないことも、太陽と月が空にひとつずつなくらい、間違いようのない事実です」

叔父や叔母や占い師が悪いとかひどいとか、そんなことよりも。

誰かの悪意に、心の奥底で、どうしても勝てない。

レティシアが、自分の中で、自分のせいだ、自分が呪われてるのでは？　と思ってしまうから。

「レティシアは幸運を運んでくれたよ、僕のところに」

「フェリス様……」

「この世で、僕に、もっと我儘になれ、僕の心は僕のものだ、なんていう人は、レティシアとレーヴェくらいだ」

「りゅうおうへいか……？」

おもわず、ぜんぶ、ひらがなになってしまった。

フェリス様の声が、ひどく優しい声だったたから。

「そうです。私のフェリス様は、もっと我儘に、御自分を大切になさるべきです」

「……じゃあ、僕のことはレティシアが怒ってくれるから、レティシアのことは僕が怒ろう。レティシアは何も、心配しなくていい」

「……？　私の為に、フェリス様は怒っちゃダメです。なんかフェリス様が黒くなっちゃうから」

「僕が黒くなっちゃうの？」

「くすぐったいです、フェリス様」

私の髪に顔を埋めて、フェリス様が笑う。

うん。

なんかね、フェリス様が、黒い気配になっちゃうの。

それはよくないと思うの。

「僕が黒くなっちゃったら、レティシアは僕を嫌う？」

なんて綺麗な碧い瞳だろう、と想う。

なんと言っても、フェリス様の膝の上に乗せられてるので、すごくすごくフェリス様が近い。

どんなことも隠せないくらいに近い。

「嫌いにならないです。ただ、心配になります」

遠くなるの。

フェリス様の心が傷んで、黒い感じになっていくと、隣にいるのに、フェリス様が遠くなる気がするの。

身体はここにいらっしやるのに、何処か遠くへ行ってしまわれるような……。

「何処にも行っちゃ、ダメですっ……て」

「何処にも？」

「遠くにいかないで……。ここに、いて……って」

ぎゅっとレティシアはフェリスの袖を握る。

みんな、おいていくの。

みんな、レティシアをおいていくの。

昨日まで笑って隣にいたのに、嘘みたいにいなくなってしまうの……。

「何処にも行かないよ。僕はレティシアより長く生きるって約束したろう？　だから……」

最初に、十二歳も年上のフェリス様に滅茶苦茶をお願いしたのに、レティシアの望みは叶えると言ってくださった。優しいうちの王子様。

王子というと、身近にいたのが、従兄のアレクだったので、随分な違いである。

アレクはいつも自分の望みが叶わないと苛々していた。

フェリス様は、レティシアに限らず、自分じゃない人の望みばかり叶えようとしている気が……。

「レティシアも、僕をおいて何処にも行かないで」

「何処にも、行きたくないです……ここに……フェリス様のそばにいたいです……」

フェリス様はレティシアの推しで。

この世界で、たった一人の友達なの。

前世の雪も友達そんなに多くなかったけど、今世のレティシアは幼くして呪われた王女になってしまって、友達いなさ加減がさらにひどく……。

そんな残念なレティシアの言葉を、フェリス様はたった一人、大笑いしながら、真面目に聞いてくれる人なの。

フェリス様は、気味が悪いとか、頭がおかしいとか、子供のくせに、とか言わないの。

(レティシアはどう思う？　レティシアはどうしたい？)

てレティシアの気持ちを聞いてくれるの。

そんな人、サリアに帰されたら、もういない。

何でもレティシアのお望みどおりだよ、と笑う父様も、レティシアは私より賢いわ、と喜んで下さる母様も、天に行ってしまわれた。

フェリス様の花嫁にはアドリアナがなるから、と、レティシアがよその国の誰かにまた嫁がされたりしても、その新しい婚約者殿は決してレティシアの話に大笑いしたり、真面目にとりあってくれたりしないと想う……。

「うん。僕はレティシアの魔法使いで騎士だから、ね。僕に命じて？　レティシアの不安要素を取り除いて、と」

「……？　フェリス様に命じるなんて……。サリアの叔母様が、ディアナの魔法省とレーヴェ神殿の言葉を受け入れてくださるといいのですが……」

「そうだね。明日にはきっと、占い師の占いはひどい間違いだった、花嫁交換の話は取り下げを、との書状が来るよ。何の心配もいらない」

何の迷いもなく断言するフェリス様に、ほんの少し不思議さを感じたけど、髪を撫でてくれるフェリス様の指が心地よくて、レティシアはそうだったらいいのにな、と想った。

大丈夫。

もし、叔母様がレーヴェ神殿とディアナ魔法省の言葉に従わなくても、諦めない。

負けない。

大事な推しのフェリス様を、あんまり優しくないアドリアナになんて任せられないもん……！

「僕の花嫁はレティシア以外考えられないし、オレの娘、オレの娘うるさいレーヴェも絶対にレティシアじゃなきゃ納得しないよ」

「竜王陛下？」

ときどき不思議なんだけど、フェリス様はまるで竜王陛下がそこにいるみたいに話すの。

うるさいお兄ちゃんとかお父さんとかで、すぐ隣の部屋にでもいるみたいに。

「……図書室で」

「うん？」

「竜王陛下の絵が、私に、オレの娘って言ってくれたような気がして……凄く嬉しかったです」

竜王陛下、大好きだ……。

街中にディアナの人が、竜王陛下を飾る気持ちが、いまとってもよくわかる。

負けない、気持ちになる。

（オレの娘だろ、レティシア？　何処にも行くなよ。うちの拗らせ子孫のフェリスと話があう嫁なんて、そうそう来る訳ないからな）

フェリス様にくすぐられてる耳に、竜王陛下の声が木霊する気がする。

「うちの先祖は悪戯好きで、よく、あちこちにいて」

不本意ながら、ここはレーヴェの力も借りるか、とフェリスが言いたげだ。

「気になる子に話しかけてるんだよ。それを聞き取れる人はそんなにいないけど。……レティシアは潜在魔力がとても高いから、レーヴェの声を聞きとれる。それこそ星の定めたディアナの花嫁だと想うよ」

「え？　……いえ。あれは、きっと私の幻想というか……幻聴というか」

幻想でも幻聴でも、とってもとっても嬉しかったけど。

竜王陛下の娘で、フェリス様の祝福された花嫁。

そんな幸せが、呪われた姫のおまえに来るわけない。

そう言われたら、そうね、これは夢で、レティシアはサリアの部屋で一人で眠ってるんだわ。

目覚めるのが辛いくらい、とてもとてもいい竜の国の夢だったわ、と想うわ。

「じゃあ、その幻聴は、これからもときどき聞こえるかも。今頃、オレの娘を勝手に取り替えんじゃねぇ、そもそも花嫁は交換するもんじゃねぇ、て怒ってるよ」

「……竜王陛下が？　私の為に？」

「うん。僕もレーヴェも、一度自分の花嫁、自分の娘と定めた子を奪われることを受け入れられない。サリアの叔母上はきっとそれを理解するよ。……可哀想な生贄の姫レティシア、僕はレティシアをサリアに返さない」

「……？　可哀想じゃないです。サリアに返されるほうが可哀想です。私、ここで、フェリス様と毎日笑って暮らしたいです」

毎日くだらないこと言って、フェリス様と笑って暮らしたい。

フェリス様のお食事を管理したい。

ディアナのことをもっと知りたい。

竜王陛下に護られて、安心して暮らしたい。

もう、毎日、叔父や叔母や従妹の機嫌を窺う生活はいや。

自分の為に、仕える誰かがひどいめにあうのではないか、もしや殺されるのでは、と心配する生活はいや。

何をしても、おかしな姫だ、災いを呼ぶ姫だ、と言われる生活はいや。

レティシアは、フェリス様に甘やかされて、精霊さんのいう、贅沢で我儘な悪女になったの。

もうサリアに戻って、不幸な暮らしはいや！

「うん。ここで、僕達は二人で、毎日一緒に笑って暮らそう？」

レティシアのおでこにキスをして、フェリス様がそう言ってくれた。

ディアナの竜の花嫁

「雨が……！」

「雷がやまない……！」

「どうなってるんだ、春のサリアにこんなひどい嵐なんて、見たことも聞いたこともないぞ……！」

叩きつけるように降るひどい雨が、サリアの王都を覆っている。

「……罰があたったんだよ、王妃様が花嫁を取り替えようなんて言い出すから」

サリアの石畳に、サイファとレティシアとフェリスの絵姿が落ちている。

フェリスを見上げて、花のように笑うレティシアが雨に濡れて、破れていく。

「そうだよ。ディアナは竜の王国。守り神のレーヴェ様は水を司る竜だ。レーヴェ様はきっと、レティシア姫をお気に召してるんだよ。交換なんて言われてご立腹なんだ」

（まあオレもご立腹だけど、ここに豪雨降らしてるのは、オレじゃなくて、フェリスだけどな。イザベラがレティシアを泣かすから、うちの子孫が荒れてて、怖いわ……）

レーヴェはサリアの民の声を聴きながら、天候の荒れ狂うサリアの王都を歩いていた。

雨はレーヴェを濡らすことはない。濡らしたところで、慕わしい水たちだ。

雷鳴が轟き、悲鳴のように風が鳴いている。

大地が遠くからの怒りの波動に怯えている。

「ほんとに嫌な人だ、王妃様は。あんな小さいレティシア姫を無理やり嫁に出しといて、ちょっとフェリス殿下がしゃれた御方だと知ると、こんどは取り替えようだなんて」

「そりゃあ、フェリス殿下や、ディアナの水神様じゃなくても、誰だって怒るよなー」

はあ、と男たちは、ひどい雨で足止めされたの酒場で溜息をつく。

サリア王妃イザベラが、フェリスの花嫁をレティシアからアドリアナに交換したがっている、という話は、侍女たちの口から王宮出入りの商人に、そしてあっというまに街に広まった。

サリアの民が、レティシアの相手がよき王子であった幸福を喜んだのも束の間、小さな姫には一難去ってまた一難だ。

「レティシア姫は小さいのに利発だから、フェリス殿下のお気に召したんだろ？　アドリアナ様とっかえたって、フェリス殿下は気にいらないんじゃないか？」

「アドリアナ様はあんまり勉強も好きじゃないんだろ？　意地も悪いって、うちの隣の子が王宮の出入りの仕事してるけど言ってるぞ」

「そりゃあさあ、あんまり賢すぎて、ちょっと子供じゃないみたいだ、て怖がられたレティシア姫と比べられたらなあ……」

まあ、アドリアナ王女のことはともかく、今夜の酒場のみんなは気炎があがらない。

せっかくレティシア姫がディアナで幸せになってよかったと祝杯をあげたのに、なんでそれにケチつけるんだ、可哀想だろう、王妃様、そりゃ天気も荒れまくるってもんだ、とどんよりだ。

「そういうレティシア姫の変わったところが、竜の国の末裔のフェリス様の気に入ったんだろうになあ。はあ。なんにもわかっちゃいねえよ、王妃様は」

たった一人で嫁に行かされたレティシア姫様に、幸せでいてほしい。

（私の結婚が、サリアの役に立ちますように）

そう言っていたあの小さな姫を、花冠で飾って、幸せにしてあげたい……。

嵐に揺れる王都で、王妃様、眼が覚めたら後悔して気を変えてくれ、良心に目覚めてくれ、と皆で祈るくらいしかできないけれど……。


なんて綺麗な王子様だろう。こんな綺麗な人、見たことない。

サリアの王女アドリアナは、入手したフェリスの美しい絵姿を見つめて、溜息をついていた。

レティシアとサイファとフェリスが仲睦まじげに笑っている、街の号外と、イザベラが慌てて取り寄せさせたフェリスの肖像画。

『フローレンス大陸で最も美しい王弟殿下』と謡われるディアナの二の君の肖像画には、びっくりするような高値がつくのだと、先日、友人の令嬢に教えられた。

「レティシアのこんな顔見たことないわ」

不満げに、アドリアナは、フェリスを見上げて花のように微笑むレティシアを睨んだ。

なんて幸せそうなんだろう。

ほんのこないだまで蒼ざめた幽霊みたいだったのに、レティシア。

レティシアは先王だった伯父夫婦のもとに遅く生まれた王女だ。

レティシアが生まれた瞬間に、周囲の態度が変化した。

それまでは、アーサー王夫妻に子がなかったため、もしやサリア王家を継ぐかもしれぬ王家のただ二人の子供として、アドリアナとアレクは大変に厚遇されていた。

レティシアは知らずに、アドリアナからいろんなものを、赤子の手でもぎとっていった。

何よりも、母の様子がおかしくなった。

レティシアより美しく、レティシアより賢く。母がどうしてそんなにレティシアを気にするのかわからないが、アドリアナは琥珀の瞳の従妹の姫にはもううんざりだった。

「ホントに変人王弟の妃になる気なの、姉さん？」

「私がフェリス殿下の花嫁になれば、レティシアは戻るわよ。アレク嬉しいんじゃない？」

「なんで僕が……！」

アドリアナはアレクを皮肉った。

ぜったいに認めないだろうが、弟はレティシアが好きなのだ。

レティシアには、毛虫のように嫌われてるくせに。

「私、フェリス様の花嫁になれるなら、何をしてもいい」

「姉さんだって馬鹿にしてたじゃないか、フェリス殿下のこと」

「それは知らなかったからよ。フェリス殿下のこと」

いま、フェリス王弟殿下の領地シュヴァリエでは薔薇祭の頃だそうだ。

シュヴァリエの花嫁は薔薇の姫といわれると……。

「そう言えば、母様、大丈夫かしら」

「なんで母様の宮ばかり、薔薇が枯れるんだろう？　侍女達はレティシアの呪いだとか、竜神レーヴェの呪いだとか、馬鹿馬鹿しいことを言うし……」

「竜神レーヴェの呪い？」

「レーヴェ神がレティシアを気に入ってるから、姉さんじゃ承諾しないんだってさ」

「……うるさいわよ、アレク！　竜神様はレティシアを気に入ったりしないわ！」

アドリアナは癇癪を起して、弟を叱りつけた。

（ところがオレはレティシアを気に入ってるんだよな。なかなかこの大陸にはおらん、オレを推し友とやら扱いする娘は。まして、そんなに恋焦がれてもらっても、奨めないけどなあ、フェリス。レティシアを気に入ってるから可愛がってるだけで、普段はべつに女子的におもしろい男でもなし……）

レーヴェがサリア王宮を見下ろしていたら、雷鳴が轟き、空の割れるような音にアドリアナとアレクが悲鳴をあげた。


サリア神殿は、サリア王都の中心の位置にある。

ディアナのように、国中の何処にでもサリア神の絵姿があふれてはいないが、サリアの女神は敬《けい》虔《けん》にサリアの人々から愛されていた。

白いフードを被った僧侶の装いの青年が、サリアの聖堂に居る。

人の姿で実体化しても、ディアナ以外の国では、わりと気楽に顔を隠すこともなく歩いてるレーヴェだが、いまここサリアでは、フェリスとレティシアの絵姿だらけで、流石にフードを被ってみた。

（オレがフェリスと間違われると顔隠してるんだから、顔に似合わず引っ込み思案のうちのフェリスもレティシアのおかげで有名になったもんだ）

それに、フェリスの力が増してる。

もともと魔力の高い少年だったのだが、此度の婚約で守る者（レティシア）を手に入れて、フェリスが自分で自分にかけていたいくつもの力の封印が解けていくようだ。

何とも不思議な女の子だなあ、とレーヴェはレティシアのことを想う。

レティシアはレーヴェが竜王陛下本人だとは夢にも思わず、竜王陛下はフェリス様と似てて素敵です、などとフェリス様のことを惚気てくれる。

なんなんだ、オシトモって。

ディアナの人間にはまず『竜王陛下』ありきのフェリスなのだが、レティシアの世界の中心はフェリスなので、フェリスに似てるレーヴェなのだ。それが可愛らしくて愛しくて仕方ない。

(このオレ様を天から脇役にする、末恐ろしい大物だからな、レティシアは)

あんなに真っすぐフェリスを見る娘が来るとはなあ。

まったく、望外の幸運だ。

レティシアは、異界からこちらへ渡って来た魂で、この世界の法則から少しずれている。

サリアで、レティシアが両親亡きあと迫害された原因は王位継承権が主原因だが、『レティシアは自分たちと何かが違う』と感じ取って、警戒心の強かった者達ももとからいたはずだ。それが悪い方に流れた形だ。

だが、この世の法則にうまく収まりきれてない気持ちは、フェリスの中にも子供の頃からずっとあったはずだ。だから、フェリスとレティシアが惹かれ合うのは当然とも言える。

(精霊さん、フェリス様はね、優しくて綺麗で賢くて、みんなに頼られて愛されてるのに、何だか寂しそうな瞳をしてるの……どうしてなのかなあ?)

柔らかい、あどけない、少女の声がレーヴェに尋ねる。

(いまはもう寂しくないだろ？　レティシアも来てくれたし)

(そうかなー。それはちょっとまだまだだと思うけど、少しはね、そうだったらいいな。私、フェリス様が寂しい顔をしなくなるくらい、推して推して推しまくるからね！　応援してね、精霊さん！）

フェリスの家のベッドの上で、優しい精霊さんのレーヴェに訴えながら、くまのぬいぐるみを抱きかかえたレティシアは、何というか無敵の可愛らしさである。

そりゃあ氷の王子のフェリスも降参するだろうとも。


「なあ、あの娘はオレにくれたんだろう、サリア？」

誰もいない聖堂で、美貌の青年は、サリアの女神の石像を見上げ、不遜な言葉を投げた。

「あなたにではありません。サリアの娘レティシアは、フェリスの花嫁です」

呆れたような声がかえる。

「レティシアがサリアの娘なら、フェリスはレーヴェの息子。オレの可愛い息子の嫁は、オレの可愛い娘だ」

そのような謎の論理を、他国に顕現してまで、偉そうに披露しないで下さい！　とフェリスが眉を寄せそうだ。

「いつの時代にお逢いしても、貴方は自由でいらっしゃいますね、レーヴェ」

溜息一つ。

サリアの女神は、淡い銀色の髪を靡《なび》かせて、若く美しい姿でレーヴェの前に降り立った。

「誉め言葉と承る。オレの息子の可愛い花嫁を交換しろなどと、サリアは随分とおかしな女を王妃に据えてるんだな？」

「レーヴェ。私は貴方と違い、人の子の王室には介入いたしておりません」

サリア神は困惑気味にレーヴェを見返した。

「じゃあ、レティシアをサリアに戻したいというのは、サリアの意志ではないんだな。そこを確認しておきたかったんだ」

「ディアナの竜が気に入った娘を奪い返せるとも思っておりません。私は異界から預かったレティシアを不幸にしてしまいました。あの子は異界でも傷ついていたのに、さらに傷つけてしまった」

レティシアは、両親を失って、サリアの名を呼ばなくなった。

神を恨む気配はないが、神に何か期待するのをやめたのだと思う。

（サリアの女神様、父様と母様を連れていかないで……！　私が何か悪いことをしたなら、罰なら、私に……！）

レティシアの嘆きを覚えている。

辛い思いをさせてしまった。

「地にある竜があの子を幸せにしてくれるなら、私は嬉しい。フェリスがあの子を愛するのなら、サリアの娘レティシアは誰よりも悲しみから遠くあれるだろうと……。ですが、レーヴェ」

「ん？」

「どうしてフェリスは、ディアナの王ではないのですか？」

「それこそ、隠居して久しいオレの介入することではないわな」

訝しむサリアに、レーヴェは肩を竦めた。

「ディアナでは、レーヴェの竜王剣がマリウスをディアナの王として選んでないと騒ぎがあったと聞き及びますが……？」

「あれはガレリアの嫌がらせだよ」

たとえば、誰かがついた嘘の上に嘘を重ねる。

それを重ねていけば、いつかその嘘は真実になるのか？

マリウスは竜気を帯びてはいないが、堅実なディアナの王として、責務を果たしてきている。

だがマリウスは、竜王剣の噂騒ぎで、母マグダレーナの犯した罪に気づいてしまった。

竜王剣の嘘を胸に抱えたまま、嘘の上手くないマリウスが玉座に座し続けるのは、どんな心地なのであろう……？

「ガレリアの？　リリアはまだレーヴェに執着してるのですか？」

レティシアの話に心を痛めている様子だったサリア神は、おや、と細い眉を動かした。

「誤解を招く言い方はやめてくれ。あれは俗世の坊さんたちの悪だくみだ。リリアは関与してない」

「誤解も何も。ずっと昔から皆が知ってることではありませんか。堅物のリリアはレーヴェに御執心。けれど、氷のようなレーヴェはちっともリリアに関心がない」

「オレをフェリス扱いするな」

「御自身への執着に疎いというところは、よく似てらっしゃるのでは？　此度の花嫁交換の話も、フェリスがイザベラを魅了したからでしょう？」

「うちの坊やはレティシアの馬を迎えに行っただけだぞ」

「あの子はあなたによく似ておいでですから、よく教えてさしあげたほうがよろしいかと。その気もないのに誰かの心を奪ってはいけないと」

「そりゃ難しいわな。そもそも、うちのフェリスは自分は愛されない体質だと思ってるんだ」

「どんな怖ろしい呪いをかけたら、レーヴェ似の王子がそんなことに？」

レーヴェに揶揄《からか》われてるのかと、サリア神はうろん気な顔をしている。

「まあ、いろいろあってな。いまレティシアがフェリスの呪いを解いてくれようとしてるところだから、勝手に交換されちゃ困る。もうレティシアはうちの娘だから、返さんぞ」

「レーヴェのもの扱いは大変不本意ですが、レティシアに関しては、フェリスのところにいるほうがずっと幸せそうですから……。レティシアは星を動かしますから、サリアがレティシアを失ったのは、サリアにとっては不幸ですが、それは人の子たちが決めたことです」

「レティシアのこと気に入ってたんだな？」

レーヴェが不思議がる。

レーヴェと違って、サリアはそんなに人の子に思い入れする神ではない。

「レティシアはいつも私に感謝の祈りを捧げてくれていました。異世界に来て、優しい父様と母様といられて嬉しいです、神様のおかげです、と。その幸せは五年も続かなかった。……流行り病などで死にそうもないフェリスがレティシアの婿になったのは、喜ばしい事です」

「レティシアの婿の条件は何より丈夫なこと、か」

「あの子がもう別離に泣かなくてすむように、です。レーヴェがアリシアに選ばれたのも、誰にも殺されぬような強い男だったからでしょう?」

「なるほど。我が一族は、いまも昔も、丈夫さで愛しい姫の心を掴んでるんだな」

レーヴェは声を立てて笑った。

(ごはんはちゃんと食べなきゃダメです!)

とフェリスを叱るレティシアの声を思い出して、切ないような愛しいような心地になりながら。

金色のドラゴン

めそめそ泣いてばかりじゃダメだー!

フェリスに寝かしつけてもらった優しい夢の中で、レティシアは一人、決意を新たにしていた。

起きたら、レティシアも叔母様に手紙を……、ううん、フェリス様にお願いして、サイファを迎えに行ったみたいに、転移の魔法でサリアに連れて行ってもらう?

そして、ちゃんと言うの。

私、アドリアナとは交替されませんって。

私もフェリス様もアドリアナも、交換可能な品物じゃありませんって。

レティシアは、フェリス様といたい。

(強欲なレティシア！　子供の癖に、何故、レティシアは何もかもを欲しがるの！)

てまた言われちゃうかもだけど……。

強欲でもいいもん。

負けないもん。

サリアにいた頃から苦手な叔母様の占い師より、大好きなフェリス様の言葉を信じるんだもん。

(僕のレティシアは呪われたりしてない。三流の占い師の言葉は何も気にしなくていい)

この世界に生まれてから二番目のお願い。

父様と母様を連れていかないで、て一番目のお願いは叶わなかった。

フェリス様といたい。

この二番目のお願いは、フェリス様の為にも引かない。

だって、アドリアナ、凄く意地悪なんだもん。

レティシアはフェリス様の婚約者として、大切な大切な友として、推しのフェリス様をお任せするなら、ちゃんとしたフェリス様の運命の御相手にお任せしたい。

うちの叔母鬼推しの意地悪アドリアナとか、ダメ、絶対。

一番最初に逢った時に、僕が必ずあなたを守るから、と言って下さったフェリス様。

レティシアもそのとき決めた。

こんな子供の花嫁を押し付けられたのに、嫌な顔一つしないで優しくしてくださる、お人好しのこの王子様をきっとお守りするって。

強欲で呪われたレティシアが、必ずフェリス様をお守りする！

父様と母様が旅立たれてから、なんだか禍々しいうちの親族を、フェリス様に関わらせない！

（だってフェリス様、お義母様だけでも大変だし）


「……泣いてるの？」

「ドラゴン……！」

金色の子供のドラゴン！

前にお背中に乗せてもらって、お城に連れて帰ってもらった。

「どうして、泣いてるの？　誰かに苛められた？」

「あのね、レティシアが呪われてるから、フェリス様やディアナに災いなすよ、て言われて……」

「呪われてないよ、レティシア」

即答！

「ほんとう？　フェリス様もそう言ったけど、大丈夫かな？　私ね、頑張って、呪われてないって、ディアナにいたいって、サリアの叔母様に言おうと思って……」

「うん。そうだね。そんな嘘で泣かなくていい」

フェリス様みたいなこと言うドラゴン。

「きゃ」

「あげる。花冠。こんどあったら、あげようと思ってた」

「綺麗！　ありがとう」

頭に、花で編んだ冠を乗せてもらう。ドラゴンどうやって花冠作ったのかな。

ドラゴンのおてて、可愛いけど、この手で作るの大変そうだけど……。

「レティシア、花冠、似合う。可愛い」

「嬉しい」

「帰っちゃダメだよ。ここにいてね」

「うん。ここにいたいの。フェリス様のそばに……ディアナに……竜の国にいたいの……」

ううっ、てやっぱり泣けてきてしまった。

だめだめ泣き虫。

へこんでないで、がんばらなきゃ！

「泣かなくていい。レティシアは、何処にも、帰らなくていいから」

「……がんばる！　戦うから、ドラゴンさんも応援してね！」

「うん。応援する。……気晴らしに、空、飛んだげるよ、おいで」

「わ……！」

ちっちゃいドラゴンに促されて、お背中に乗せてもらった。

金色のドラゴンの背中に乗せて貰って、あっというまに地上から遠のいて、高く高く舞い上がって、空を飛んでたら、またちょっとへこんでいたレティシアの気持ちは強くなった。

サリアの占い師

「……呪われたんだわ」

稲光をみあげながら、サリア王宮で、女官が呟いた。

「馬鹿ね、罰当たりなこと言ってたら、イザベラ様にぶたれるわよ」

嗜める年嵩の女官も、少々疲れている。

王妃宮の庭の薔薇だけが一瞬で枯れた理由を誰も説明できない。

「だって、レーヴェ神がレティシア姫を気に入ってるから、花嫁交換に怒ってるんだてみんな言ってるわ。レーヴェ神じゃなくても、せっかく幸せなレティシア様をまたここに呼び戻そうとするから、天上のアーサー王やソフィア王妃が怒ってもおかしくないわ」

「やめなさい、そんなこと……」

女官達は食い扶持がかかっているので、イザベラ王妃の望みに仕方なく従うが、べつに全員、王妃が正しいと思ってやっている訳ではない。

「私もともと嫌だったのよ。小さい子に意地悪するなんて。レティシア姫、何も悪いことしてなか

ったのに。その上、あんな幼い子を一人で嫁がせて、あげくフェリス様が聞いてた噂よりずっとよさげだから、花嫁交換なんて、王妃様どうかしてるんだわ。みんな知ってるじゃない。あのイザベラ様のお気に入りの占い師、イザベラ様が黒と言ったら白も黒って言う、ただの嘘吐きよ。あんな腰抜けに、聖なる星見の御力なんてある訳ないわ」

「それは、まあねぇ……」

「ディアナは竜と魔法の王国なんでしょう？　御自身の魔法でサリアにいらしたフェリス殿下に、レティシア姫が呪われてるなんて嘘ついたって、バレるに決まってるわ」

「そうよねぇ……サリアの王宮ではそれで通っても……」

遅いわ。今更だわ。フェリスもう怒ってるわよ。レティシアを取り上げようなんてするから。命知らずよねぇ、フェリス、レーヴェ様より優しくないのに、と、王妃宮以外では今を盛りと咲き誇る薔薇の精霊たちが笑っている。

「落ちたわ、雷！」

「ねぇ、それこそ、あれ、占い師のミゲルのいるあたりじゃない？」

暗い空が割れる音がする。雨と風の音がやまない。しかも何故かサリア王宮ばかりに雨風がひどい。竜神レーヴェの怒りと言われれば、確かに誰もが信じるような凄まじい嵐だ。

物凄い濡れ衣だ、と呑気にお散歩中のレーヴェは笑うしかない。

雷は、ミゲルの使っている占いの水盤を直撃した。

「……ひ、ぃ……！」

雷に弾かれたミゲルは床に倒れた。

ついに罰があたったのだ。

イザベラ様の望む占いをし続けた罰が。

罪もないレティシア姫に呪いの汚名を着せた罰が。

サリアの女神は、真実を汚すミゲルに怒っておられるのだ。

いや、サリアの女神ではなく、皆のいうように、レティシア姫を気に入られたレーヴェ神がお怒りなのか……？

「おまえが」

灯りの消えた暗闇に、氷のような声がした。

「僕の愛しい姫に、汚名を着せた詐欺師か？」

「…な、………」

「謝罪の手紙が届かない」

「……ひぃ……！」

「神殿と魔法省の声明に従うなら、手を出すまいかと思っていたけど、詫びるつもりはないのか？　虚偽の占いで、僕の妃を侮辱するのだから、もちろん命と名誉の全てをかけるつもりなんだろう？　サリアの王妃の偽占い師として、歴史に名を残したいのか？」

「……フェリス、お、王弟殿下……」

震えながら、ミゲルは名を呼んだ。

イザベラ妃が一目で気に入った麗しのディアナの王子。

レティシア姫の婚約者にして、あらたな守護者。

暗闇のなかでも、確かに、怖ろしいほどに美しい。

いやでも、これは……昼間、街で出回っていた、優し気な微笑の絵姿のフェリス殿下とは、別の人物に見える。

レーヴェ神殿の戦うレーヴェ神によく似た……。

「お許し、お許しください、殿下、……レティシア姫の……」

「寄ってたかって、いい大人が、親を亡くした幼い娘を苛めるのは楽しかったか？　人の心を壊す事はそなたを満足させたか？　占い師と名乗る者として、嘘をつくことに心は痛まぬのか？　サリアの女神に向ける顔はあるのか？」

「ひぃい……お許しを！」

天井から、何本も剣が降ってきて、ミゲルの身体を床に縫い留める。

「真実を明かせ」

「イ、イザベラ様に逆らえず、レティシア姫に不当な汚名を着せました……」

「僕の姫は、ディアナに、サリアに災いをもたらすと？　僕の妃は呪われていると？」

「い、いいえ。いいえ。レティシア姫は春の息吹のような御方……災いとも呪いとも縁はなく……」

「それを書面にせよ。そちの裏切りを、サリアとディアナに知らしめよ。書けぬと言うなら、首は落として、腕だけ残して、腕に命じる」

「……書きます！　書かせて頂きます！」

レティシア姫はフェリス殿下と仲睦まじくと聞いたが、あんな小さなレティシア姫がどうやってこの怖ろしい王子と、暮らしていけるのであろう……？

「レティシア姫はさぞ……私をお怨みでしょうね」

怯えたミゲルがそう言うと、フェリスは不思議そうな顔をした。

無論、レティシア姫に怨まれて当然だ。

イザベラ妃に命じられたとはいえ、ミゲルの言葉が、幼いレティシアのサリア宮廷での暮らしを破壊していったのだ。

そして、レティシアは初恋も知らぬまま十二歳も年上の男のもとに嫁ぎ、いままたミゲルの占いで花嫁交換の話が持ち上がっていた。

いままでと違うのは、ことはサリア宮廷の中だけの話でなくなり、このディアナの神と同じ顔の王子が、空間を歪ませるほど、サリアの嘘に怒っていることだ。

「僕のレティシアは、小さいのに僕より大人だから、王妃に命じられて逆らえない男なぞ怨んではいないよ？」

「……え……」

「レティシアは、人は、大きな力には逆らいがたいものです、と言っていた」

「……姫様……」

「そなたを怨んでいるのではなく、ただ、自分は呪われていると言われても仕方ない。僕のところにいたいけど、もしも僕やディアナに災いをなすならここを離れなければ、と泣いていた」

「……レティシアさま……」

琥珀色の瞳で、哀しそうに、ミゲルを見上げていたレティシア姫を覚えている。

申し訳なくて、辛いので、思い出さないようにしていた。

「僕がここにいるのは、レティシアに頼まれたからではないよ。僕が、己の仕事に誇りを持たぬ君に怒っているからだ。……僕も己の義母上に逆らえぬ情けない男だが、それでも、いくら義母上の命でも、フェリスよ、そなたの魔法で、小さな子供を殺せと言われれば断るよ」

「……わ、わたしは……」

「君がしてきたことは、そういうことだよね？　レティシアは負けない乙女だから死んではいないけれど、もっと弱い子供なら、僕のところに来る前に、君の立てた風評で死んでいたかもしれない。呪いの言葉や、悪い噂には、それだけの力がある。自分より弱い誰かを追い詰めるのは楽しかった？　いま僕が君にしていることだけどね。そんなことの為に、占術を学んだ？　たくさんの修行はそんなことの為？」

「……ちが、ちがいまっ………」

最初は、沈んでらしたイザベラ様を、占いで心を明るくできたようで喜んでいた。

その頃は、ネイサン王弟殿下の心を占ったりしていた。

ネイサン王弟殿下の心は、イザベラ様の上にだけあるわけではなかったけれど、イザベラ様や御子達のことも大切に思っていると言ったら、凄く喜んで頂けた。

それは嘘ではなかった。

王弟妃だった頃のイザベラ様より、いまのイザベラ様のほうが不幸そうに見えるのは何故だろう。

どのみち、ミゲルの占いは、イザベラ様も、レティシア姫も、レティシア姫を案じるサリアの民も、みんなを不幸にしている。

誰のことも幸せにできていない。

そもそもたいした才能もなかった。

もっと卓越した才能があれば、ひどい嘘なぞつかずとも、もっと未来が読めて、レティシア姫を貶めなくても、イザベラ様の喜ぶことも占えたろう。

（すごいなー、ミゲル、なんでそんなのわかるんだー？　おまえには特別の才があるんだな！）

幼い頃、占術を志したときの誇りのかけらもない。

でも、ひとつだけわかってることがある。

「……わたくしが、お願いできる身ではございませんが、どうか、殿下」

（私はディアナに嫁ぎ、私の婚姻でサリアとディアナと近しくなることで、サリアの皆が幸福になれることを望みます）

ちいさな、美しい、気高い姫君。

一度もミゲルを責めなかった。嘘ばかりを言ったのに。

どんな侮辱にも、毅然と顔をあげていた。

ただ、ときどき、どうしようもなく、寂しそうな顔をしていた。

「レティシア姫を幸せにしてあげてください。レティシア姫は、本来、祝福された、幸運を運ぶ……」

金の髪に琥珀の瞳、鈴をふるうような声で話す、共にある者に幸運を運ぶ姫を、サリア王家は自ら手放したのだ。強欲のためか、畏れのためか。

「ああ……なんだ……。真正の詐欺師ではなくて、少しは本当に視えるんだね？」

レティシア姫の話をしていると、怖ろしい神獣のような人の気配が少しだけ和らいだ。

ああ。

レティシア姫には、優しいのだ、きっと……よかった……。

「そなたには詫び状と、我が妃に謂れなき汚名を着せた王妃の罪を証言をしてもらう。サリアでの職は失うだろうし、身も危うくなるだろうから、その点は僕が贖《あがな》う」

「え……」

たしかに、王家の嘘を暴けば、命は保証されまい。

それが怖くて、いままで、よくないこととは知りながら、ずるずるここまで来たのだから。

「レティシアの婚姻に、死人は出させないから、そこは安心していい」

「……、で、殿下……」

「まずは詫びの手紙を。気の塞ぐ我が姫に見せたい」

「は……、は……っ」

美貌の王子様は、優しいのか怖いのかよくわからない。

でも、とりあえず、ミゲルたちがこの宮廷で追い詰め続けたあの暗い顔をしていた小さな姫は、ディアナでこの方にとても大切にされているようだ。

そしてレティシア姫は、あんなに幼いのに、ミゲルのことを、恨みもせずに気遣ってくださったのだ。

ならばミゲルも、失って久しい仕事の誇りを取り戻さねばならない。

一番最初に、この仕事を目指したときのように。

(僕は占術師になって、誰かを幸せにしたいなあ。見えない未来に怯える人を、怖くなくしてあげたいなあ……)

歴史にどんな名を刻まれようと、臆病な己の嘘で、あの小さな姫に与えた汚名を雪《すす》がなければ。

「花嫁交換が成立すれば、レティシアはサリアに帰って来るわよ」

アレクは王太子宮に戻って、姉の言葉を思い出していた。

「馬鹿馬鹿しい……」

帰って来たら、何だと言うのだ。

レティシアはどうせ自分の宮に引き籠って暗い顔をして暮らして、ろくにアレクと口も利かず、また適当な他国の王子のもとへでも嫁に行くんだろう。

「………こんな笑顔、僕は見たことないぞ」

サイドテーブルの上には、サリア王都で出回っているレティシア達の絵姿がある。

レティシアがディアナ王弟の腕に抱かれて、サイファの馬上で、花が零れるように笑っている。

噂の婚約者を見上げるレティシアの琥珀の瞳は、信頼と安心に満ちている。

従妹の両親が世を去ってから、ついぞ見られなかった輝く琥珀の瞳だ。

ディアナ王弟は、金の髪に碧い瞳にすらりとした体躯の、それこそ絵に書いたような美貌の王子だ。

レティシアどころか、サリア王妃の母や、貴公子など褒めたこともない姉アドリアナまでこの男に夢中だ。

十七歳のフェリスは、ディアナの守護神レーヴェの美貌を現世に再現した姿で、各国の姫君方の心を捉えていたが、色恋にいっさい興味のない男で、ディアナの王太后に奨められるままに、レティシアとの婚約を承けたという。

「何が、引き籠りの、醜い、変人王弟だ」

富める国とは言い難いサリアの、いわくつきの先王の姫レティシアを貰うくらいだから、ディアナ王弟なのに、ほかには花嫁の来ない惨めな男なのだと思っていた。

アレクは、ディアナ王弟が嫌な奴で、レティシアがそいつを好きにならなければいいと思っていた。遠くに嫁に行く可愛くないレティシアだが、誰かよその男のものになるのはイヤだと思っていた。

（おまえなんか愛されるはずがない！）

呪いのような言葉を、嫁入り前のレティシアに投げたけれど、怒ったレティシアに睨まれた。

一度くらい、泣いてアレクに助けを求めればよかった。

ふわふわとした見かけのわりに、ずいぶんと強情な従妹はアレクに泣き顔など見せなかった。

アレクなど、レティシアにとっては、わざわざ迎えに来た愛馬のサイファ以下の存在だった。

（サイファが聞いていたら、当然だろうに、普段の親しさからいって、とサリアの王太子を馬鹿にして、勝ち誇って、自慢げに鼻を鳴らしただろう）

「レーヴェ神がレティシアを気に入って、返さないってなんだよ」

王宮の者達まで、この季節外れのひどい嵐はディアナのレーヴェ神のお怒り、レーヴェ神はレティシア姫をサリアに帰す事を望んでない、とまことしやかに噂している。

「何でそいつの隣で笑ってるんだ、レティシア。おまえはサリアの姫だろう？」

衝動的に、アレクは、レティシアとフェリスの絵姿を半分に引き裂いた。

絵の中のレティシアの笑顔すら、フェリスのものなのが腹立たしくて。

「王太子殿下……！　落雷が……！　御無事ですか！」

絵を引き裂いたとたんに、大きな雷の音がして、王太子宮に落ちた訳ではないが、まるでアレクは自分の悪戯を怒られたような気分になった。

ドラゴンに願いを

「レティシア、楽しい？」

レティシアを乗せてくれているドラゴンが問いかける。

「たのしいー！　地上があんなに下ー！」

碧い空をどんどん駆け上がると、嫌なことが地上にぽろぽろ落ちていくような気がする。

「怖くない？」

「怖くない！　ドラゴンさんと一緒だから！」

風が凄いけど、気持ちいい。

「お城で何かいやなことあったの？　フェリスがレティシアを苛めたの？」

「どうして？　フェリス様は、ずっと優しいわ。あんまり優しすぎて、落ち着かないくらい……」

お父様とお母様が生きてた頃は、みんな、レティシアに優しかったけれど。お父様とお母様が亡くなってからは、レティシアに優しい人たちはみんな遠ざけられてしまったので。

優しくしてくれる人は周りにはいなくなって、気味が悪い姫とか、不吉な姫だとか、あの姫はおかしいとか言われることが増えた。

レティシアはますます本の中に逃げ込んだけど、幸せだった頃みたいには、本の中の世界にもうまく入れなくなってしまった。

「ねぇ、ドラゴンさん、約束して？」

「何を？」

「私がフェリス様やディアナに災いをなしそうだったら、お空に連れ去って。フェリス様に迷惑かけたくないから、呪われた姫を、もう地上にはおかないで」

「……レティシアは災いなんか呼ばないし、そんなのフェリスは許さないよ」

「フェリス様、怒るかな？」

「怒るっていうか……寂しがるんじゃない？　レティシアが黙っていなくなったら」

「だって、レティシア、よわっちいフェリスのこと、あのばーちゃんから守ってあげるんだろ？」

レティシアがいなくなったら、フェリス様は寂しい？

「ばーちゃん」

まだ、そんなにばーちゃんじゃないよ、王太后様。

困るくらい元気そうよ。

「……うん。フェリス様のこと、守ってあげるって約束したの」

守ってあげたかったの。

いろんなこと、なんでもできるのに、寂しそうな瞳のあの王子様を。

どんな御本の王子様とも違う、引き籠り希望のうちの婚約者様を。

「えええ。なんで、泣くのーレティシアー」

「わかんない、なんか泣けてきた」

フェリス様のこと考えてたら、なんか泣けてきて、ドラゴンさんをびっくりさせてしまった。

「フェリス様のこと、守ってあげたいのに、災い、いやなの」

「ないないない。そもそもレティシアが災いの姫なら、フェリスの竜気はうまく入らないでしょ、レティシアのなかに」

「フェリス様の竜気……？」

「うん。レティシアに分けてたでしょ。レティシアに悪いものがついてたら、そんなの入れようとしても、反発するから」

「そうなの？」

「うん。フェリスと一緒にいてしんどくない？」

「……うん。フェリス様といると、元気になるよ」

「それはレティシアが穢れてないからだよ。強い竜の気を受けとめるには、いろいろ混ざりものが入ってると無理だ。……僕にも乗れない」

「……ドラゴンさん」

「レティシアはフェリスを強くしてるよ。レティシアに逢って、フェリスは孤独じゃなくなった」

「……フェリス様に逢えて、孤独じゃなくなったのは私のほうだよ」

ぎゅっと、レティシアはドラゴンの背にしがみついた。

ずっと寂しかった。ずっと凍えて冷たかった身体が、フェリス様のところに来てから温かくなった。

「ずーっと幸せ過ぎて、夢みたいで……こんなの夢だって言われても、そりゃそうですよね……て」

「夢じゃないから。みんなレティシアが大好きだから、レティシアは、ディアナにいなきゃダメだよ」

「う……、え………」

「え、レティシア、泣かないで…」

背中で、わんわん子供のように(子供なのだが)声をあげて泣いてしまい、レティシアは飛翔するドラゴンを青空の上で困らせていた。


「……薬はまだなの！　ミゲルは何処に行ったの！　灯りを持ちなさい！」

イザベラは椅子の背に凭れて震えていた。

季節外れの嵐がサリアにやってきて、イザベラは頭が割れるように痛い。

天候が崩れると、頭痛を起こしやすいイザベラを気遣う人はもう何処にもいない。

夫であり、サリア王でもあるネイサンはイザベラの頭痛など気にも留めたことがない。

(大丈夫？　イザベラ。早く嵐が去ってくれますように！　私、お祈りするわ……！)

(ソフィア。そんなんじゃ嵐は去らないわよ、お馬鹿さんね……)

（でもお祈りしなきゃ！　イザベラが痛いの可哀想だもの）

みんなに比較されまくる前は、イザベラは優しい性格のレティシアの母ソフィアが好きだった。

ソフィアは奢らない、気の優しい娘だったから。

でも、あのソフィアの娘は、小さいのに本を抱えて賢し気なことばかり言う不気味な娘で、少しもソフィアに似ていない……。

どうして優しいソフィアが死んで、あの娘だけが……。

「ミゲルは参りません」

雷鳴とともに、闇の中に、声が響いた。

「な、なにも……ま、まあ、フェリス殿下！」

ああ、美しい優しいフェリス殿下だ。

きっと、レーヴェ神殿とディアナ魔法省からの無礼な手紙は間違いだと、レティシアでなく、アドリアナを妻にすると、伝えにここにいらして下さったのだ……。

「ミゲルはあなたに命じられて嘘の占いをしたと教えてくれました」

雷がやまない。

しかも、まるで、イザベラの上に落ちてきそうに音が近い。

「私の婚約者、レーヴェの娘、ディアナの王弟妃、私の大切なレティシアに、あなたの望みで、いわれもなき災いの姫と汚名を着せたと」

あの臆病者の占い師め、何を言ったの、いったい。

「で、殿下、な、なにを仰いますやら、……」

怖い。

暗闇の中に浮かび上がるフェリスの美貌は、先日、レティシアを連れていた時の優し気なものではない。

異国の神殿の神の彫像のごとく冷たくて遠い。

何より、イザベラを虜にしたあの慈愛に満ちた微笑みがない。

見たこともないような美貌なのは変わらないが、レティシアを気遣っていた時と違い、整いすぎて、人間味がない。

「イザベラ殿から、我が妃レティシアへ謝罪の手紙を頂きたい。此度のことも、これまでの数々のレティシアへの根も葉もない中傷も。我が姫への侮辱は、この私への侮辱と心得る」

「……！　で、殿下、わたくしは、けっして……！」

紅玉の首飾りが重たい。

まるで罪人の鎖のようだ。

そして、まるで、水の中で溺れている人のように、イザベラは息が苦しい。

頭が重くて、頭があげていられない。

「きゃあああ……！」

雷が落ちた音がする。

こんなときに、どうして侍女は一人も飛んで来ないのだ。

レーヴェ神の呪いだなんだとおかしなことばかり言って。

後で、みんな、みんな、首にしてやる。

刃のような雨と風が、イザベラのいる部屋の窓を破壊していく。

こんなに、雨風が吹き込んで来るのに、この人でないように美しい王子は何故、平然としているの。

「王妃の部屋なのに、ここには結界も張られていないのが、ディアナの感覚からすると、少し不思議ですね」

フェリスの冷たい碧い瞳が、何か奇妙なものでも見るように、怯えるサリア王妃イザベラの姿を写していた。

「で、殿下、雷が……こ、ここでは、なんですから、場所を変えて……」

と、とにかく侍女を呼んで。

周りに、ひ、人がいれば、何かレティシアの過去に疑問を持っていても、激しい非難もしにくいはず……。

「いえ、お構いなく。用件が終われば、すぐに失礼しますから。この嵐、レーヴェ神がレティシアを返す事を嫌って、って言われてるんですってね」

フェリスの薄い唇が微笑の形に動いた。

でも何故だろう。

形は笑っているのに、レティシアやサイファといた時とは違う。

ひどく高位の存在が、何処か次元の違う場所で、下界を見下ろしてでもいるようだ。

「お、愚かな者どもの世迷言ですわ。レーヴェ神の御心なぞサリアの者が知る筈も……」

フェリス殿下はディアナの始祖神レーヴェ様に瓜二つ。

子供の時から神童と言われ、聡明にして、武芸に通じ、人ならざる程に魔法も操る御方……。

あまりにレーヴェ神の再来と騒がれてしまい、敬愛する兄君に御遠慮して、ここ数年は引き籠りがちという噂ですが……。

「遠からず、というところですが。ディアナの守護神は、僕のレティシアをいたくお気に召していますから」

「ま、まあ、フェリス様。レティシアは竜神のお気に召すような娘ではありませんわ。あの子はただの子供で」

怖くて仕方がないのに、つい、カッとなって反論してしまった。

「ただの子供に、ディアナに災いを呼ぶだの、呪われた王女だの、サリアの障りになる、だのと、あなたがたは汚名を着せましたね」

「そ、それは、ミゲルが占ったのですわ、私はなにも……」

「イザベラ殿は御存じないかも知れませんが、私は少々、魔法が使えます。誰かの嘘も、誰かの過去も、見ようと思えば、見える。僕の愛しいレティシアがただの子供だと言うのなら、その無力な子供を何度も罠にかけた、あなた方は本当に卑怯で、醜いとしか言いようがない」

あの占い師はなんと言ったか？

王妃様。ディアナは魔法の国です。私共のような職の者は、誰もがディアナに学びにいきたいと思うほどの国なのです。ましてフェリス殿下は、ディアナ王家の直系の王子です。レティシア姫にありもしない呪いの占いなどしても、相手がディアナでは、すぐに露見してしまいます。もう、お許しください。どうか、お許しください、イザベラ様……。

やけに何度も許しを請うていなかったか？

『かまうことはないわ、ミゲル。レティシアのことなど、ディアナ王室も、そんなに気にされないわ』

『レティシアよりアドリアナのほうが、ずっとフェリス殿下にふさわしいわ』

『呪われた王女と、嫌われ者の変人の王弟殿下。とてもお似合いね、レティシア』

「……ひ……何、これ」

いくつもの過去のイザベラの姿と声が、闇の中、鏡のように室内に浮かび上がった。

我ながら、眉を逆立てた怖ろしい顔をしている。

『イザベラ』

優しい声がした。

少しの恨みも憎しみも知らない声が。

「やめてちょうだい！」

『イザベラ。サリアのことをお願いね。あなたはきっといい王妃になるわ。そしてどうか、ほんの少しだけ、レティシアのことを気にかけて……』

「あなたは友との約束を守らなかった。どころか、謀略で、レティシアを呪われた王女にした」

「私のせいじゃないわ！　それを言い出したのはネイサンよ！　ネイサンを王にするくらいなら、

レティシアを女王にしようって馬鹿どもが言うから悪いのよ……あの子は五歳なのよ、五歳の娘にすら、私の夫は劣るとでも……！」

それでもイザベラ本人ですら、ネイサンの評価が低いことは仕方あるまいとも思っていた。

ネイサンは怠け者で、仕事より快楽が好きだ。

その快楽とて、移り気な実のない遊びだ。

サリア王弟、サリア王の肩書がなければ、愛される男とは、我が夫ながらに思えなかった。

「レーヴェ神がレティシアに肩入れして、私達の罪を怒ってるなら、私の宮でなく、ネイサンの宮の薔薇を枯らすべきよ！　レティシアを呪われた王女にしようって、最初に言い出したのは、ネイサンなんだから！　嫌な男よ、本当に！」

ああ、余計なことまで言ってしまった。

だって、とても同じ男に思えない。

そんな風に呪われた王女とされてサリアを追い出されたレティシアなのに、目の前にいる夫のフエリスは、こんなにも美しく、そして底知れず怖ろしい。

「それでも、ソフィア妃はきっと悲しむでしょうね、いまのあなたを見たら」

「黙って！　黙りなさい！　あなたなんかに何がわかるの！　恵まれたディアナの王子で、そんなに美しくて強くて！　ろくでなしの王弟殿下の哀れな妃なんて馬鹿にされたことないでしょう！」

「僕はディアナの冷飯ぐらいの変人王弟で、あなた方のお気に召したレティシアの厄介払いの相手ですよ。何なら邪神レーヴェの化身とも怖れられてますから、よそさまから悪く言われるのは慣れ

ております が。……あなたにどんな辛いことがあったとしても、幼い身で両親を失った姫、僕の愛しいレティシアを害する理由にはなりません。……よいか？　これ以後、如何なる戯言も許さぬ。僕の妃の心を傷つける者は誰であろうと、何処の王であろうと王妃であろうと容赦はせぬ」

雷鳴と稲光のなかで、フェリスの黄金の髪が、何故か黒く見える。

冷たい雨が、自分の髪と頬とドレスを濡らすのすら、この恐怖に比べれば、ささいなことに思える。

竜神レーヴェは愛した妃の為ならば、国ごと滅ぼすのも厭わない、ディアナを怒らせてはいけない、眠れる気紛れな竜神を起こしてはいけない、と御伽噺にばあやに聞いたのは、いったいいつのことだったろう……。

サリア生まれのイザベラは、魔法などあまり信じていなかったが、肌が感じる。

優しく美しく見えるが、震えるほど怖ろしい。これは何か、確実に、人ではないものだ。

「僕が、いま、あなたの身を傷つけないのは、レティシアの結婚式に、禍々しい話は混ぜたくないというだけのことだ」

フェリスから贈られた紅玉の首飾りが、フェリスの言葉にまるで不満でもあるように微かな音を立て、声にならぬ呻きをあげるイザベラの細い首を、痣ができるほど絞めつけた。


（フェリス様が、何処かにいってしまいそうで。……何処にも、行かないで下さい）

（人間は壊れやすいからな、そっとしなきゃダメだぞ）

レーヴェの声とともに、優しいレティシアの声がフェリスの耳に蘇る。

ああ、悪役顔になっていたろうか。

だいぶ怯えてくれたようだし、手紙を頂いて、早く帰ろう。

僕の姫の下に。

優しい夢を見るように、呪文をかけてきたけれど、怖い夢を見て、一人で怖がっていたらいけない。

フェリスの腕が、レティシアの感触を覚えている。

レティシアは優しくて、柔らかくて、儚い。

何か他愛ないことで、フェリスの腕の中から失われてしまいそうで、とても怖い。

「……え？　あれ？　フェリス様？　ドラゴンさんは？」

腕の中をつい見下ろしていたら、レティシアがフェリスの腕の中に現れた。

「レティシア……？」

「あれ？　あれ？　フェリス様。ここ、どうして壊れて、雨が……濡れてしまいます」

「レティシア。おうちで眠ってると……」

レーヴェなのか？

こんなところにレティシアを……あぶない……。

「はい。あの、いえ、夢で、金色のドラゴンさんと……お、叔母様？」

レティシアは震えるイザベラに気づいて驚いている。

「あの。どうしてサリアにいるのかわかりませんが、叔母様、私、申し上げたいことが……！」

「な、何なの、あなた、何処から……！」

イザベラはレティシアの出現に驚いていたが、一人でフェリスに追い詰められてるよりは、それでも、ましかもしれない。レティシアがいないと、愚かなサリア王家へのフェリスの腹立ちが収まらなくて、悪い気が増してしまう。

「叔母様。どうかお願いです。私、花嫁、交換されたくないです。私もフェリス様もアドリアナも、取り替えのきくモノではないのです。花嫁の交換というのが、そもそも奇妙です。……フェリス様、あのちょっと、叔母様と御話するのに、私を降ろして頂いて」

いけない、フェリス様の腕の中からこんなこと言ってては、地面に降りて、お話ししなくては、と、レティシアはフェリスにお願いする。

「ダメだよ、レティシア。ここは危ないから、降ろせない」

「え？　危なくはないと……」

「御立派な婚約者のおかげで、レティシアは随分と偉くなったのね」

イザベラがそう言った途端に、落ち着きかけた雷鳴がひどくなり、部屋の灯りであるシャンデリアが落ちて、硝子の破片が粉々に飛び散った。

「きゃ……！　叔母様、フェリス様、大丈夫ですか！」

「……僕は大丈夫」

この状況でフェリスの心配をしてくれる愛しいレティシアは、鈍いのか鋭いのかわからない。

でも、そこは鈍いのも、ちょっと、有難い。

「叔母様。私は偉くなってませんが、フェリス様が大好きなので、もし私でない花嫁をお選びになるなら、フェリス様が心から愛する方を選んで頂きたいのです。申し訳ありませんが、私の大切なフェリス様に、我が従妹アドリアナを私は推薦できません」

「また僕を離縁しようとする。レティシア、ひどいよ」

フェリスは、微笑を堪えながら、レティシアの右手にキスをした。

レティシアの指には、フェリス様の瞳の色、とレティシアがはしゃいだサファイヤが嵌められている。

「……何が愛よ！　いい加減にしなさいよ、王族の婚姻よ！　愛なんてあるわけないじゃないの！」

断末魔のようにイザベラが叫んでいる。

「そんなことはありませんよ。僕のレティシアはすぐ僕を離縁しようとしますが、僕はレティシアをこの世の何よりも愛しく思っていますから。さあ、帰ろう、レティシア。レティシアくらいの小さい子はもう眠る時間だ」

「小さくありませんし、私のほうがフェリス様をお慕いしてます！　……だから、叔母様にもアドリアナにも、フェリス様に触れて欲しくありません！　フェリス様の悩みを増やしたくないので……！」

「……この小娘………！」

「イザベラ。さっきお願いしましたね。二度と僕の妃を傷つけたら、許さないと」

ひっとイザベラの喉が鳴る。

骨ばった白い王妃の喉には、紅玉の首飾りが騒ぎに浮かれてきらきらと輝いている。

激しい雨の音がする。

悲鳴のような風の音がする。

それは、お願いじゃなくて命令と言うんじゃないか？　とレーヴェが笑う、きっと。

「ミゲルも占いは嘘だったと申しました。レティシアは災いの姫ではないと真実を話して、ディアナへの手紙を書いて下さい」

ペンと紙を、フェリスは魔法で、イザベラの前に静かにおいた。

早くシュヴァリエの部屋に帰って、レティシアと二人で、ホットチョコレートが飲みたい。

薔薇の姫は、再生の魔法を覚える

「フェリス様」

さっきまで金色のドラゴンさんの背中にいたのに、何故か突然フェリス様の腕の中に!?　と思ったら、顔色の悪いイザベラ叔母様もいて、場所は、シュヴァリエでなくサリアだった。

レティシアはフェリスの腕に抱き上げられたまま（フェリスが降ろしてくれないので）、サリア王宮の回廊を歩いているけれど、雨が凄く降っていて、雷の音が凄い。

サリアでこんなひどい春の嵐、レティシアは経験したことがない。

「春のサリアにこんなにひどい嵐なんて……どうして……農村部の方がお困りでは……」

秋によく嵐が来て、父様や母様が農村部のことを心配して、嵐から村を護ろうと魔法使いを呼んでいた。

サリアに暮らすレティシアにとっては、魔法使いはそういう大きな災害などの為に働く人だった。

「大丈夫だよ。この雨、王都、王宮周辺にしか降ってないから」

「そうなのですか？　よかった」

さすがフェリス様。

水を司るレーヴェ様の直系。

雨が何処に降ってるかまでわかるなんて。

「フェリス様。叔母様と何を話されたのですか？」

イザベラが、レティシアの災いの話は間違いだった、花嫁交換の話は白紙に、とディアナへの手紙を書いてくれるというので、レティシアは驚いた。

そして、フェリスが、せっかくだから、サリア王宮を少し歩こうか？　というので、イザベラの居室を後にした。

イザベラ叔母様が、借りて来た猫のように大人しく、フェリス様の言葉に従ってたんだけど……。

一体何が……。

「僕の妃への詫び状はまだですか？　てちょっとお尋ねを」

「フェリス様……？」

本当かしら？　いえ、フェリス様を疑う訳じゃないけど、叔母様が低姿勢すぎて、不気味……。

「占い師のミゲルがね、レティシア」

「はい？」

「レティシア姫は私をお怨みでしょうね、て僕に尋ねるから、僕のレティシアは王妃様の占い師を怨んだりしてないよ、て言ったら、涙を零していたよ」

「それは……。ディアナのように魔法の権威が強い国ではないので、サリアでは占術師の立場はそんなに強くなく……。何よりも、私が、姫として、皆の信頼にたる姫であれば、彼の占いや、宮廷の悪しき噂を退けられた筈です。ミゲルの占いの罪ではなく、宮廷人の噂の罪でなく、私の不徳です」

不気味だとか、呪われてるとか、死を呼ぶとか、信じてもらえなかったのは、しょうがない。

レティシア自身ですら、二度も家族を死から守れなかった不吉な娘だ、と我が身を疎んじた。

誰のことも恨んでない。

ただ、父母を奪われた哀しみのあまり、いかなる気力も湧かなかった。

自分の為に、何も頑張りたいと想えなかった。

不思議な、美しい寂しい瞳をした、この人に逢うまでは。

「レティシア、世界で一番可愛らしい姫はね」

「はい？」

「そんなに立派でなくていいんだよ。ミゲルも叔母様も大嫌い！　悪者を退治して！　て僕に命じてくれれば」

「フェリス様に？」

「そう。僕はレティシアの魔法使いとして役に立たないと、ちびっこ達に席を狙われているからね」

「フェリス様は私に甘過ぎです、私が世界で一番可愛い訳がな……」

世界で一番可愛い私の姫。

私の大事なレティシア。

……ここで、この王妃の庭で、母がそう言っていた。

「……薔薇が？」

どうしてこんなに薔薇が枯れてるんだろう？　いまは盛りのはずなのに？

「母様の薔薇が……」

もうレティシアの母様の薔薇ではない。

イザベラの庭であり、イザベラの薔薇だ。

でも、この庭には幸せなレティシアの記憶が棲んでいる。

母様と父様と優しい周囲の人たちと、この世の幸せしか知らなかった、小さなサリアの王女が棲んでいる。

「レティシアの母様の薔薇なの？」

「あ……ここは、サリアの王妃の庭なので……」

フェリスの問いにレティシアが答える。

（お帰り、レティシア）

（お帰り、私達の愛しい娘）

（私達の薔薇の姫。ここはあなたの生まれた家）

（私達はあなたの味方。あなたはずっと私達の愛しい娘）

（ねぇ、レティシアが来るんなら、枯れるんじゃなかったわ。イザベラに天罰をと思って、怒りに任せて、みんなで枯れちゃったわ）

（誰か咲けないの？　ソフィアの薔薇がないって、ちいさなレティシアが泣いちゃうじゃない）

（無理よ、フェリス、何とかしてくれないかしら……偉大なるディアナの若き竜よ、力を貸して）

「え……？」

薔薇の庭が、サリアを出た時より、ずっとにぎやかだ。

姿もないのに、たくさん、誰かの声がする。

「レーヴェ……いや、精霊さんが言ってたけど、サリアの使者が、私達の薔薇の姫レティシアを泣かせてるって、うちの薔薇が伝令送ったんだって。それで、サリア王妃の庭の薔薇たち、怒ってみんな枯れちゃったんだって」

「……!?　私が泣いたごときで、枯れてはダメです！　薔薇さんたちの命のほうが大事です！」

「薔薇の姫のレティシアが、咲いて、て言ったら、咲けるかも？」

「私が……？　いえ、フェリス様、私にそんな力は……」

名ばかりの成りたての薔薇の姫だ。

とてもそんな魔力はない。

(まあ、ディアナの氷の仔竜はあんな顔もできたのねぇ)

(レーヴェそっくりね。凄いのに見込まれたわねぇ、レティシア)

(でもウォルフの眼は正しいわ。あのレーヴェそっくりの竜はきっと、天地のことわりを曲げてでも、私達のレティシアを護るわ。安心よ)

(レティシア、とても顔色がよくなったわ、よかった……)

それでも、ダメ元で試してみるべきかも。

雨に濡れた枯れ果てた無残な薔薇たちから、精霊さんと話してるときのような、優しい気配が伝わってくる。

「一番美しかったこの庭を、心に描いて、望んでみて、レティシア?」

「……はい」

耳元で囁いてくれるフェリス様の声は、優しい魔法の先生のよう。

「……薔薇の花よ、巡りくるいつもの春のごとく、美しく咲いて」

ぽーん、と薔薇の蕾が弾ける音がした。

歓びの音。

癒しと再生の音。

失われては、また巡りくる生命の息吹の柔らかな音。

「母様の愛した庭の子たち、私にたくさんの幸せをくれた花たち、どうか枯れないで、咲いて」

熱い。

フェリス様と触れ合ってる腕や背中が熱い。

フェリス様が力を足してくれてるのかな？

（再生の呪文だわ）

（まあ、ちいさなレティシア凄い。咲けるわ）

（イザベラへの懲らしめ大丈夫かしら？　ああでも、春の薔薇の姫の望みに逆らえないわ）

（凄い、この若い竜にも、再生の力が……）

「きゃー！　フェリス様、咲きました！　花が、薔薇が……！」

ざざざ、と時を戻すかのように、庭がいっきに、春の盛りの様子を見せ始める。

枯れ果てて、死体のようだった薔薇たちが、青々とした葉を取り戻し、蕾をつけ、花びらを形成していく。

「うん。彼女たちの愛しの薔薇の姫のお願いだからね」

「嬉しいです！　母様の……いえ、叔母様の薔薇ですが、王妃の庭の薔薇が元気になって！」

薔薇が在りし日の姿を取り戻し、赤、白、ピンク、黄、と色とりどりに美しく庭を埋めていくと、
優しい声が聞こえてきそうだ。

レティシア、お帰りなさい。

ホントにその美しい方が、私の小さなレティシアの婚約者なの？　ホントに？

と母様が、回廊の先で驚いて笑っているようだ。

ただいま、母様！

自慢の推しのフェリス様なの。凄く凄く優しい方なんだよ。


「ああ王妃様がお呼びだわ」

「行かなきゃ。また怒られるの嫌ねぇ」

はあ、と溜息をつきながら王妃宮の侍女たちは回廊を歩く。

「何をお持ちするの？」

「薔薇水よ。フェリス殿下から、サイファのことで頂いた」

「それ、ホントは皆様に、て頂いたの、王妃様が、独り占めしちゃったのよね」

「そうそう。いい香りよね。イザベラ様がお気に入りだから、私達の口には入りそうもないけど……仕方ないわ。フェリス殿下の御里《おさと》の薔薇の香水や薔薇の化粧水、すごく高価なんですって」

「レティシア様は、運をお持ちよねぇ。あんな若くて美男の御夫君、そりゃ、イザベラ様もお妬きに……でもレティシア様とアドリアナ様は御性質が違うから、フェリス殿下がどう仰るか……」

「アドリアナ様は、普通の十二歳のお姫様ですものね。レティシア様みたいに、御顔は可愛いらしいけど、大人みたいなお話されたり、教えられてもいない字を読むような方では……」

「ねぇ、あそこにレティシア様とフェリス殿下に似た御二人が……。薔薇が！」

「何よ、今度は、薔薇が凍り付きでもした？　これ以上、枯れようもな……ええ!!」

春なのに枯れ果てて冬の顔を呈していた王妃宮の庭の薔薇たちが、いっせいに緑の葉を延ばし、蕾をつけ、その蕾が開いて、盛りの薔薇となる。

何やら時が巻き戻されていくように。

雨がひどく降っているのに、王妃の庭だけが、やわらかな春の陽光を取り戻して、花を咲かせている。

「……フェリス殿下。レティシア姫様……ようこそサリアへ」

レティシアとフェリスを見つけて、侍女たちは慌ててお辞儀をする。

「あ、あの、もしや、フェリス殿下が魔法でこの薔薇、戻してくださったのですか？」

本来、何事も静かに見守ることが仕事なので、こんな不躾な質問を侍女はしないが、さすがに生まれて初めて、枯れ果てた庭が目の前で復元していくところを目にして、動揺を隠せない。

レティシア姫の婚約者は魔法の国の王子様、とは、いまやサリアの子供でも知っている。

「いや、僕ではなくて、これはレティシアの魔法だよ」

「あ。あの、たぶん、フェリス様がたくさん手伝って下さったんだと……」

レティシア姫は、足が疲れているのか、ディアナの王子の腕に抱きあげられている。

まるで最初からそこが居場所だったかのように絵になる二人で、これは王妃様の花嫁交換計画も無理そうだと侍女たちも思ってしまった。

「姫様もディアナで魔法をお学びに？」

「レティシアはとても魔力が高いからね。ディアナの妃としては理想的だ」

「フェリス様……」

レティシア姫は困っている。

ただ、困っていても、サリアにいた頃の哀しい影がない。

婚約者であり、兄のような存在でもあるフェリスの褒めように戸惑っているだけのようだ。

「こんなに見事に王妃宮の薔薇が咲いたのは、ソフィア様がお元気だった頃以来ですね」

「しっ。怒られちゃうわよ、イザベラ様に。……殿下、姫様、いま王妃様に御二人のおいでを……」

「いや。王妃様とはもうお逢いしたんだ。何か占いの見立て間違いがあったようで、僕は大切なレティシアを奪われぬよう、間違った占いで我が妃の名誉が汚されぬよう、お願いに来たんだ。イザベラ妃とのお話はすんだし、もう失礼するよ。美しい薔薇を見せて頂いた」

王妃宮の侍女たちは、優しい声で話す美貌の王子に緊張しながら、それは……またさらにイザベラ様は荒れそうだ、いまから御機嫌伺いに行くのは前途多難過ぎる、と二人して心で嘆いていた。

アドリアナ姫が、

(アレクっていつも苛めてるくせにレティシアのこと好きなのよ、馬っ鹿みたいじゃない？　だから私がフェリス様の花嫁になって、レティシアがサリアに帰ってきたら、きっと喜ぶわ)

と言っていたのだが、とてもではないがうちの幼いアレク殿下が、十七歳とは思えぬこの優雅なディアナの王弟殿下にかなうとは思えなかった。

恋するサリアの姫君

「フェリス様ー降ろして下さいー」

「ダメ。あぶないから」

あぶなくないもん。

お天気は悪いけど。……何故か、母様の庭だけ晴れてきた！

あ、ちがう、サリア王妃の庭！

こんなだから、叔母様、私が嫌いなんだよね、きっと。

叔母様も叔父様も、母様と父様が亡くなってから変だけど、叔母様は母様が生きてた頃から変といえば変だった。

母様のこと苦手そうなのに、母様のこと凄く好きそうな気もしたの……？

不思議なの。

でも、私のことは、ずっと、あまりお好きじゃないの。

『不気味なレティシア。少しも、優しいソフィアに似てないわ』

いろんなこと言われたけど、あれは堪えたなあ……。

私がいけないいんだろうか。異世界の魂の私が中にいるから、レティシアは……。

「フェリス様」

「ん？」

「大好きです」

「僕もだよ」

は、はやい、お返事が。

「私は不気味なレティシアなのに、フェリス様は優しくして下さって……」

「誰が言ったの？　僕の大事な妃に不気味って？　イザベラ妃なら、もう一度、イザベラ妃のところに戻るべきかな？」

女官二人が向かったイザベラ妃の部屋のほうをフェリスが見やる。

ダメなのー。

なんだか、叔母様といると、フェリス様怖い雰囲気になるからダメー。

「も、もどらないです！　だ、だいじょうぶです、もう言われてませんし……それにフェリス様がたくさん……」

もごもごとレティシアは言い淀む。

「たくさん……？」

「フェリス様が……、たくさん、大事とか、か、可愛いとか、い、愛しいとか言って下さるので、レティシアは復元しました！」

叔母様にお逢いしたり、災いの姫だと言われたりすると、やっぱりちょっとへこむけど。

フェリス様といると、自分の思うように話したり行動しても、嫌がられないんだなー、責められないんだなーと癒される。

レティシアだって、他の人に怖がられたり、嫌われたりしたいわけではない。

でも、何をしたら嫌がられるのかがわからなくて、子供ながらに、疲れ果ててた。

究極、サリアにいたら邪魔な存在だったので、何もしなくてもダメだったと想うが。

「復元。……復元するということは、それ以前に壊されてる。やはり、レティシアには先に帰ってもらって、もう一度お話を……」

「ダメです。きっとディアナの金色のドラゴンさんか、精霊さんか、竜王陛下が私をここに連れてきてくれたんです。フェリス様が私の為に危ないことをなさらないように」

レティシアは琥珀の瞳で、フェリスを見上げる。

さっき、ちょっと黒くなってたフェリス様。

フェリス様が黒くなったら、手をぎゅっと握ってないとダメなの。

何処かに行ってしまわれないように。

ちゃんと、レティシアの隣にいてくださるように。

ぎゅっと捕まえておかなければ。

「フェリス様は、私の騎士で、私の魔法使い様だから、私のお願いを聞いて下さい」

ディアナに来て、レティシアは我儘をいうことを覚えた。

フェリス様はレティシアの望みをたいがい叶えてくださるけど、叶わなくてもかまわない。

我儘を言える人がいることが、嬉しい。

フェリス様といられることが、嬉しい。

「レティシアがそう望むなら。でも、これ以後、無礼をいう者がいたら、その場で報復しようね」

「フェリス様ー」

「ある程度、怖がってもらったら、意地悪されなくなるよ。僕の記憶では」

「フェリス様でも意地悪されたことが？」

「うん。親を失った後ろ盾のない子供は、揶揄《からか》いやすいらしい。昔は加減がわからなかったから、いろいろ壊してしまった。いまはちゃんと加減できるから……」

ちっちゃいフェリス様が、大人になるまでの時間。

王太后様と微妙な間柄ながら、いまのフェリス様がディアナの皆様の信頼や尊敬をえるまでには、それだけの努力があったんだろうなと、レティシアは彼の髪を撫でる。

「ちっちゃいフェリス様に負けないよう、私も強くなりたいです」

「いや、レティシアと違って、子供の頃の僕は、いまよりもさらに可愛げないというか……」

フェリス様がなんだか困ってる。

なんで。ぜったい可愛いのに、ちびフェリス様。

「……レティシア？」

フェリス様に抱き上げられて移動しながら、ちいさいフェリス様を想像してほのぼのしてたら、聞き覚えのある声がした。

「あなた、どうして……」

「レティシア、こちらは？」

「サリアの王女、従妹のアドリアナ姫です」

なんとなく切ない。

サリアの王女の名も、母様の庭も、もう何もサリアには、レティシアのものがない。

「ああ。アドリアナ殿。占いの間違いの為に、僕などと縁談が出て、迷惑をかけたね」

フェリス様はもういつものフェリス様だ。

叔母様のところにいたときほどは怖くないけど、隙がない。

誰からも遠い、美貌のディアナの王弟殿下。

「い、いいえ、フェリス様、迷惑などと、とんでもない！　わ、わたしは、大変光栄に思い、ディアナに行く日を待ち侘びております！」

アドリアナがフェリス様を見て、真っ赤になってる。

え……。

こんなアドリアナ、初めて見た……。

「……？　僕とレティシアの結婚式に出てくれる為に？」

フェリス様、そんなところで、天然発揮しちゃダメです……。

もしかして、この様子だと、アドリアナはフェリス様が好きなのでは……？

いやでも初めて逢うはずなんだけど……いつのまに？

どうして？

フェリス様の推し仲間は常に募集中だけど、アドリアナは、意地悪ばっかり言うからいや（我儘）。

「私がフェリス様の花嫁になります！　レティシアは災いの……！」

「その占いは嘘だよ」

アドリアナが災いのと言いかけた途端、フェリス様の周囲の空気が凍るような気がした。

「で、でも、お母様とミゲルが」

それはアドリアナにも伝わったのか、彼女らしくもなく、口ごもっている。

「どちらも先程お会いして、詫びて頂いたよ。僕のレティシアは、僕の妃となり、レーヴェの娘、ディアナの王弟妃となる。レティシアを侮辱する者は、ディアナ王家を、レーヴェの娘を侮辱する者と、よくご理解頂いた」

「……どうしてっ、どうしていつもっ、レティシアばっかり……！」

アドリアナに泣き顔で詰られたけど、詰られるほど、レティシアにいいことばかりあるようには想えない。

アドリアナには、父も母も弟もいて、生まれたサリアはアドリアナとともにある。

優しい父も母も生まれたサリアも、全て失ったレティシアが、何かをアドリアナから奪ったようには想えない。

「お慕い申し上げてます、フェリス様！　私のほうが、きっと、フェリス様を幸せにします！」

「………？」

フェリス様は、困惑、という貌をしていた。

うん。

いつのまに、アドリアナが、フェリス様をお慕いして……？

レティシアがディアナにお嫁にいくときは、変人王弟と変わり者レティシア！　お似合いね！

と、アドリアナ、馬鹿にして高笑いしてた気が……。

ただ、十二歳の幼い恋心は嘘でもないらしく、アドリアナは確かにレティシアがこれまで見たこともないような表情をしている。

「僕はこれまでの人生で、レティシア以上に、僕を幸せにしてくれる姫に逢ったことがない。……アドリアナ殿が幸せにする御相手は、僕ではないと想うよ」

「ひどい！　お母様は私をフェリス様の花嫁にしてくれるって言ったのに！　どうして！　レティシアはどんな悪い魔法を使ってフェリス様の心をとったの！」

うう、とってはいないと想うの。

フェリス様はもともとアドリアナのものじゃないから。

フェリス様はフェリス様のものだもん。

「アドリアナ様！　も、申し訳ありません、フェリス殿下、レティシア様……」

「アドリアナ姫、あ、あちらで少しお休みしましょう……」

興奮するアドリアナを、女官たちが宥めて連れて行く様子には、記憶がある。

あのときは、呪われた従妹のレティシアにどんな理不尽な振る舞いをしようと、アドリアナには味方がたくさんいた。対して、レティシアはひとりぼっちだった。

「やっぱりここは危ないから、レティシアを降ろせないな」

女官に連れて行かれるアドリアナを見送りながら、フェリスがレティシアに囁いた。

レティシアは困りながらも、アドリアナの様子が怖かったので（あれはたぶんフェリスがいなかったらレティシアに掴みかかってきたと……）、婚約者の腕のあたたかさにほっとしていた。

「アドリアナ姫は何故あんなにレティシアに怒ってたんだろう？　レティシアの代わりに僕との婚姻話など怖ろしかったろうに」

フェリス様……天然というか、鈍感というか……。

フェリス様的には、フェリス様との婚姻話が消えて、アドリアナに喜んでもらえると思ってたんですね……。

「アドリアナは、私がお嫁に行くときは、変人レティシアと変人王弟でお似合い、と言ってたのですが……あ、すみません、フェリス様」

「いや、うまいことを言うものだと。レティシアは変人ではないが」

僕は変人だけどね、と頷いているフェリス様。頷くとこじゃないです、そこ……。

「さっきの様子では、フェリス様を好きになったのではと……」

「僕を？　逢ってもいないのに？　ああ、たまに異国にもいるレーヴェを好きな子なのかな？」

「違います。サリアに聞こえていたお噂と違って、フェリス様はとても魅力的な方ですから……」

熱に浮かされたようなアドリアナ。

ディアナ王宮でも、王太后様の御茶会に呼ばれた時も、ディアナ王宮を一緒に歩いた時も、あんなふうに陶然とフェリス様に見惚れる令嬢はたくさんいらした。

フェリス様は一貫して、ディアナの者はみんなレーヴェの顔に弱いから、ととりあわないけど。

「そう？　レティシアの婿として評判悪くないといいんだけど」

僕はレティシア以上に僕を幸福にしてくれる姫に逢ったことがない。

ホントに？

幸せにできてるかな、フェリス様のこと？

困らせてないかな？

「あの姫、レティシアばかり、て何か怒ってたようだけど……」

「私が、あたりまえの子供のようではないので、叔母様や、家庭教師たちから、アドリアナは私と比べられて不愉快な思いをすることが多い、とよくアドリアナに叱られました。……フェリス様にお話ししたように、私には前世の記憶があるので、アドリアナには不利だったろうと……」

「それはレティシアが悪いんじゃない。勝手にレティシアとアドリアナ姫を比べた周囲が悪い。それぞれ違う個性なのに」

「フェリス様……」

あんたなんか大嫌い！

私が悪いんじゃないわ、おかしいのは、レティシアよ！

教えてもいない字を読むなんて、ただの化け物じゃない！

そんな変な子と比べないでよ！　あの子には何かきっと悪いものがついてるのよ！

比べられたアドリアナには申し訳なかったけど、じゃあどうしていればよかったんだろう？

何と言うか、アドリアナにも、小さなレティシアにも申し訳なかった……。

「僕には前世の記憶はないけど、僕も変わった子だったから、いつも僕と比べられて嫌な思いをしたろうに、兄上は一度も僕を責めなかったな」

「フェリス様のお兄様、ディアナのマリウス陛下……？」

マリウス陛下、優しそうな方だった。

フェリス様とご挨拶に行ったら、レティシア姫がディアナに来てくれて真に嬉しい、こんなに楽し気なフェリスを見るのは久しぶりだ、て喜んで下さった。

「うん。いつも僕は弟なのにわきまえていないと義母上に怒られて、兄上が、フェリスは悪くありません、て庇ってくれた。だから僕も、いつも兄上の味方でいたい」

もしかして、竜王剣の騒ぎのとき、フェリス様がお忍びで噂の出所を調べに行かれたのは、マリウス陛下の為……？

「レティシア？」

フェリス様とお兄様のマリウス陛下のことを考えていたら、また聞き覚えのある声で呼ばれた。

「アレク……？」

今日は厄日だわ。

サリア王宮で暮らしててもわざわざ意地悪言いにこなければ、そんなに逢わないアドリアナとアレクに順番に逢うなんてー。ううううーいやー。

思わず、ぎゅっとフェリス様にしがみついてしまう。

おまえなんか幸せになれるものか、おまえなんか愛されるものか、てアレクに旅立つ最後のころに言われたのが、だいぶトラウマ……。

べつにレティシアは愛され女子でもなんでもないけど、これから見知らぬ国に嫁に行く従兄弟にそこまで言わなくても、と……。

「レティシアの苦手な人？」

フェリス様がレティシアにだけ聞こえるように、耳元で小さく囁いてくれる。

ううう、くすぐったいです、フェリス様……。

「あの……サリアの王太子アレク殿下です。私の従兄弟の……」

フェリス様から、内緒話で、意地悪なの？　と囁かれて、はい、と答えた。

何故だろう？　アレクを見ると、また嫌なこと言われないかな、いやだな、とは思うけど、フェリス様が黒くなりかけるときのほうがずっと怖いし、ずっと寂しい……。

「サリアのアレク殿下。フェリス・シュヴァリエ・ディア・ディアナ、初めてのご挨拶を」

とても耳元で、じゃあ僕が、僕の妃を苛めた殿下を苛め返さなくちゃ、とレティシアを笑わそうとしてる人とは思えない優雅さで、フェリス様が口上を述べると、アレクが、ううう、と言葉に詰まってる。

それは、いつも家庭教師たちを困らせてばかりのアレクと、フェリス様では立ち姿からして、もう全然……。

「……よ、ようこそ、フェリス殿下。何か火急の御用件で？」

「ええ。イザベラ妃のお抱えだった占術師の占いの間違いを明らかにして、私のレティシアにあらぬ疑いをかけるのをやめて頂くために、急ぎ参りました」

「……母の占い師は国一番の占い師なのですが」

嘘吐き。

あんな奴、母上の言いなりで、いい加減だよな、て言ってたの知ってるもの。

アレクっていつも嘘と嫌なことしか言わない。

「私とレーヴェ神殿とディアナ魔法省の見解に、ミゲルは納得し、レティシアに心から詫びていました。事情があり、長きに渡って、正しい占いを行えなかった、と悔いておりました」

「まあ。では、ミゲルの占いは間違いで、花嫁の交換はとりやめに？」

アレク付きの女官が、邪気のない瞳で、フェリスとレティシアを見ていた。この女官は記憶にない。

「アレク様、残念ですね、アドリアナ様がお嫁に行かれたら、サリアにレティシア様が戻られる、とお話ししてましたのに……アレク様は、レティシア様のお戻りをこっそり楽しみに……」

「黙れ、ファナ、さがれ！」

「私が戻ってきたら、また私を苛めようと？」

レティシアはアレクと毛虫なら、大嫌いな毛虫のほうを愛している。

（おまえは女の癖に、いつも訳のわからない下らない本ばかり読むな！）

そのくらい、幼いレティシアの手から本を奪って捨てたアレクを蛇蝎《だかつ》のように嫌っていた。

「ちがう……そうじゃない！」

「レティシア様、苛めるなんて……。幾度かはレティシア様とアレク様の婚姻の話もあったのですよ。その度に反対派がいて立ち消えてしまいましたが……、今度ももしレティシア様がサリアに御戻りになられてたらきっとその話が……」

「フェリス様のもとを離れて、アレクと結婚するくらいなら、私は修道院にいきます」

女官の言葉に、迷わずレティシアは答えた。

苛めっ子の幼馴染に懐くタイプの娘ではないのだ。

苦手な苛めっ子はどうやっても苦手！

「レティシア」

何故かフェリス様が笑いそうになっている。

宿敵アレクの前だけど、何かまたうちのフェリス様の笑いのツボ押しちゃったかな？

「修道院になどいかないで、我が妃よ。僕のところにいて」

「フェリス様のところにいられるなら、ずっとフェリス様といたいです」

フェリス様のところにはいたいの。

サリアにいるときみたいに辛くなくて、毎日フェリス様といられて楽しいから。

でも意地悪アレクの嫁になるくらいなら、神様にお仕えする。

アレクより、神様のほうがずっと好き。

サリアの女神様や、レーヴェ様のほうが好き。

レティシアの私欲を捨てて、サリアの為にアレクの妃に？　と高い志を持ったところで、レティシアが右と言ったら常に左と言いたいアレクでは、愛するサリアの為でも、いい共闘関係が築けるわけない。

「僕だとて、出戻りのレティシアと結婚など……！」

「出戻り？」

アレクの言葉を、フェリス様が聞き咎める。

ちょっと怖いお声。

フェリス様の周囲の空気が凍り付くように冷たくなった。

アレクにも空気が変わったのは伝わるのか、う、と言葉に詰まっている。

「僕のレティシアは、戻りません。……あなたの母上や姉上ともお話しして、気にかかっているのだが、他家の姫に対して、言葉に気を付けて頂きたい」

「他家の姫……？」

「レティシアは僕の妃になり、ディアナ王家の娘となる。我々は、他国の王族に敬意をはらうように、我が王家へも相応の礼儀を期待します。サリアの方とは親族になるとはいえ、無作法な物言いは好まない。僕の姫を傷つける者は、誰であろうと許さない」

「レティシアはサリアの……！」

「アレク様」

もうサリアの姫とは、と女官がアレクを制しようとしている。

「レティシアは僕との婚姻により、レーヴェの娘となり、ディアナの姫となります」

生まれ育ったサリアの姫でなくなることを、サリアの娘でなくなることを、ここを一人で旅立った時のレティシアは寂しく想っていた。

もはや家族は失われたとはいえ、生まれた国は愛しい。

でもいまのレティシアは、フェリス様の妃、レーヴェ様の娘、ディアナの姫、と呼ばれることが嬉しいし、とても誇らしい。

王宮中、街中に自慢のレーヴェ様を飾る、陽気なディアナが好き。

自慢の推しのフェリス様を育んだディアナのことも、レティシアの大好きな故郷と自然に思える。

「………っ。レティシアは変わった姫です。おかしなことを言って、フェリス殿下に、何か御迷惑をかけてませんか」

悔しそうにアレクが食い下がる。アレクは嫌いだけど根性あるかも。

こんな冷たい気配のフェリス様に食い下がるのは、簡単な事じゃない。

「レティシアは変わってなどおりません。この世で一番可愛らしい姫です」

フェリス様、フェリス様の私贔屓はいつもありがたいですが、それはフェリス様にしか共感をよばないというか……ましてや私を嫌いなアレクには。

「僕達は同じ言葉で話す。同じ気持ちを知ってる。こんなにも話していて楽しい姫と僕は逢ったことがない」

「フェリス様……」

アレクを見たら嫌な気持ちが蘇って、ここで孤独に戦ってたころの戦闘モードに入りかけてたけど、そんなのもうどうでもいい気がしてきた。

早くフェリス様とおうちに帰りたい。

ディアナに、シュヴァリエに帰ってフェリス様と美味しいもの食べる。

「レティシアを育んでくれたサリアという国は素晴らしいところなのだと想っている。……それゆえ、我が従兄弟の殿下にも、美しい言葉で話して頂きたい」

ああ、なんだか、フェリス様がルーファス王太子様と話してたときを思い出してしまった。

優しい諭す口調。

アレクはフェリス様に弱いルーファス様みたいに可愛くはないけど、静かな怒気を含んだフェリス様に反論する程、無謀でもないらしく、ううう、と真っ赤になって私達を睨んでた。

レティシアは、ずっと私を抱えているフェリス様が重くないかな、と想いながら、アレクが睨んでくるのがいやで、フェリス様の腕に甘えていた。

サリア王の部屋にて

「ねぇ、ネイサン陛下の部屋の薔薇がみんな枯れて……イザベラ王妃様のところも薔薇が枯れてしまったんでしょう？　気味が悪いわ……レーヴェ神の祟りもだし、いい加減、アーサー王かソフィア王妃だって、可哀想なレティシア姫の花嫁交換の話にお怒りなんじゃ……」

「しっ。言っちゃダメよ。叱られるわ」

美しいお仕着せを着たサリア王の女官は、人差し指を立てる。

王族は政略結婚も珍しくもないとはいうものの、五歳のレティシア姫を竜の国と言われるディアナに？　竜の国とはいったい？　と誰しも釈然としない思いはあった。

流行り病でアーサー王とソフィア王妃とあまたの国民を失い、その痛手からまだ立ち直れぬサリアにとって、ディアナの美しい王子様が魔法でレティシア姫の病気の愛馬を迎えに来たことは御伽噺のように民の心をはしゃがせた。

それを一転、レティシア姫とアドリアナ姫を花嫁交換と聞くと、せっかく罠から逃げ出した白い兎がまた捕らえられるようで、他人事ながら気が晴れないようだ。

「私も聞いたけど、レーヴェ神殿では、レーヴェ神の石像が涙を流してるんですって……！　やめればいいのに、花嫁交換なんて……レティシア姫はちいさいのに変わった大人みたいな姫だったけど、あんな我儘なアドリアナ姫が、ディアナみたいな難しい大きな国でつとまる訳が……」

「ほらほら、そんなの聞かれたら、イザベラ様に殺されるわよ。レーヴェ神とフェリス様ってそっくりなんですって？　私もつい号外の絵姿買っちゃった。怖ろしい変人王弟なんて言われてたのにねぇ、なんて美しい御方なのかしら……」

何故、サリアの神殿のレーヴェの石像が涙流してるんだろう？

レーヴェが遊んでるんだろうか？　物凄くやりそうだな。

オレはぜったいレティシア帰さないぞ、可愛いうちの娘を盗ったら泣いてやるからなーとか。

フェリスは女官達の話を遠くに聞きながら、美しい眉を寄せた。

うちの先祖はたちの悪い、優しい、最強竜神。愛しいものを奪われることなど、天と地がひっくり返ろうと受け入れない。

どうやらそれはフェリスにも引き継がれているようだ。

サリアの神殿に行ったことはないが、レーヴェの石像なら、当然、フェリスとそっくりだろう。

フェリスの貌をした像が、レティシアが失われることを泣いてるのかと想うと、少々、正直すぎて面映ゆい。

フェリス本人は、泣くのではなく怒っていて、サリア王宮を灰燼《かいじん》に帰したい衝動を堪えるのに、難儀している。

レティシアの御両親の思い出の多い王宮を壊してはいけない。

ちいさなレティシアを苦しめた者は憎いが、罪なき人々が巻き添えになってはいけない。

「フェリス様、レーヴェ様の像から涙って、サリアのレーヴェ様に何か……」

遠くで話す女官達の声をレティシアも聴いて、心配な顔になっている。

「レーヴェがレティシアを盗られそうで泣いてるのかな」

「いえ、フェリス様、私はまだ竜王陛下に名前も覚えてもらってないかと……。これからフェリス様のき……妃として、ですね、竜王陛下に私の名前も覚えてもらえるといいな、というところです！」

名前を覚えるも何も、毎日オレの話し相手をしてくれる可愛いレティシアが帰るなんてありえない、とレーヴェ本人は拗ねてると想うんだが……。

しかも勝手にレティシア転移させてくるし。

こんな空気の悪いところに、レティシアを長居させたくないのにな……。

レティシアを腕に抱いてると、僕があまり無茶なことできないと読まれてるんだろうか……？


「誰か……誰かおらぬか、この雷はどうしたことだ、誰ぞ……！」

サリア王ネイサンは、苛々と声をあげていた。

彼は兄アーサーの突然の病死で王位を引き継ぐまで、王位など廻ってくるとは思っていなかった気楽な遊び人だった。

兄と弟で偉い差だとは思っていたが、生まれてこのかた衣食住困ったことなどなく、王弟殿下のまま過ごしたところで同じだったろう。

妃のイザベラは、釣りあいのとれた娘ということで選び、とくにイザベラに不満もなかった。

だが彼の求めに応じる美しい娘はたくさんおり、彼は政治事よりも移り気な恋が好きだった。

「何がレーヴェ神の呪いだ」

レティシアに呪いの姫の汚名を着せたのは、姪が憎くて仕方なかったというよりは、レティシアを女王にしたいものが複数いたからだ。

ネイサン殿では王として心もとない、と言われるのも業腹だった。

だがネイサンは内心は気弱な男だったので、よく知りもせぬディアナのレーヴェ神の呪いより、アーサー王やソフィア王妃がレティシア姫の不遇を悲しんで祟っているのだと言われる方が寝覚めが悪かった。

「そもそも兄上が早死にするから」

王になれたのはよかったが、サリアには疫病と不作に喘いでおり、楽しいばかりでもなかった。

当初、レティシアは国外にいてもらいたいと嫁に出したが、嫁ぎ先のフェリス王弟は若いのにこの十年で莫大な財を築いている。アドリアナとレティシアを花嫁交換してより親密になり、財産家の彼に援助をこうべきだ、とイザベラが言い出した。

なるほどいくらお人好しの兄夫婦の娘とはいえ、レティシアもさんざん嫌がらせしたネイサンとイザベラの為にフェリス王弟に援助は乞うてくれまい。

ここは確かに実の娘のアドリアナが適任だ。

いつものように『呪いの姫レティシア』と騒ぎ出したが、何故か今回はどうもうまくいかない。

ディアナ神殿と魔法省は『王宮の占術師を改められてはいかがか？　此度の占いをした者は、疲れが溜まって、我らが祝福の姫レティシア様を見誤っておられるのであろう』と居丈高だ。なんなんだ、あの態度は。

どころか、宮殿の薔薇は枯れるわ、季節外れの豪雨は来るわ、こちらの王宮が呪われそうだ。

よく笑う姫だったちいさなレティシアが、サリア王宮を旅立つ頃には蒼ざめて別人のようだった。

それが一転、美しい婚約者の隣で花のように笑っている絵姿がサリア中に号外で回った……。

その姫の幸せを、またネイサンは奪い取ろうとしている。

「誰かおらぬのか、灯りが消え……」

「サリアのネイサン陛下」

「だ、だれだっ」

暗闇に雷鳴が轟き、よく響く声がした。

「……レティシア！」

「お久しぶりです、叔父様」

灯りの消えた部屋に、この世のものとも思えぬほど美しい貌の男に抱かれたレティシアの金髪が浮かび上がっていた。呪われた美しいサリアの姫が災いを招く。……誰に？　何処に？　ネイサンはまるで自分で仕立てた怪談話が真実になったようで怖ろしかった。

「フェ、フェリス殿下」

この若者とレティシアの絵姿はサリア王都中に出回っており、ネイサンの眼にも触れていた。

だが、絵姿のいかにも女達の好みそうな優し気なディアアナの王子には、こんな威圧感はなかった。

「レティシア姫の婚約者フェリス・シュヴァリエ・ディア・ディアアナ、初めてお目にかかります、陛下」

「……よ、ようこそ」

何故、傍仕えの者は呼んでも来ないのだ。なぜ、このようなときに、余を一人にするのだ。

「私の婚約者へのサリアでの誤解を解いて頂きたいと、陛下にお願い申し上げようと」

「誤解？」

「レティシアが呪われている、も、レティシアが災いを呼ぶ、も、もともとはあなたがついた嘘だとさきほどイザベラ妃に伺った」

「え……？」

レティシアが美しい魔物のような男の腕の中で、小さく声をあげている。

「レティシアの風評で責めるなら陛下を責めるべきだ、とイザベラ王妃が」

「……叔父様、なぜ」

「馬鹿な、王妃は何か悪い夢でも見たので……」

ここはうまく誤魔化せばいい。この二人に何もわかる訳がない。

（ミゲルに言わせればいい。神託だとな。レティシア姫はサリアに災いを呼ぶ、不吉な姫だと）

（でも、あなた……それは……）

（このままだとレティシア派の者達が力をつけすぎる。レティシアには女王の資格などないとしないと）

暗い部屋に焦った様子のネイサンとイザベラの過去の映像が浮かび上がった。

「ち、ちがう、これは、後継者選定の頃の話だ！　今回の花嫁交換の占いはイザベラが……！」

「そう、これは過去のあなただ。あなたが父親と母親を亡くした小さなレティシアに、汚名を着せたときの……」

氷のような碧い眼差しが、ネイサンを見下ろしている。

「し、仕方なかったんだ、レティシア、レティシアとうるさい連中がいて……あの者たちさえ騒がなければ！」

何を余計なことを言っているのだろう。

悪い薬でも盛られているのだろうか。かつて感じたことのない恐怖で吐きそうだ。

「何でも誰かのせいにする。ネイサン王、それはあなたのよくない癖だ」

「叔父様が、ミゲルに嘘を……？　では私は呪われた姫では……」

「レティシアは祝福された姫だよ。……噂の元を暴いたから、信じられる？」

「フェリス様……。叔父様、何故ですか、そんなことまでしなくても、きっと皆、叔父様の戴冠に不満など……」

「異を唱える者がいたのだ！　余など五歳のレティシアに劣るとな！」

邪気のないレティシアに、彼は苛ついた。

そもそもこの娘が、あたりまえの五歳の姫なら、問題は……。

「あなたはレティシアの周りから親しい者を遠ざけ、レティシアを庇った貴族……セファイド侯爵を……殺した？」

（陛下、レティシア姫に対して、それはあまりの仰りようです！）

ネイサンに諫言するサリアの古い貴族セファイド侯爵の映像が浮かび上がる。

気味が悪い、この王子。

まるで、ネイサンの頭の中の記憶を覗き込んで喋ってでもいるようだ。

「ち、ちがう！　あれは余ではない！　あやつは勝手に心の臓の病で死んだのだ！　おかげで、レティシア派を蹴散らしてくれたが……」

レティシアを庇ったセファイド侯爵の死は、ネイサン派による暗殺だと言われたが、あえてその噂はそのままにしておいた。恐怖がレティシアに味方する者を減らすだろうと。

「セファは、叔父様の手にかかったのではないの？　……ずっと……セファは私の為に寿命を縮めたのではと……」

「嫌いな男ではあったが、余は殺しておらぬ！」

レティシアの琥珀の瞳から涙が零れ、ディアナの王子は白い指でそれを拭った。大切な大切な壊れものでも扱うかのようだ。

「ネイサン陛下にはミゲルの占いは間違っていたと、これ以後、レティシアの名を不当に汚すことは許されぬ罪だと、触れを出してもらいたい。……そして何よりも、陛下自身にその触れを守ってもらいたい」

「そんなこと……！」

できぬ、と言いかけたら、ネイサンの真横の床に雷が落ちた。髪が焦げる匂いがする。まさか……。王の私室には、サリアの上級魔導士が結界を張っている筈では……何の役にも立っていないではないか。衝撃でネイサンは転倒し、床に頽《くずお》れる。

「な……！」

無様に床を這いながら、ネイサンはフェリスとレティシアの二人を見上げた。

「誰かの痛みというのは、己で感じぬと覚えられぬかもしれませんね」

「叔父様……あぶな……！　フェリス様、雷が……！」

「大丈夫。レティシア。危なくないよ」

「……あぶないです！　フェリス様、とっても、あぶないです！　いまここに、叔父様のところに、雷、落ちました！　雷！　フェリス様が危険です！」

「僕が？　うーん。僕はたぶん大丈夫だと思うけど……」

呑気なことを言っているレティシアは、こんな男の腕に抱かれて、怖ろしくないのだろうか？　おそらく、この雷、この者が……。

いやまさか、この嵐そのものすら、この者が……？

いくらディアナ王家が水の神の家系とはいえ、そんな馬鹿な……待て。レティシアの婚約者が魔法でサイファを迎えに来たと聞いて、あらためてフェリス王弟について下問した折、サリアの筆頭魔導士ヨナは何と言った？

（稀に、ディアナの王家には先祖返りというか、レーヴェ神の血を色濃く受け継ぐ方がお生まれになるそうで、そのような方は魔法の技も人とはまるで違うと言うか、天も地も自在に動かすと書物にございますが。フェリス殿下はディアナ王ではございませんから、流石にそこまではないでしょうが。フェリス殿下とともにディアナで魔法を学んだ者によると、まるで別格なのだそうです）

「お、王妃の庭の薔薇を枯らしたのは……」

「それは私ではありませんが、うちの薔薇が嘆いたようです。サリアの王妃様が私達の愛しい薔薇の姫レティシアを連れ去ろうとしていると。レティシア以外のサリアの姫など欲しくない、と。イザベラ王妃の薔薇はそれを同情した模様。ご安心を。王妃の庭の薔薇は、さきほどレティシアがもとに戻しましたゆえ」

「……っ！」

魔法など本で読むだけだったろうレティシアが、何故、枯れた薔薇をもとに戻せるのか。

何故、薔薇が意志でも持ってるように語るのか、と、気になることはいくらでもあったが、正直言ってネイサンは十も二十も年下であろうこのディアナの王子が怖かった。

魔力など僅かもないネイサンだが、恐怖で声もうまく出ない。

抵抗もできない小さなレティシアを苛め続けた罰だろうか。

「ネイサン陛下。誓約を頂けますか？　生命あるかぎり、二度とレティシアの名も身も傷つけぬ、と。……書けぬのであれば……」

ひどく近くで、猛り狂う竜の咆哮のように、雷鳴が轟く。

ネイサンの真横でなければ、今度は何処に落ちるのだ？

首の後ろと背中がひどく熱い。何かの腕に床に押さえつけられているようだ。頭があがらぬ。

誇り高きサリアの王だというのに、地面にめり込みそうだ。

「約束するっ……二度と……にどと、レティシアに……無礼はせぬ……っ」

「私の妃に、相応の敬意と応対を？　謝罪を？」

「重々、気を付ける……！　……っ、すまなかった、レティシア……！」

こんなに人の理から外れた存在を、アドリアナの婿になどとんでもない。

何故レティシアはこの男を怖がらないんだ。

やはりもともとが変わった娘だから、怖くないのか？

「私のことより、叔父様、私の心配をしてくれたウォルフのじいや、セファイドの子達や、私のために左遷された者達を、どうか国政から遠ざけないでください……みな、心から、サリアを想う臣です。ときどきは、耳に優しくないことを言うかもしれませんが、決して叔父様が憎くて言っている訳ではありません……」

こういうところが苦手だった。

いつも出来のいい実直な兄アーサーに似たレティシア。

琥珀の瞳を覗き込むと、兄がそこにいてネイサンがサボるのを見張ってるような気がする。

「……善処しよう」

「フェリス様、誰か呼んで差し上げないと、叔父様、きっと落雷でお怪我を……」

「怪我はされてないようだよ？　少し緊張されたのかも。僕がレーヴェに似て怖い貌だから」

「フェリス様は怖くないし、竜王陛下からも異論がありそうです」

美しい婚約者に甘えるようなレティシアの声には少しの怯えもない。

なんとこの空気を歪ませるような怒気も殺気もレティシアには影響がないのか。

「ネイサン陛下。誓約の書は、後ほど私の配下に。私達は帰ります故、誰かお呼びしましょう。……私は少々、人よりよく聡い眼と耳を持っています。私との約束を違えるときは……」

「違《たが》えぬ！　フェリス殿下とレティシア姫との約束を、余は何をおいても守るであろう！」

人生最大の恐怖とともに、ネイサンは誓った。

レティシアを害さぬとの誓約の書を送ったら、ディアナの美しい姪の婚約者とは、金輪際逢いたくもない。

サリア神殿で祈る人々

「レティシア。呪いの姫も、災いの姫も、最初からすべてが嘘だと納得した？」

「フェリス様……」

ミゲルの占いには不信を持っていたけれど、まさか叔父様の意図だったとは……。

でも何よりも、セファイドが叔父様の手の者に殺されたのではなかったのだと聞けて嬉しい。

周囲の誰からも疎まれる暮らしも辛かったけど、優しいセファイドをレティシアの為に死なせたのでは、との疑念が消えなくて苦しかった。

だからいっそ誰からも遠ざかりたかった。

レティシアの為に死ぬ人を見たくなかったから。

サリアを出て、フェリス様に逢って初めて、フェリス様は竜王陛下の血を引いてて魔法も使えて、凄く強そうだから、きっとレティシアといても死んだりしないて想えた。

「たくさんたくさん感謝してます、フェリス様。サリアの為に、心あるウォルフのじぃたちが本当に復権できるといいのですが……」

あまり深く考えることが好きじゃない叔父様と、それに頷く貴族ばかりの宮廷では、少しもよくならない気がするから。

「それは心にかけよう。ネイサン陛下が僕達との約束を破らぬようにね」

「……叔父様、ちょっとフェリス様を怖がり過ぎじゃありませんでした？」

レティシアはフェリスへの感謝の気持ちでいっぱいだが、叔父上にはちょっと不機嫌である。

「僕、怖い貌だから」

「怖くありません！　いくら嫌いな私の婚約者だからって、あんなお化けでも見るみたいに、フェリス様に無礼です……！」

ぷんすか。

小さな子のように（小さな子なのだが）フェリスに抱かれて、サリア王都の夜空を横切りながらレティシアは怒っていた。

竜の飛翔には到底及ばないけど、僕とサリア王都を上空から見てみる？　とフェリス様が誘ってくれたのだ。

フェリス様の言葉通り、豪雨は王宮に集中的に降っているようだ。

「とても聡い僕のお姫様が、妙なとこ鈍くて僕は嬉しい」

フェリス様はなんだかとっても楽しそうに笑っている。

……笑うとこじゃなくない？

叔父様、凄い顔でフェリス様見てたんだよ！

もーくやしい！

私の推しのフェリス様まで化け物扱いするなんて、私の不気味姫扱いよりよっぽど腹立つ！

ディアナのフェリス様ファンクラブと、レーヴェ様ファンクラブに泣きつきたい。

うちの叔父が麗しの殿下に超絶失礼なんですって（常に失礼だけど叔父様は……）。

「レティシアが特別優しい姫なだけで、僕なんて普段から化け物みたいな男じゃない？　普通の人は空も飛ばないだろうし」

レティシアは怒ってるけど、フェリス様は怒ってなくてとても楽しそう。

「私の推しのフェリス様は常に美しくて、常に可愛いです！　化け物ではありません！　魔法がお上手なだけです！」

「人生初、人の子に可愛い扱いされた……。レティシア、腕振り回して暴れると、落ちるから」

むかむかむかっ。

叔父様も相変わらずだし、アレクの嫁とか何があろうとサリアに帰りたくないこと言われるし、アドリアナにはフェリス様盗ったって睨まれるし（盗ってないしっフェリス様は意地悪姫にはあげないっ）。久しぶりのサリア王宮、地雷だらけなのっ。

「ああ、ちょっとサリア王都に降りてみよう」

「何処にですか？」

フェリス様が寄りたいところあるのかな？

生まれて育ったサリアの街も、レティシアはそんなに歩いたことがないから興味深いけど。

レーヴェ様の泣いてる神殿に向かうなら、竜王陛下の涙を拭いてあげなきゃ……。


「なんと美しい神様だろうねぇ。そりゃあディアナの人もこの神様を誇るはずだねぇ」

「神々はどの神も美しいけれど、レーヴェ神は本当に美しい。フェリス王子はその方にそっくりだって言うんだから、きっと御先祖の御加護がたくさんあるよねぇ」

サリアのレーヴェ神殿は時ならぬ盛況で、拝観希望の人々の対応に追われていた。

「レーヴェ神様。御供え、何がお好きかわからなかったから、うちの店のパンなんですけど、こんなものですみません」

「ディアナの神様。御怒りにならないで、私達の小さいレティシア姫をお守りください。うちの王妃がなんかわけのわからないことを言ってきても、お気になさらず……」

レーヴェ神殿を埋めているのは、サリア王都のごく庶民的な人々だ。

「フェリス様！　お久しぶりでございます。レティシア姫、この度は御結婚おめでとうございます」

「ラーナ。レーヴェの神像が泣いてるって……？　随分、人が多いね」

レーヴェ神殿に降下すると、フェリス様が魔法で知らせてたのか、白い衣装の神官が迎えてくれた。

「レーヴェ様の落涙の理由は私共にもわかりませんが、参拝の方々は、御二人の御結婚のお祝いにいらっしゃってるんですよ。フェリス様がレティシア様の愛馬を迎えにいらしたとの号外がサリアに廻りまして、老若男女いろいろな方が、レーヴェ様にレティシア姫の幸福を祈りにいらっしゃるんです。レティシア姫は民にとても慕われておいでで……」

「私の幸福を……？」

レティシアは驚いて、神官の言葉をオウム返しした。

王の娘と生まれたのに、他の人にはない転生の記憶もあったのに、疫病からレティシアは誰も救えなかったのに？

幸せを祈ってもらえるほどのことは、何もできなかったのに？

「皆様、サリアの大事な幼い姫を一人、お嫁に出したのが心配だったようで……」

「竜の国の竜神似の変人王弟に、レティシアが食われるんじゃないかと心配して？」

「レーヴェ様似の優しいフェリス殿下に大切にされてらっしゃると知り、皆様、お喜びで参拝してくださるのです。私共も誇らしゅうございます。フェリス様、絵姿、販売してはいけませんか？」

「何故、レーヴェ神殿で僕の絵姿を……」

フェリス様がにんじん料理の山に落ちたみたいな顔をされてる。

可愛い！

可愛いのー！

「頼まれるのです、皆様に。あまりにも頼まれるので、ディアナにお願いしようと思っていたところです。レーヴェ神の絵姿とともに、フェリス殿下とレティシア姫の御結婚お祝いの御姿も欲しいと皆様が……」

「ああ、レティシアと一緒なら……」

そうか。そういうことなら、とフェリス様が表情を和らげる。

「きっと皆様、フェリス様のお一人の御姿も、ぜったいに欲しいと思います！」

レティシアは熱く推した。いえ結婚お祝いの二人の絵を欲しがって頂けるのは嬉しいんだけど、きっとみんな単品フェリス様も御所望のはず……！

「レティシア姫。あの壁に展示しております御二人の御姿が、いまサリア中で人気なのです。……ですので、フェリス様、きちんと公式の御二人の絵姿をお出ししないと、こののち粗製乱造されるのではと……」

「フェリス様とサイファと私……！」

わー。なんて幸せそうなお姫様。

誰なのあれ。

誰？

私？

私なの？

「何と言っても、御婚礼前のレティシア姫の絵姿がこちらの少し寂し気な御様子のものでしたので……サリアの民の喜びのたかまりようときましたら……」

サイファの馬上で微笑うフェリスとレティシアの絵の隣に、輿入れの折の表情のない人形のようなレティシアの絵姿が飾られている。

「それなのに、悪い占い師のせいで、レティシア姫の花嫁交換の話など出ているそうで、王宮に抗議に行こうかと話す男衆もいるくらいで……ディアナの花嫁にそのような不運は起こりえません、そのような無作法はレーヴェ様がお許しになりませんから、少々お待ちを、と人々を宥めております」

「不快な話はいま片付けてきたよ。レティシアの婚姻に何も悪いことは起きないから、皆に安心するように伝えて」

「それは、よろしゅうございました、フェリス様。レティシア姫、サリアの皆様が毎日、このレーヴェ神殿で、遠くにいらっしゃるレティシア姫の幸せを祈ってらっしゃいますよ。フェリス様は照れ屋で不器用な御方ですが、とてもお優しい御方です。安心して、どうぞご存分に甘えて差し上げて下さいませ」

「………はいっ！」

叔父様にフェリス様を化け物みたいな顔で見られた後だから、この竜王陛下の神官さんの優しい御言葉が染みわたるーっ。

そうなの、フェリス様は優しい方なの！

そうですよねって、この方と肩を組みたいくらいだわー背丈が違いすぎだけど。

レティシアの幸せを祈ってくれてると言われて、礼拝堂のたくさんの人々を見下ろすと、素朴な顔のパン屋や魚屋の人々が、それぞれ自分の店の自慢の品を、レーヴェ神に供えてる。

ありがとう。

お話したこともない、優しい人たち。

サリアの誰も祝ってくれないと想ってたレティシアの結婚を祝ってくれて。

遠くにいってしまったのに、レティシアの心配をしてくれて。

いまのこの感謝の気持ちを忘れないで、がんばるね。

まだまだ何もできないけど。

フェリス様に習って、いっぱいお勉強して、叔父様たちに嫌がられない程度に、ちょっとはサリアやディアナやシュヴァリエの役に立てるような大人になるからね……！

サリアの酒場にて

「いらっしゃい。おや男前の兄さん、どうしたんだい？　その子、具合が悪いのかい？」

「店主よ、男前ったってその兄さん、被り物してんじゃねーか」

「はっ。これだから素人は。マント被ってたって男前は男前、まあまあはまあまあの匂いってもんがあんだよ。何年、居酒屋やってると思ってんだ。……兄さん、その子、具合が悪いんなら、そのへんで医者も飲んでるよ、藪だけど」

「……いや、この子は足が疲れてるだけだよ。ありがとう、ご親切に」

足は疲れてませんー！

だって一歩もフェリス様が歩かせてくれないしー！

むー！　むー！　とフェリスの腕に抱かれっぱなしのレティシアは、口がぺけぽんの形になりそうだった。

でも、サリアに住んでいたときに訪れたこともない下町の居酒屋は、ちょっと怖かったので、文句を言わずに、フェリス様の胸に顔を隠していた。

フェリス様の肌からはこんなときでも香しい薔薇のいい匂いがした。

「そうかい？　じゃあ、何飲む？　エール飲むかい？　いやあんたなら葡萄酒かな？」

「………。サリアの苺の酒はあるかい？」

「おやまあ、男前が、随分可愛らしいことを。あるよ、今年のサリアのいちご酒。ああ、その子に呑ませたいなら、いちご水だそうか？　酒はいってないのもあるよ。外は雨で冷えたろう？　なんかあったかい食いもん、食うかい？」

「ありがたい。任せるよ」

およそ下町の居酒屋に似合いそうもないフェリス様だけど、なんとなく馴染んでるのが凄い。

これはディアナのおうちの御本で読んだ竜王陛下のお忍び好きの血なのかしら。

「いつまでもよく降るよなあ」

「でもこっちはましらしいよ。さっき王宮から帰ってきた奴、ミゲルんとこと王様の部屋に雷落ちたって……」

「そりゃあミゲルと王様、ついにバチがあたったんだな、レティシア姫に意地悪ばっかするから」

どっと酒場中から明るい声が湧いた。

ええぇ、私？

ていうか、叔父様の部屋に雷落ちたのに、みんな明るい……。

「美貌のレーヴェ神のお怒りか？」

「わかんねーぞー、サリアの女神様だっていい加減嫌気がさすだろ、悪いことばっか言うから、あの占い師」

「あいつは王妃様に逆らえないんだろ？」

「にしたって漢気ってものがないわな、幼いレティシア姫に嘘八百の悪い占いばかりして、それで飯を食おうなんざ、占い師の風上にもおけねぇ、どうせ当たらないならいいこと言いやがれってんだ」

「宮使えは辛かろうが、そんな奴あ、サリアの男の恥だね！」

わたしのお話……。

レーヴェ神殿でも驚いたけど、サリアの民が、レティシアのことを気にしてくれてるなんて、レティシアは想ってなかった……。

遠くのディアナに行っちゃうし、ああ、レティシア、そんな王女様もいたっけ？

そういや何だか縁起の悪い、不気味な王女様がいたよな、くらいかと……。

「それに比べて、フェリス殿下は男だよな！」

ぴくぴくとマントの中でレティシアの耳が動く。

フェリス様推し同担の予感……？

「殿下からも、ディアナからも、花嫁はレティシア姫以外考えられないって手紙来て、いま、イザベラ王妃ぶっ倒れて魘されてるんだってさ」

「いいねぇ。オレにはわかってたよ、フェリス殿下はそういう御人だよっ！」

わかられてたのですか、フェリス様と眼でお尋ねすると、お逢いしたことはないと想うよ……？　とフェリス様は微苦笑。

「おまえ、王宮帰りの奴の話聞くまで、もう駄目だ、レティシア姫、連れ戻されたら可哀想すぎる、せっかく初恋の王子とディアナでお幸せなのにてメソメソしてたじゃねーか」

初恋の王子……？　とフェリス様を見てみる。

叶わない夢の中の初恋の王子様とかにはぴったりのビジュアルだけどフェリス様。

「うちのちいさいお姫様はさー」

フェリス様の碧い碧い瞳を見つめながら、レティシアは酒場の人たちのお声を聞いてる。

「ちいさいのに義理堅いっつーか、損するタイプなんだからさあ、あれっくらい派手な王子様に護ってもらいたい訳よ、オレは！　男前だし、強そうじゃん、フェリス殿下！」

「まあレーヴェ神そっくりだしな。御先祖の神様そっくりなんてそれ以上に強そうな人ないわな」

初めてお邪魔しましたが、この居酒屋さん、いいところです。

我が推しフェリス様を褒めて下さいます。

実家の王宮よりお目が高い方が集っておいでです……。

「それもいーじゃん。レーヴェ神ってむっちゃ奥さん大事にする人らしいから、そこも似てて欲しいな」

「フェリス殿下と私の結婚が、サリアを護ることを望みます、て言ってた姫さんがさー、そんなこと忘れちゃうくらい、幸せにしてやって欲しいよ」

「ホントだよ、お花畑で遊ぶのが仕事の歳ごろの、あんなちいさい姫にそんなこと背負わせてさあ、不甲斐なくてさあ……オレらもっと働いて、姫さんや子供が呑気でいられるサリアにしてやらにゃ……」

どうしたことでしょう、眼から水が……せっかく、御主人がレティシアの為にいれて下さった、貴重な今年のサリアのいちごで作ったいちご水に、水が……落ちて……。

「レティシア、だいじょうぶ？」

フェリス様の優しいお声。

ちいさなレティシアのからだじゅうに、閉じ籠められてたいた、いっぱいの哀しみと寂しさが……。

（おまえなんて、幸せになれるはずがない！　誰にも、愛されるはずがない！）

アレクがレティシアを呪った声が、たくさんの人々の祈りの声に消えていく。

（幸せになりますように。遠くで暮らす、ちいさい姫様が幸せになりますように）

（ディアナの王子様がレティシア姫を大切にして下さいますように……）

「レーヴェがね……でなくて、サリアの街を歩いた者がね、ここに寄ってから帰るといいって……

泣いてばかりいるレティシアに聞かせたい声があるからって……愛されない姫なんて勘違いはしないでやれ、と」

「……フェリスさま……」

サリアの王女に生まれたのに、サリアの為に、何もできなかったのに、心配してくれてる人たちがいる。

レティシアが結婚にかけたサリアへの祈りを汲んでくれる人が、いた。

「ん？　どーした？　ちびちゃん、泣いてるのか？　外の雨、冷たかったなら、もっとこっちの火のほうへ……、え、え、え、レティシア姫！」

「馬鹿、こんなしけた酒場に、レティシア姫がいるはず……、フェリス殿下？」

え？　とエールの盃を掲げていた男は、壁にたくさんベタベタ貼られたフェリスとレティシアとサイファの号外の絵と、背の高い青年の腕の中に隠すように抱かれて、いちご水に涙を零している少女を見比べた。

「あの、あの」

「あああ、きっと幻だと思うんで、いまお願いしときますけど、フェリス殿下、レティシア姫をよろしくお願いしますね！　幸せにしてあげてくださいね！　花嫁交換とかやめといたほうがいいですよ！」

「天にも地にも、私の花嫁はレティシアだけ。そこは安心してもらっていい」

フェリス様が答えたら、男の人は、やあったああ！　と叫んでいた。

可愛い。

サリアの人ってこんな感じなんだ。

レティシアの国の人なのに、暮らしていた時は、宮廷の中の人としか接する機会がなかったから……。

「わあああ、どうせ幻なら、乾杯しとこう、フェリス様、レティシア姫、御結婚おめでとうございます！」

「ありがとう。レティシアの無事を祈ってくれて、感謝する。……きっと幸せにする、君たちの大事なレティシアを」

わあ！　とフェリス様の声に、酒場が沸いた。

「姫様、フェリス様、こないだ生まれたロブの子に祝福をください。こいつ、みんなに見せたいって酒場に赤ん坊連れて来て、嫁とおっかあに大目玉食うとこだったけど、おかげで大威張りできるぞ」

「赤ちゃん……」

熊のような大男の父親に抱かれた赤ん坊は、ふくふく太って、幸せそうだ。これから大きくなる子供。

サリアの赤ん坊。

「この子が幸せに育ちますように」

「この子と常に祝福がともにありますように」

おっかなびっくり、レティシアとフェリスはその赤子に祝福を授けた。二人で眼を見交わして、こんなので大丈夫かな？　と心配しつつ。

「レティシア姫、幸せになってくださいね！」

酒場にくるにはちょっと早いのでは？　な少年に眼を輝かせて祈られる。もしかしたら、ここの居酒屋の息子なのかもしれない。

「はい。ありがとう。……あなたにも祝福がありますように」

レティシアが頷いて微笑すると、少年は嬉しそうに破顔した。

「今宵の酒は私が奢ろう。私達はこれで失礼するが、よい夜にしてくれ」

ひとしきり酒場の人達に結婚を祝ってもらったのち、フェリスが言って、レティシアは嬉しい涙を落とした苺水のグラスを持ったまま、シュヴァリエへと転移の魔法で戻ることとなった。

その夜、フェリスと二人で聞かせてもらったサリアの民たちの声を、レティシアは生涯忘れることはなかった。

父様と母様を失って以来、辛い思い出しかなかったサリアでの記憶に、それは忘れがたい夜となった。


「マクシミリアン様にはご機嫌麗しう」

「何も麗しくはないわ。そなたらの謀はまたしてもフェリスの人気を高めただけではないか」

ディアナの名門貴族イージス侯爵子息マクシミリアンは二十四歳。父のイージスは先王ステファンの弟にあたる。現王マリウスとフェリスの従兄弟だ。

マグダレーナがフェリスに、フェリスが拒むならレティシアはイージスの嫁にしよう、と揶揄《からか》ったのをレティシアは知らないが、レティシアの十九歳年上の息子になっていたかもしれない青年である。

「これは手厳しい。我々もまさか王弟殿下自ら探索にいらっしゃるとは夢にも思わず……」

「フェリスは何処にもいることができ、それでいて誰の傍にもおらぬ男よ」

マクシミリアンは暗く嗤った。

彼は七歳年下の従兄弟のフェリスが苦手だ。

フェリスは全てを持っているのに、まるで何も持たぬような顔をしている嫌味な男だ。

嫌いな従弟だが、魔力なら、いま水鏡に写っているガレリアの高僧など比べ物にならないだろう。

「ですが、ディアナの民は現王マリウス殿に不審を持ちました。竜王剣はマリウス王を選んでいないのではないかと。リリア信徒の命がけの働きは有意義でした」

「はっ。どうだか」

命がけも何も、勝手に騒ぎを起こして、勝手に捕まっただけであろうに、とマクシミリアンは呆れている。

何もかもくだらない。

リリア信徒が何をほざこうと、竜王陛下の現身のようなフェリスが敬愛する兄マリウスにかしづいているかぎり、民の信頼は揺らぐまい。

マリウスはマクシミリアンとたいして変わらぬ平凡な男だが、竜王陛下の姿を写した美しい弟と並ぶ姿が彼の玉座に華を添えている。

愚かな伯母のマグダレーナは何かとフェリスを苛めているが、フェリスからの深い愛情と信頼こそが、マリウスの御代を安定させていることに気づかない。

「ディアナの民はやがて気づくでしょう。僭主マリウスの狡猾さ、美しい姿で人を惑わす王弟フェリスの邪悪さに。そのときこそ、ディアナの正統なる後継者マクシミリアン様のお出ましになるときです！」

「……おまえはディアナの民を知らぬ。マリウスを貶めたところで、あの貌のフェリスがいるかぎり、僕の出番なぞ……」

人生は三文芝居だ。

マリウスのように、たいした才もなくても、たまたま王の嫡子に生まれれば、その者が王になる。

マクシミリアンのように、もと王弟の嫡子なぞ、ステファン王も亡きいま、ただの貴族と変わらぬ。ディアナに『尊いレーヴェ様の血を引く血筋の貴族』など掃いて捨てるほどいる。

だが、フェリスは……。

（王弟殿下。フェリス王弟殿下。どうかこちらに）

（フェリス様。魔法を教えてください）

（フェリス様、剣の稽古を……）

ここディアナに生まれて、レーヴェ竜王陛下に弱くない者なぞいない。

怖ろしいマグダレーナ王太后の目を盗んでは、皆、少しでもフェリスの関心を買いたい。

あの竜王陛下そっくりの美貌と、ほんの少しでも向かい合って、あわよくば言葉を交わし、笑いかけてもらいたい。褒められたい。

「では、マリウス陛下の権威が地に堕ち、フェリス様がいなくなれば？　そのときこそ、人々はマクシミリアン様を待望するでしょう！」

「ありえぬ話よ」

マクシミリアンは嘲笑した。彼はガレリアなど好きでもなかったが、荒唐無稽な話とはいえ、あなたさまこそがと褒められ、自尊心をくすぐられるのは悪くなかった。

こんなくだらぬ悪党でもなければ、誰もマクシミリアンのことなど思い出しもしないのだから。

「ガレリアの星見は、麗しきディアナの王弟殿下フェリス様に大いなる災いがふりかかると予言しております」

「災いの姫と予言されたちいさなサリアの姫がフェリスに不運を運ぶのか？」

「はい。マクシミリアン様。リリアの神は我らに正しき道を示しておられます」

悪だくみを神のせいにするな、とうちの竜王陛下なら不満だろうけどな、とマクシミリアンは思っていた。

初めからフェリスと一対の兄と妹のように、フェリスと手を繋いで楽し気に王宮を歩いていた金髪のレティシア姫は、婚約者を災いが襲ったらどんな顔をするのであろう。

ディアナのすべての娘たちの憧れの王弟殿下を手に入れた姫君は、フェリスにどんな運命を運ぶのだろうか？

書き下ろし特別篇

薔薇の姫とくまのぬいぐるみ

パタパタとレティシアの足音がする。

本来なら、どこへ行くにも姫君には必ずお付きの侍女がついているが、昼の邸内であれば、レティシアが一人でいたいときは彼女の意志を尊重するように、とフェリスから命がでている。

「本当に可愛らしいわね、レティシア様」

「ね、とっても可愛らしい方でよかったわ。美少女よねぇ。きっと凄い美妃になられるわ。こう言っては何だけど、フェリス様と並んで見劣りするような姫君だったら、御本人がお辛いでしょうし」

いえ！　凄い美妃に成長は全然責任もてませんし、並ぶとだいぶ謎の二人だとは思うのですが、何と言ってもレティシアの本体が子供なので、お似合いの御二人も何もというか……。

あと、うちのフェリス様いつもお美しいわー、と単純にファン心理でうっとりしてしまったり……。

侍女たちの話につい耳を傾けてしてしまい、レティシアは邸内探検のお供のくまちゃんに、私が聞いてるのは内緒だよー、と人差し指を唇にかざす。

くまちゃん的には、僕、もともと喋れないよ、レティシア、と言いたいところだ。

「竜王陛下がフェリス様にお似合いの美しい姫を探して下さったんだわ。並んでらっしゃると、兄と妹の雰囲気もあってお可愛らしいわ」

「そうね。レティシア姫が可愛らしいのも喜ばしいけど、何よりフェリス様がレティシア姫と話してると楽しそうで……」

「思ったわ！　あんな楽しそうなフェリス様、初めて見た！」

ホント？　それはとっても嬉しいな！　とレティシアはくまちゃんをぎゅーっと抱き締める。

「フェリス様はシュヴァリエの子供達もよく可愛がって、勉強や魔法を教えて下さる優しい領主様だけれど……」

さすが我が推し！　でもフェリス様って、こんなに優しいのに、なんで氷の王子なんて呼ばれてるのかしら？　御本人のお人柄とまったくあってない渾名をつけた人が恨めしいわね！

「やはり婚約者のお姫様といらっしゃると雰囲気が違うわよねぇ……」

どんなふうに違うのかしら？　レティシアがおもしろくてフェリス様が笑い転げすぎてるからかしら？　（フェリス様、たいしておもしろくもない私と話してて凄く笑ってくれる稀有な笑いのセンスの持ち主なのよね……）気になる、とレティシアはくまちゃんと一緒に首を傾げている。

盗み聞きは淑女として恥ずべき行為ではあるが、これは盗み聞きではない。レティシアはただくまちゃんと二人で、お気に入りの竜王陛下のタペストリーの飾られた廻廊を移動中なのだ。たまたま侍女たちの話が漏れ聞こえているだけである。

「レティシア様は、シュヴァリエにいらした頃の幼いフェリス様のように、御小さくても聡明なお姫様なんですって。だからきっとフェリス様と御話があうのねぇ」

いいえ、レティシアはフェリス様と違って、天才チート系な訳ではないです。前世の記憶があるので、ちょっと完全な五歳のお姫様に擬態しきれてないだけなのです……。

「随分お若いお姫様がおいでになると聞いて、どうなることかと思ってたけど、御二人が仲睦まじくて本当におめでたいわ」

弾んだ様子の侍女たちの声を聞いてたら、なんだかレティシアまで嬉しくなってきて、ぎゅっとくまちゃんの手を握ってしまった。

「くまちゃん……」

「………？」

なあにレティシア、とつぶらな瞳でくまちゃんはレティシアを見つめる。

「歓迎して頂けてるみたい……」

くすん、とレティシアは嬉しくて、くまちゃんの毛並みに埋もれた。

「フェリス様とーっても素敵だからね、フェリス様推しの皆様的にね、こんなちっちゃい私じゃ、婚約者として、ちっとも納得いかないだろうなーて想うのね……なのに、みんな、いいひと……」

だって、レティシアは可愛いもの、とくまちゃんとしては言ってやりたいところだ。

「それもこれも、フェリス様が不思議な優しい方だからだよね」

レティシアの婚約者のフェリス様は、それはもう麗しく賢い方なのだが、何というか笑いのセンスに限らず、わりと自由な御方だ。妖しい小さな姫様のレティシアに限らず、「小さな姫であればこうあるべき」という思考の枷がないというか……。

レティシアが前世の記憶を持つと聞いても、ああそれでレティシアの言っていたニホンの本が見つからなかったのか、と妙な事に納得していた。

そこじゃなくない？　と想うのだが、ちいさな花嫁に前世の記憶があることは、フェリスにとって、気味が悪いとか、疎ましくなる要因には全然ならないらしいのだ。

「フェリス様、何してもらったら嬉しいのかな？」

レティシアはいつもとっても大事にしてくれるフェリス様を喜ばせたい。差し当たって、レティシアにはお庭の朝咲きの薔薇を摘むくらいしかできないのだが。

「それでね、フェリス様の御言葉によると、レティシア様はいちごとお米がお好きなんですって」

「まあ、いちごはわかるけど、お米お好きなの？　お小さいのに大人ね」

「ディアナでお米は食べますか？　て心配されてたそうだから、故郷のお味なのかしらね？」

きゃー故郷のお味です。サリアではないほうの故郷ですが。きゃーきゃーとレティシアはくまちゃんに抱きついている。お米のお話したの、フェリス様覚えててくれたんだ。レティシアが食べたかったんじゃなくて、フェリス様におにぎり食べさせたかったんだけど。

「レティシア様、何かお探しですか？」

「レイ。あ、あのね、くまちゃんと邸内を探検中なの」

決して！　決して侍女たちの話を盗み聞きしようと思ってた訳では……！

「もしどこか、気になるところがおありでしたら、私がご案内致しましょうか？」

「うん？　ありがとう、ただお散歩してただけだから……あ、じゃ、厨房に行ってみたい」

それほどの目的なく、ただくまちゃんと楽しくお散歩してただけなのだけど（一人だとちょっと寂しいのでくまちゃん道連れ）、せっかくレイが案内してくれるなら、厨房を拝見したいかもー。

「かしこまりました。ではこちらへ」

レイに案内されて、厨房への道を歩く。レイはとっても所作の綺麗な人だし、レティシアの歩調にあわせてゆっくり歩いてくれる。

でも、レティシア、フェリス様と手を繋いで歩くときは羽が生えてるみたいなの。あれはどうなってるのかしら、まさかフェリス様が魔法で重力を軽くしてくれてる訳では……。

「レティシア様、こちら料理長のジャンです」

「レティシア姫、お待ちしておりました」

「え？　お待たせしてました？　初めまして、ジャン料理長」

茶色い髪の体格のいい料理長を紹介して貰う。

「はい。本邸の厨房より、レティシア姫はフェリス様の健康をご案じになり、厨房に夜食などをリクエストされることがある。すみやかに対応するように、と伝えられ、我らも姫からお夜食を依頼される名誉を賜れるだろうか、と御来訪を楽しみにお待ちしておりました」

「きゃーラムゼイ、そんなことを伝令しなくていいのー」

レティシアは掌で顔を隠す。フェリス様のお夜食セット作成をフェリス宮の厨房にねだっているのが、光の速さでシュヴァリエにもバレている。

「我らもフェリス様の食の細さは日頃から悩みの種ですので、シュヴァリエのあらたな薔薇の姫がそのようにお優しい姫君とお聞きして、とても喜んでおります」

「お、お優しくはないの。ただフェリス様に食べて欲しいだけで」

レティシアのただのおせっかいーと想うんだけど、押しかけお夜食の時間は楽しい。夜も遅くて私室で二人だけのせいか、フェリス様も外界への警戒心がないというか。

「でもあの、こちらの厨房でも、時々、フェリス様のお夜食作って貰えたら、嬉しいです」

そーゆうのが嫌な料理長や料理人さんもいてもおかしくないと思うので。

「いつでもお命じ下さい。王宮より、レティシア様の御心に適う料理をお作りしたくて、皆、腕が鳴ります。いま、全員はおりませんが、そちらからアラン、ミシェル、トロワです」

「薔薇の姫、拝謁できて、こ、光栄です」

「レティシア姫、故郷のお料理で召し上がりたいものがあれば、いつでもお申しつけを」

「可愛らしい姫にお逢いできて、幸福です」

「こちらこそ、いつもフェリス様に美味しい食事をありがとうです」

キッチンは推しのフェリス様の命の源（フェリス様御本人がちょいちょい食べるの面倒がっててもっ）！　食が身体を作る！　とついレティシアは深々とくまちゃんとともにお辞儀してしまった。

「………！」

「ね、ジャン、レティシア姫はとてもお可愛らしいでしょう？」

何故かレイが、厨房の方々に自慢げなどや顔してた。何故に？

「レティシア、甘い匂いがするね」

「はい、フェリス様。厨房で、お菓子作りに混ぜて頂いてました」

フェリスがレティシアの金髪の一束に触れて、甘い匂いを確認している。

うーん。髪、傷んでないかな？　長い髪のひとすじまで、フェリス様の眼が届いちゃうから、お嫁様は気が抜けないー。もう何もかもどうでもいいと想って、ついこないだまでレティシアは髪も肌も荒れ放題にしてたしね……（お母様が泣いちゃう）。

「そうなの？　楽しかった、レティシア？　刃物は危なくなかった？」

「はい、刃物には触れてません」

フェリス様の過保護は、厨房にまで届いていて、刃物なんてレティシアは近づけません。

「何を作ったの？」

「ストロベリーマカロンを作りました！」

意気揚々とレティシアは言った。とっても可愛いのができたのだー！

「僕にも食べさせてくれるの？」

「はい、もちろん。フェリス様に食べて貰おうと思って」

出来上がったら、フェリス様に食べて貰おうー、と楽しみにオーブンの様子など覗いていた。厨房では、レティシアが調理に参加する間、くまちゃんには特等席の椅子を用意してくれた。

「あ……料理をするのは、薔薇の姫として、はしたないですか？」

「そんなことはないよ。貴族の夫人はあまり料理をしないが、薔薇の姫はお祭りで薔薇のジャム作りに参加したりもするよ。シュヴァリエの薔薇を差配しているからね」

「ジャム作り楽しそうですー」

レティシアの前世はお菓子作りが得意な家庭的なタイプではなかったが、せっかくの第二の人生、女子らしくお菓子なども作ってみたい。

「祭だから、凄い大鍋で作るよ。レティシアが大鍋に落ちないか心配だ。来年は僕もつきあおう」

前世のスペインのお祭の凄い大鍋でパエリア作るみたいなイメージ？

「レティシア、薔薇のジャムのお鍋に落ちたりしません。そんな意地悪いうフェリス様には、せっかく作ったいちごのマカロン差し上げません」

ぷくっとレティシアは白い頬を膨らませた。もちろん差し上げないのは嘘で、早くフェリス様に食べて貰って感想を聞きたくて仕方ないのだが。

「ああ、僕が悪かった。レティシアお手製のお菓子を食べさせて？」

「お手製というか、私は少しお手伝いしただけなのですが……」

フェリス様のお夜食のメニューなども相談にも乗って貰った。シュヴァリエにはシュヴァリエの郷土料理があると想うので、突撃お夜食隊としてはそれも取り入れたいし、おにぎりも作りたい。

くまちゃんとレティシアのお夜食隊には、これからの予定がたくさんある。

「それでも僕のレティシアの手が作ったものなんて凄いよ」

「フェリス様、お行儀が……」

「でも、こうやって食べるのが一番美味しい気がする」

レティシアは抱えていたくまちゃんとストロベリーマカロンごとフェリスの膝に抱えあげられて、二人でストロベリーマカロンを試食した。シュヴァリエの獲れたてのいちごを使って作った甘い甘いマカロンは、美貌の婚約者殿をとても喜ばせた。

あとがき

お久しぶりです。あるいは、初めまして須王あやです。

『五歳で、竜の王弟殿下の花嫁になりました』、読者の皆様のおかげで三巻です！　五歳で〜をお迎えくださった方々、本当にありがとうございます！

四百ページ位の本が三冊あると、なかなか分厚い気がします。全体に可愛いデザインなので、三冊並べるときっと可愛い。

三巻の表紙は、いままでで一番可愛らしいのでは、と想ってます。ちょっと恋人同士のような二人。一巻二巻に続いて、ＡｋｉＺｅｒｏ先生、美しい二人をありがとうございます。

一緒にいることが幸せで、だんだん明るく、表情も豊かになってきた二人。

一巻で出逢って、二巻で仲良さを深め、三巻で離れたくない二人、にＡｋｉＺｅｒｏ先生が描いてくれてて、二人の変化を感じます。

フェリスもレティシアもすっかり大きくなって、とレーヴェの気持ちです。

三巻はレティシアの実家サリアのお話になります。

三巻書いてて想ったのですが、主役のレティシアが落ち込むと、このお話の世界全体が暗くなるんだなあ、としみじみ思いました。

やっぱりこのお話はレティシアが主人公なんだなあと。

レティシアは実家で苛められたのも辛かったのですが、自分でも呪われてるんじゃないか、と、ずっと不安だったのですね。誰に言われるよりレティシア本人が疑ってた。

逆に、レティシアが悩まず、吹っ切れて明るいと、五歳で～の世界は何があっても大丈夫、という気がします。

フェリスがうっかり闇に沈みかけてても、レティシアが引き上げてくれる。

日々、推し活に励みつつ、優し過ぎて損をする性質のフェリス様を御守りしなければ、と張り切るレティシア。レーヴェに、レティシアはフェリスに点が甘すぎる、と笑われてしまう。

今年は辰年なので、フェリスにもレーヴェにも、竜の国のお嫁さんのレティシアにもいいことあるといいなあ、と想ってます。お年始に読者様から、二人のイメージでドラゴンと薔薇のハンカチをプレゼントで頂いたのですが、とても可愛くて愛用しています。

私、もともとレーヴェみたいな悩まないヒーローをよく書いてたので、拗らせイケメンというのはフェリスで初めて書いたのですが、拗らせフェリス可愛いなあ、といつも楽しく書いてます。

ちっちゃいレティシアに逆らえないかんじが可愛いなあ、と想います。

二巻はマロンケーキで御祝いしたのですが、三巻は春に出るから、桜のケーキかなあ、桜というより薔薇の頃かな、と想像してます。

二巻発売のときに、お祝いの御手紙、可愛い贈り物などありがとうございました。

２０２２年の初夏に書き始めたフェリスとレティシアを、この春の三巻まで連れて来て下さって、読者の皆様、編集さん、いつも応援頂くゴンちゃん一家の皆様、我が家の王子フォンク、我が母上、我が家の守護神トゥルー、ハティ、友人達、本当にありがとうございます。

春を待ちながら、２０２４年の冬に。

五歳で、竜の王弟殿下の花嫁になりました3

2024年5月1日　第1刷発行

著　者　須王あや

発行者　本田武市

発行所　TOブックス
〒150-0002
東京都渋谷区渋谷三丁目1番1号　PMO渋谷Ⅱ　11階
TEL 0120-933-772（営業フリーダイヤル）
FAX 050-3156-0508

印刷・製本　中央精版印刷株式会社

ISBN978-4-86794-171-3